新編　日本朝鮮戦争

炎熱の世紀

第十一部　朝鮮で一番長い日

森　詠
Mori Ei

文芸社文庫

故齋藤英明陸将補に捧ぐ

わたしたちは知っているのです。苦難は忍耐を、忍耐は練達を、練達は希望を生むということを。希望はわたしたちを欺くことがありません。

ローマの信徒への手紙五ー三〜五

いつだって、ただ傍観し、人の病苦を記録することしかできないことは辛いことだった。

ロバート・キャパ

第三編　朝鮮ＰＫＯ③

目次

●第三編　朝鮮ＰＫＯ③　第十一部　朝鮮で一番長い日

アメリカ政府

ハリソン大統領	
バーナード・グリフィス	国家安全保障局長官
マイヤー・エルズバーグ	特別補佐官（経済担当）
ジョン・ギブスン	国務長官　博士
マイク・ボルトン	国務次官
ドナルド・ハインズ	国防長官
ジョン・ハンター	国防次官補
ドナルド・ゴールドパーク	駐日大使
エドモンド・ガーナー	ＣＩＡ長官

朝鮮民主主義人民共和国（北朝鮮）

キム・ジョンウン（金正恩）	党委員長
キム・ヨンチョル（金英哲）	副委員長
キム・ジョンチョル（金正哲）	党組織指導部副部長
キム・ヨジョン（金与正）	ジョンウンの実妹
ソン・グァンシク	国家保衛部長
ノ・グァンチョル	人民武力部長
リ・ヨンギル	総参謀長
ヤン・ドンギル（梁東吉）	副参謀長　中将
ホン・ソマン（許錫萬）	西部打撃軍司令官　大将
キム・ヨンジョ（金永祚）	西部烽火軍司令官　上将
ファン・タクチェ（黄卓在）	中部電撃軍司令官　大将
ナ・テリョン（羅泰龍）	千里馬軍司令官　上将
ユン・サンジン（尹常鎭）	東部雷光軍司令官　大将
白世峰（李哲）	特別補佐官
ホン・キョンキ	中将　愛国将校団
ホランイ	なぞの黒幕

第40空挺旅団

トン・クムリョン（董金龍）	兄　上尉
トン・ウンリョン（董銀龍）	弟　大学生

第38空挺旅団

ソヌ・イン（鮮于仁）	戦功により中尉に昇進
キム・サンジュン（金相準）	上将　旅団長　軍団長
リ・グクホ（李国浩）	大佐　偵察大隊長

第124旅団

カク・ヒョンジェ（郭賢在）	大尉

（韓国側主人公）

アン・スイル（安秀一）	兵長　白馬師団機動偵察大隊所属
キム・サムス（金三守）	兵長　　　同
チェ・ヒョンナム（崔賢男）	兵長　在日留学生　　同
パク・ムンギ（朴文基）	ソウル大学生
アン・キジュ（安基柱）	パルチザン
ユン・ヒシク（尹喜植）	韓国第１０１歩兵師団「白龍（ペンニョン）」
ハン・ジョンヒ（韓貞姫）	文基の恋人
チャ・ミョンギュ（車明珪）	韓国第１０１歩兵師団　１兵
チン・デイン（陳大仁）	〃　１兵
キム・ウンチョル（金銀鉄）	〃　軍曹　分隊長

主な登場人物
第十一部　朝鮮で一番長い日

日本側主人公

秋山晃和　1等陸尉、のち3等陸佐に昇進
園山祐花　国立感染症研究所ウイルス第3部研究員
杉原萠　毎日新聞記者、社会部防衛省担当　秋山1尉の恋人
雨崎英之　共同通信社外信部記者、元社会部記者
坂東勇次　共同通信社ソウル支局長　園山祐花の初恋の相手
キム・ヒョンウク（金炳旭）　ソウル支局助手

日本政府

法眼新内閣

法眼治郎総理
中丸謙太郎　官房長官　法眼首相の懐刀
神戸雅也　〃 副長官
陣内洋輔　防衛大臣
奈良橋剛　外相
霧島修司　新共和党幹事長
新城克昌　首相補佐官　安全保障問題担当
佐々岡茂　首相補佐官（1等陸佐）　軍事担当
田所昭治　内閣安全保障室長

防衛省中央情報本部

大貫恒雄　防衛省中央情報本部情報局長
牧原律雄　防衛省中央情報本部情報分析官朝鮮半島担当

自衛隊　統合幕僚監部

向井原　統合幕僚長　陸将
宇田川圭司　陸上幕僚長
北川　航空幕僚長

大韓民国

イ・ミョンギ（李明基）　大統領
ソ・ジュニル（徐俊一）　大統領特別補佐官
シン・スンフン（申承勲）　外務部長官
クォン・ヨンジン（権永振）　国防長官

韓国軍

パク・キルス　統合参謀本部長　陸軍大将
キム・チョル　作戦本部長　陸軍中将
ハン・ジョンギ（韓正基）　国家情報院長官
シュレンジャー　国連事務総長

国連

シュレジンジャー事務総長
クリスチャンソン　特別代表
ウィリアム・ジェンキンズ　国連ＰＫＦ司令官
ガニマール　参謀長（中将　フランス軍）
ケビン・クローニン　少将　PKF副司令官
古賀　陸将補　PKF副司令官
海原行雄　空将補

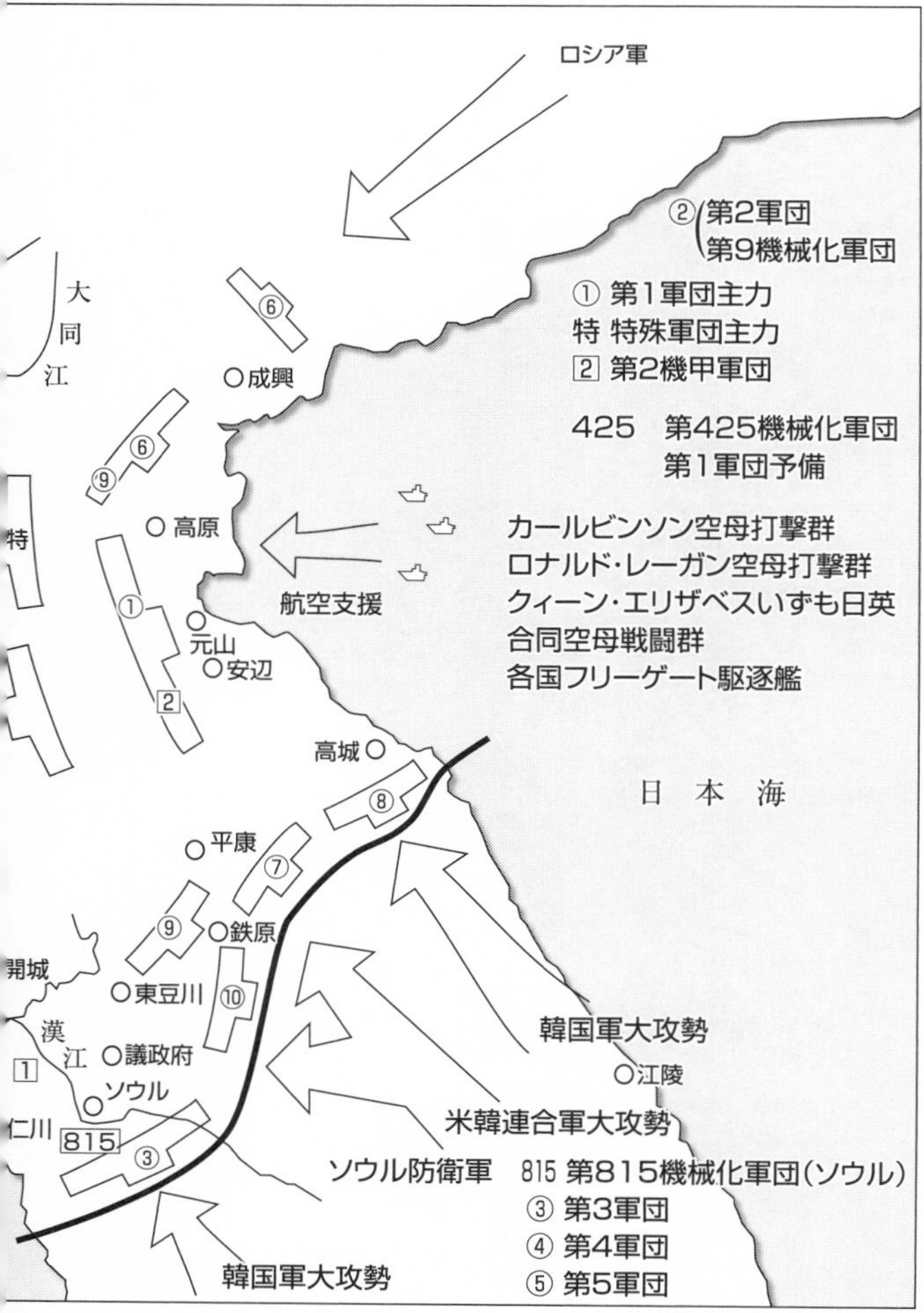

ロシア軍
②(第2軍団
第9機械化軍団
① 第1軍団主力
特 特殊軍団主力
2 第2機甲軍団
425 第425機械化軍団
第1軍団予備
カールビンソン空母打撃群
ロナルド・レーガン空母打撃群
クィーン・エリザベスいずも日英
合同空母戦闘群
各国フリーゲート駆逐艦
航空支援
大同江
成興
高原
元山
安辺
高城
日本海
平康
鉄原
開城
東豆川
漢江
議政府
ソウル
仁川
815
江陵
韓国軍大攻勢
米韓連合軍大攻勢
ソウル防衛軍
815 第815機械化軍団(ソウル)
③ 第3軍団
④ 第4軍団
⑤ 第5軍団
韓国軍大攻勢

中国第3軍
中国第2軍
鴨緑江
中国第1軍
新義州
亀城
宣川
定州
⑨
寧辺
清川江
徳川
雲田
安州
425
粛川
平原
順安
江東
ピョンヤン
江西
温泉
南浦
松林
祥原
C
B
A
④
海州
韓国艦隊
かが、いせ海自護衛隊群
ジェラルド・R・フォード空母打撃群
ジョージ・H・W・ブッシュ空母打撃群
ジョージ・ワシントン空母打撃群
リンカーン空母打撃群
アメリカ第2・3両用戦隊
アメリカ第11・12両用戦隊
各国・輸送船団揚陸艦艇団
各国・フリーゲート駆逐艦隊
海自掃海艇隊群
黄　海
◎=陸自第1空挺団降下地点
☆=米空挺師団降下地点
1 第1機甲軍団
⑦ 第7軍団
⑧ 第8軍団
⑨ 第9機械化軍団
⑩ 第10機械化軍団(再編)
航空支援
ジョン・F・ケネディ空母打撃群
タイ海軍チャクリ・ナルエベト空母艦隊

第一章　熱くて長い夏

1

東京・首相官邸　7月2日　午前10時30分

北朝鮮からの大陸間弾道ミサイルの攻撃を受けて開かれた国家安全保障会議ＮＳＣは、沈痛な空気に包まれていた。

「……現在までに警察庁が集計したものによりますと、毒ガスを吸って病院に運ばれた人は４７００人以上になり、そのうち死亡が確認されたもの４２７人、意識不明の重体者１９２人、意識ははっきりしているが入院治療が必要な被害者は２５６１人に上っています。今後、さらに重体患者が亡くなるケースもあるので、死亡者はなお増える見込みです」

中丸謙太郎官房長官は、重苦しい口調で手元の資料を見ながら説明した。閣僚たちはあまりの惨状に声もでなかった。

法眼首相は、口をへの字に結び、壁のスクリーンに映し出された日本列島を睨んだ。新潟と松本、福島、それに秩父山中に赤いマークがついていた。いずれも、撃ち洩《も》らしたノドン・ミサイルが落下した地点だった。

　飛来した弾道ミサイル二十一発のうち、イージス艦やイージス・アショアのミサイル、さらにはペイトリオットで撃墜した数は十発に上った。新潟と松本は、市街地への着弾は免れたものの、それでも多数の住民が被害にあってしまった。

　東京・首都圏に飛来した五発のミサイルは、一発に対して三、四発のペイトリオットを発射するという集中攻撃で、どうにか全弾を撃墜したが、一発だけ、破壊した弾頭が秩父山中に落下し、ガスが飯能の住宅地に流れて、大惨事になってしまったのだ。

　栗林厚生労働大臣が中丸官房長官の説明を補足していった。

「ガスの種類は、サリンだけでなく、神経ガスのGBの混合弾も使用された模様です。自衛隊の化学防護部隊が、その二種類のガスを検出しています。そのため、解毒剤不足で、病院に運ばれても手当ての仕様がなく、犠牲者が増えた原因になっています」

　陣内防衛大臣は忿懣《ふんまん》やるかたない口調で奈良橋外相に目をやった。

「まったく、けしからん。北朝鮮は、国際条約にも違反する非人道的化学兵器を使用している。外務大臣、早速、これを国連安保理に提訴し、北朝鮮政府に対して断固たる処置を取るように申し入れてほしい」

「すでに国連大使には、その手続きを取るよう訓令している。だが、相手は安保理の決議を無視して戦争を続行している国だ。いくら抗議しても、聞く耳は持たないだろう」

奈良橋外相は憮然《ぶぜん》とした口調で応えた。

法眼首相は腕組みをしたまま、じっと日本列島の画像を睨みながら、溜《た》め息をついた。

それにしてもいずれの事態も深刻だった。日本は未曾有の危機に瀕《ひん》しているといっていい。これまで韓国からの大量難民を抱え、先のミサイル攻撃では高浜原発を破壊されて、放射能の汚染被害を受けた。その上に、今度のミサイル攻撃の被害である。

「高浜原発の汚染の現状はどうなっているかね？」

法眼首相は内閣安全保障室長の田所昭治に顔を向けた。田所内閣安全保障室長は席を立ち上がった。

「これは試算ですが、放射能汚染被害は拡大し、ついに被曝《ひばく》者数は九百万人に達しているものとみられます」

「九百万人も！」

法眼首相は唸った。田所内閣安全保障室長はスクリーンの列島の地図を棒で指し示しながら説明した。

地図は福井県を中心にして、京都府、滋賀県、岐阜県、石川県にまたがった地方の大部分が、毒々しい赤色や橙《だいだい》色、黄色に色分けして塗られている。古《いにしえ》からの都である京都市も、その大部分が汚染地域の黄色ゾーンに入り、一部は強制立退《たちのき》地帯を意味する危険地帯の橙色に染まっている。

北朝鮮の中距離弾道ミサイルの攻撃で破壊された高浜原発から漏れた高レベルの放射能が、北陸・近畿地方の北部一帯を汚染しているのだ。敦賀市や福井市のホットゾーン（最も汚染度の高い地域）では、数千人が放射能を浴びて死亡し、その他の汚染地域でも、およそ三百万人の住民が高レベルの放射能を被曝してしまった。低レベルの放射能を被曝した人々も入れれば、被曝者総数はざっと九百万人を下らないだろうというのが、厚生労働省の推算だった。

コンクリートを被せて、どうにか放射能漏れを防いだにせよ、これで問題は解決したわけではない。コンクリートによる原子炉の密封は、あくまで応急措置であり、いずれ本格的な原子炉撤去工事が必要になる。さらに、今後どうやって汚染地域の放射能を除き、住民が再び住める土地に戻すことができるか、そして、大勢の被曝者の健康恢復《かいふく》や治療にも、国を上げて取り組まなければならない。

汚染地域から避難した国内難民たちへの援助や収容対策も、緊急の問題だった。汚染地域からは約五百万人以上の人々が、親戚や知人を頼って近隣の関西地方や中部地方の各県、さらには関東地方や東北地方、九州や北海道にまで避難をしていった。そのため韓国からの難民三百万人救援に加えて、五百万人以上に及ぶ国内難民の発生は、わが政府にとって未曾有《みぞう》の規模の財政負担となってのしかかっていた。

中丸官房長官が咳払《せきばら》いをして、呆然としている法眼首相の注意を惹《ひ》いた。

「総理、何か質問は、ありませんか？」

田所内閣安全保障室長の説明は、いつの間にか終わっていた。法眼首相は溜め息を一つつくと、目をぎょろりと剝《む》き、居並ぶ閣僚たちを見回し、枕崎財相の顔で目を止めた。

「財務大臣、わが国は、いつまで戦争を続行する戦費があるというのかね？」

枕崎財相は疲れ果てた表情で頭を左右に振った。

「被害額は、すでに２００兆円を越えています。これは日本の国家予算規模を上回った損失です。戦費《やひ》は完全に底をついています。正直いいまして、財務省としては明日にでも戦争を止めて貰《もら》いたいところです。いまのお話にもあった通り、わが国はこれから原発被害から復興をするのに天文学的な費用が必要です。難民問題にしても、韓国からの三百万人難民を抱え、かつ国内難民が五百万人も発生している今日、国家は財政的に完全に破綻しております。わが国は国家存亡の危機に瀕しているといってもいいでしょう。それでいて、なおも戦争を継続しなければならないのですから、もはやわが国は戦争に勝っても、破産状態といっていい。戦争に負けたも同じです」

閣僚たちは誰もが押し黙った。会議室に沈鬱《ちんうつ》な空気が流れた。法眼首相はつるつる頭をぽんぽんと叩いた。

「後悔先に立たずか。枕崎財相、いまさら、そんなことをいってもはじまらんだろう？　詮《せん》ないことをいっても仕方がない。こうなってしまった以上は、いくら困難であっても、荊《いばら》の道を歩むしかない。そうではないかね。いまわが国に肝要なことは、いったい何かね？　どんなことがあっても勝つことではないかね？　いまさら時計を逆に回すことはできない」

2

釜山市《プサン》　7月3日　午後2時半

蟬《せみ》がやかましく鳴いていた。鬱蒼《うっそう》と茂った樹木の梢越しに龍頭山《ヨンドウサン》公園に立つタワーが見えた。

朴文基《パクムンギ》はハンカチで汗を拭《ぬぐ》いながら、公園の木陰にあるベンチに座った。隣に座った軍服姿の男と若い女のカップルは、まるで戦争のことなど気にしないかのように、アイスクリームを食べながら、何がおかしいのか笑い転げていた。

文基はぼんやりと行き交う通行人の群れを眺めていた。戦争が始まって、わずか三か月半ほどだというのに、すべてが遠い昔のことのように思えてくる。隣のカップルのように、ただ二人でいるだけで楽しかった時代は、もう二度と戻ってこない。そんな気がする。

ポケットから煙草を出し、マッチで火を点けた。北韓製のまずい煙草だった。だが、韓国の煙草が生産されていないので、当分は北韓製の煙草で我慢するしかない。最近は、バクダンも飲まなくなった。たとえ飲んでも、昔のように心から酔えることはないに違いない。互いに心を開いて話せる友達がいないせいかもしれない。

本当に二年も三年も歳を取ってしまったような気分だった。まだ、二十一歳になったばかりだというのに。文基は溜め息と一緒に煙を吐き出し、石段を登ってくる子供連れの夫婦に目をやった。その後ろの人込みから、海軍の帽子を被《かぶ》り、ライトブルーの半袖《はんそで》シャツにブルーのミニスカート姿の若い女が駆け足でやってくるのに気が付いた。遠目にも、眩《まぶ》しいほど美しく輝いて見える。

アイグ。韓貞姫《ハンジョンヒ》だ！

文基は煙草を投げ捨て、立ち上がった。貞姫の悲鳴のような声が聞こえた。子供連れの夫婦が驚いて走り過ぎる彼女を眺めていた。

「アイゴー。ムンギ！」

「ジョンヒ」

韓貞姫《ジョンヒ》は石段で何度も躓《つまず》きそうになりながら、駆け登ってきた。文基は思わず両手を拡《ひろ》げて貞姫を迎えた。彼女も臆《おく》せずに文基の懐に飛び込んだ。

「アイグ。会いたかった」

「わたしも」

文基は貞姫を抱き上げ、くるくると回った。天空や樹木が周囲で線を引いて回転した。二人は抱き合ったまま、ぺたんと地面に座り込んだ。互いの体の感触を確かめあうようにまさぐり合った。ベンチに座っていたカップルや通行人が温かい視線で眺めていた。

「元気だったんだ」

「あなたも、無事だったのね」

貞姫は今にも泣きそうな顔で、文基の顔を両手で挟んで、大きな目で見つめた。貞姫は黒い髪を男のように短く切り、往年のヘップバーン・カットを思わせる髪型だった。それが彼女をボーイッシュに見せていた。

「変わらないね」

「あなたも、昔のままよ」

文基はあたり構わず、貞姫を強く抱き締めた。

「おいおい、再会を祝いあうのも、そのくらいにしてくれないか？　兄弟」

男の声がした。文基は聞き覚えのある声に、傍らに立った軍服姿の男を見上げた。

「尹《ユン》！　ユンじゃないか」

「この馬鹿野郎、俺も彼女と一緒に駆け登ってきたのが見えなかったのか！」

尹喜植《ヒシク》は笑いながら、文基を殴る真似をし、二人の手を取って、引き起こした。尹は半袖の軍の略装だった。略帽を斜めに被っている。

「そう。偶然なのよ。ムンギ、あなたとここで昼休みに逢《あ》う約束をした後、ユンが放送局に訪ねてきたの。それで一緒にここへ来たというわけ」

「久しぶりだなあ。兄弟《チング》」

「畜生め、生きていたか。悪徳弁護士の卵野郎」

「貴様こそ、悪運の強いやつめ。鬼軍曹」

「俺はまだ兵長だ。軍曹じゃない。まだ将来を嘱望される幹部候補生だがな」

「将軍になるまで、まだまだ先は長そうだな」

「お互いさまだぜ」

文基と尹喜植はお互いハグし合い、背中を叩き合った。貞姫が穏やかな笑いを浮かべて二人の様子を見つめていた。

文基は先刻の憂鬱をすっかり忘れて、しばらくの間、貞姫や尹と子供がじゃれるように突っ突き合い、夢中で喋《しゃべ》り、互いの無事を祝い合った。

「貞姫《ジョンヒ》、その軍服は海軍の婦人将校みたいじゃないか。海軍に入ったのかい？」

尹は貞姫のブルーの制服に目を細めた。文基も貞姫は制服姿が似合うと思った。

「私は海軍の軍属。海軍の放送局に入ったから」

「階級は？」

「中尉待遇」

「失礼しました。中尉どの」

尹はおどけて、姿勢を正して敬礼をした。貞姫も軽く額に手をあて答礼した。

「でも、よかった。私、済州島《チェジュ》に逃げ延び、仕事を探していたら、対敵放送のアナウンサーを募集していたのよ。それで応募したの。いまの仕事をしていなかったら、みんなとも会えなかったかもしれない。釜山に来たのも、今度政府が釜山に還ったので、海軍放送局も、それについて来たというわけなの」

「きみの放送は前線でいつも聞いていた。凄《すご》い人気だった。甘い声で励まされると男は強くなるんだ。そうそう。サインをくれないか。前線に帰ったら、みんなに見せびらかしたいんだ」

尹は照れたようにいった。貞姫は呆《あき》れた顔でいった。

「そんなこといつでもいいわよ。ところで、尹兵長さん、戦争の最中に、どうして休暇なの？」

「そうだぜ、ジョンヒに逢いたさ一心で、まさか脱走したのではないだろうな？」

文基もどやしつけた。尹は頭を掻《か》いた。急に声をひそめた。

「いやなに。これは秘密なんだが、近々、大作戦があるらしいんだ。その準備で前線から一時わが部隊は後方に引いて、部隊の再編成をしている。それに、ずっと戦いずくめだろう。英雄たちに息抜きをさせてやろうという政府の有り難い配慮というわけだ」

「いつまで休暇？」

「今日の夜まで。だから、こうして貞姫に逢いにきたのさ。まさか、おまえに会えるとは思わなかった」

「デートの申し込みは、俺が先だったのだからな。俺こそ、尹に会うとは思いもしなかった」

「ところで、文基《ムンギ》、おまえは、この釜山で何をしているんだ？」

尹はじろじろと文基の格好を眺めた。文基はワイシャツにネクタイ、夏物の背広上下という会社員のような格好をしていた。

「ああ、これか？　いよいよ、俺の出番だと思ってな。光州《クワンジュ》からやってきたんだ」

「おまえの出番だと？　いまごろ軍に入るというのか？」

「違うわ。ムンギは国連スタッフに志願したの。ＵＮＴＡＫ事務局の事務職員に応募したってわけ」

貞姫が目を細めて文基を見た。尹は呆れた。

「なんだ。俺と同じように、北韓《プッケ》と戦うつもりになったのかと思ったぜ」

「俺は軍人向きではない。それは分かっているだろう？　戦うのは、どうも苦手なんだ。それよりも法律の知識を活《い》かし、国連職員になって祖国統一のために働こうと思うんだ」

文基は脱いだ背広の内ポケットから、ＵＮＴＡＫ事務局のスタッフに採用したという通知書を見せた。尹は目をぱちくりさせた。

「ＵＮＴＡＫか。よく分からないが、凄いな。国連軍の機関なんだろ？」

貞姫がにこやかに笑った。

「ＵＮＴＡＫは、国際連合コリア暫定行政機構のことよ。昔のカンボジアＰＫＯをモデルにしている」

「あれを韓国でやろうというのかい？」

「ああ。国連ＰＫＦと米韓連合軍が北韓に勝利したら、次には当然のこと、朝鮮統一問題が俎上《そじょう》に上がる。南北朝鮮は全土で統一選挙を行い、その上で新統一政府を樹立することになるだろう。ＵＮＴＡＫは、そうした統一朝鮮が生まれる際に、暫定的な朝鮮統治機構になる。ＵＮＴＡＫの指導と監視の下で、公正な民主選挙を行い、南北双方を真に代表する人たちで、統一した政府を創《つく》るわけだ」

「米韓連合軍が勝利するということは、いまの北韓政府を倒し、われわれ韓国が北韓を統一するということではないのかい？　俺たちはそのために戦っているんだぜ」

尹は不満げな顔でいった。文基は頭を振った。

「もし韓国が北韓を武力統一するために、これからの戦争を続けるのなら、国連ＰＫＦは一緒に戦わないだろう。米軍もな。それでは北韓の赤化統一の裏返しだ。いくら北韓を韓国が征服しても、北韓の人々は韓国の武力統一に反対するだろう。それでは、何もならない。本当の朝鮮統一を望むなら、いったんすべてを白紙に戻し、民主的な選挙で、人々の代表を選んで統一政府を創るべきではないか？　ぼくは、この頃、そう思うようになったんだ。そうでなければ、いつまでたっても、わが国は南北の溝を埋めることができないのではないかってな。おまえは、どう思う？」

「俺は最近、こむつかしい問題を考えるのができなくなった。俺はいいとも、悪いともいえないな。それは政治家が決めることだ。俺たち兵隊は戦うのが仕事だからな。しかし、議論好きの安基柱《アンキジュ》がいたら、なんていうかな？　左翼で金日成《キムイルソン》支持のキジュのことだ。絶対に、そんなおまえの考えには反対するぞ」

「そうだ。ここにキジュさえ、いたならなあ。やつの意見も聞きたかったたな」

文基は思わず安の姿を周囲に探した。尹も溜め息混じりにいった。

「まったく。あの作家志望さえいれば、昔のままなのになあ」

尹は目の前に安基柱が出てきたら、文句をいってやるという顔をした。ふと貞姫が急に黙ったのを文基は見逃さなかった。

「ジョンヒ、きみはキジュの消息を知っているのかい?」

「ええ。知っている」

貞姫はベンチに座り、暗い顔で膝《ひざ》小僧を抱えた。文基と尹は貞姫を挟んで両脇に座った。文基は尹と顔を見合わせた。悪い知らせだと分かった。

「キジュは、北韓の政治犯収容所から脱出する時、北韓の兵士たちに射殺されたわ」

「アイゴー!　キジュがプッケの兵士に殺された?」

尹は怒声を発し、貞姫ににじり寄った。文基が尹を押さえた。

「いったい何があったのか教えてくれ」

貞姫は大きな溜め息混じりに話しだした。

「うちの家族がソウルで国家保衛部に逮捕されたのは、ムンギも知っているわね。うちの祖母と両親、それに兄夫婦と娘の合計六人が両江道《リャンガンド》の狼林山《ナンニム》中にある第九管理所という収容所に入れられたの。そこへ、キジュの一家も国家反逆罪の囚人として連れてこられた。兄のハクソプは、ある公開処刑の日に、突然キジュから話しかけられたの。そこで、このままいたら家族全員が死んでしまうということになり、二人は収容所から逃げる計画を立て、それを実行したの」

貞姫から聞く話は悲惨だった。韓一家と安たち兄妹は中国との国境の川を渡って国外脱出をする寸前、警備兵たちに見つかった。安基柱は韓一家と妹の美那《ミナ》を助けるために、最後まで対岸に残ってロープを支え、警備兵たちに後ろから射殺されたのだった。安基柱はみんなの見ている前で、自動小銃で撃たれ、朱《あけ》に染まって濁流の中に落ちていった。

話を聞いて、文基と尹はしばらく黙り込んだ。貞姫も、目尻に浮かんだ涙を指で拭い、黙っていた。三人の頭上では、無心に蟬が鳴き続けていた。

「プッケの連中め、殺してやる！」

尹は圧《お》し殺した声で呻《うめ》いた。文基は尹と貞姫のほうを振り向いた。

「今夜は呑《の》もう。あの理想主義者のキジュのために」

「よし、バクダンだ。バクダンを呑もう。先に行ってしまったあのバカ野郎のために」

尹は真っ赤な目をしていった。貞姫も目をしばたいていた。

ぼくもきっと尹と同じ赤い目をしているのだろう、と文基は思った。

3

ピョンヤン・地下司令部作戦会議室　7月4日　1100時

居並ぶ軍事委員たちを前にして、キム・ジョンウン党委員長はいつになく上機嫌だった。久しぶりに朗報を聞いたからだった。キム委員長はお気にいりのロスマンズをくわえながら、リ・ヨンギル総参謀長の報告を聞いていた。

「偉大なる委員長同志、わが人民軍ミサイル砲兵隊の攻撃で、さぞウェノムやカイライ軍、アメリカ帝国主義者たちの心胆を寒からしめることができたことでしょう」

キム委員長は手元の報告書に目をやった。

人民軍の長距離ミサイルは、日本各地と南朝鮮の軍事基地多数を目標にして、三十五発が発射された。使用されたミサイルは、ノドンロケット、新型の「火星」ロケット、独自開発の中距離弾道ミサイル「木星」の三種類だった。

南朝鮮の釜山《プサン》、光州《クワンジュ》、大邱《テグ》、大田《テージョン》、鎮海《チンヘ》、浦項《ポハン》、木浦《モクポ》など主要都市十目標に、「火星」ミサイル十二発を送り込んだ。軍情報部の報告では、そのうち、十発が目標に着弾し、敵の軍事施設や軍事車両に多大な損害を与えた。二発は目標を外れ、民間人の住宅地に着弾している。いずれも通常弾頭だが、「火星」ロケットの命中精度は、イランへ輸出したものよりも格段に向上していることは確かだった。

日本本土へは、新潟、松本、舞鶴、横田、横須賀、入間など十六目標に、ノドンや「火星」ロケットを合計二十三発お見舞いした。日本政府の発表によると、新潟、松本、福島、それに東京近郊の山中の四か所に着弾したという。だが、軍情報部の戦果評価では、日本政府は昔ながらの虚偽発表をしており、他に数か所の目標にミサイルは着弾しているとのことだった。二十三発のうち、二発は打ち上げに失敗したものの、二十一発が順調に弾道飛行に成功、イージス艦のミサイルやペイトリオット・ミサイルの迎撃を受けたものの、半数以上の十一発が目標地点に到達し、軍事目標を破壊ないし、多大な損害を与えたはずだ、という報告だった。

日本政府が新聞発表した損害の数字では、「民間人五千人以上の死傷者」が出たとしているが、日本にいる情報部員からの報告では、民間人ではなく、その大半は兵員で、これまた日本政府はこちらが非軍事目標の都市を無差別攻撃して、非戦闘員を多数殺傷しているかのように見せるためのデタラメをいっているということだった。

「総参謀長同志、『火星』や『木星』、ノドンは、まだあるのだろうな」

「もちろんです。偉大なる首領同志。ノドンと『火星』は三十発以上、『木星』は生産さえ順調に行けば、二十発は用意できましょう」

「これで、わが国が本気を出せば、より強力な化学兵器や核兵器を載せた弾道ミサイルをウェノムどもの頭上に浴びせることができると分かったに違いない。警告を出すんだ。もし、わが国を一歩たりとも、ウェノムどもが侵すことがあったら、容赦しないとな」

キム委員長は李外交部長に命じた。李外交部長は大きくうなずいた。

「直ちに、記者会見をして発表します」

「ところで、国家保衛部長同志、今日は特別の報告があるそうだね」

キム委員長はソン・グアンシク国家保衛部長に目をやった。すでにソン国家保衛部長から正式の報告を受けていたが、軍事委員会で発表させ、ソン部長に花を持たせたかったのだ。

「偉大なる首領同志、報告します。わが国家保衛部の極秘調査によれば、敵のわが国に対する攻撃作戦が明らかになりました」

ソンは胸を張った。居並ぶ軍事委員たちは、一斉にソンの顔を見た。

「先日、あの東朝鮮湾における戦闘で、撃墜した敵機のパイロットの死体が海岸に流れついた。その死体はカイライ空軍の少佐のもので、身につけていた書類の中から興味深い情報を得ることができたのです。これが、その書類です」

ソン部長は勝ち誇ったように、海水に浸り変色した小冊子をテーブルの上に置いた。

「なんですかな？」

リ・ヨンギル総参謀長が身を乗り出して、小冊子を手に取った。

「作戦指令書です。それによると、敵は東海岸に大規模な上陸作戦『自由の女神作戦』を行うことが分かったのです。作戦指令書には、その際の航空支援作戦の詳細が記されている」

「ソウルは落とさずにかね？」

リ総参謀長が訝《いぶか》った。リ総参謀長は、敵がソウルを陥落させてから、北上するという見解を持っていたので、不満を抱いたのだった。ソン部長はそれを察して、首を振った。

「総参謀長の見解は、基本的な点では正しいと思われます。敵は二正面作戦で、攻撃を行おうとしているからです。すなわち、一正面は西海岸、ソウル方面。もう一つが元山など東海岸上陸作戦です」

「うむ。それなら分かる」

リ総参謀長は満足気にうなずいた。

「私も、その二正面作戦で来るのではないかと考えていた。主攻は西海岸の仁川とソウル攻めで、助攻が元山東海岸だと」

「いえ。総参謀長同志、敵はそうした我々の裏をかいて、主攻をソウルと見せ掛け、さらに西海岸に陽動作戦を仕掛けて、実際は元山海岸に全力をあげる。つまり、主攻は元山と東海岸への攻撃です」

「ううむ。しかし……」

リ総参謀長は顔色を変えた。だが、それ以上は反論しなかった。

キム委員長が上機嫌で椅子から体を起こした。キム委員長は軍事委員たちを見回し厳《おごそ》かにいった。

「人民軍最高司令官として、命令する。いま聞いたように、敵は東海岸に強襲上陸作戦を敢行しようとしている。敵の欺満作戦に騙されるな。わが人民軍は敵の陽動作戦に乗らずに、東海岸に全兵力を集中し、上陸せんとする敵を水際で撃破殲滅《せんめつ》せよ。以上だ」

軍事委員は全員起立し、キム委員長に最敬礼した。

また地上に爆弾や巡航ミサイルが爆発する音が轟《とどろ》いた。その度に天井から砂や細かい埃《ほこり》が舞い落ちた。会議に出ていた空軍司令官の朴上将は許錫萬大将や尹常鎮大将と顔を見合わせた。

4

東京臨海副都心・国連ＰＫＦ総司令部　７月４日　１５３０時

国連ＰＫＦ・米韓連合軍合同参謀幕僚作戦会議が昨夜から夜を徹して行われていた。すでに十五時間ぶっ続けで会議は続いていた。総勢百六十人もの参謀幕僚たちや指揮官たちが集まり、侃々諤々《かんかんがくがく》の議論をしているのは壮観だった。いろいろな思いもつかぬ問題点が浮き彫りにされ、作戦計画は細部にわたって修正されていった。

副参謀長の海原空将補は、作戦計画書のページに赤鉛筆で細かいメモを書き込みながら、批判の出た問題点に基づき作戦細部の修正と調整を行っていた。

正面中央の席には、ジェンキンズＰＫＦ司令官が座り、その右隣にガニマール参謀長がついていた。左隣には副司令官のクローニン准将と古賀陸将補が並んでいた。海原空将補は、作戦作成を担当した自衛隊の幕僚たちの中の席についていた。打ち合わせをするには、その方が都合がよかったからだ。

海原空将補は、作戦計画書から目を上げた。

作戦の検討は大筋でほぼ終わっていた。この作戦計画に基づいて、火力調整会議が別に開かれる予定になっている。そこで、さらに陸海空三軍の支援火力をどのように展開するか調整を行うのだ。

ジェンキンズＰＫＦ司令官は咳払いをして、出席者たちの注意を惹《ひ》いた。

「それでは、自由の女神作戦のＸデイは7月18日、攻撃開始時刻は〇六〇〇時ということに決定する。各部隊は、そのＸデイに向けて、直ちに作戦準備を開始してほしい。航空攻撃は明朝より、砲撃は三日前の7月15日から開始する。ガニマール参謀長、何か付け加えることはないかね？」

ジェンキンズＰＫＦ司令官は参謀長のガニマール中将を見た。ガニマール参謀長は、首を左右に振った。

「作戦は極秘裡に進めたい。敵を欺くには、まず味方からだ。あくまでソウルではなく、元山海岸への敵前上陸作戦を準備する格好をする。西海岸への攻撃は一見陽動作戦であるかのように欺瞞して、攻撃準備を行ってほしい。私の方はそれだけですな」

「しかし、敵はそう都合よく、わが方の思惑通りに乗ってくれるでしょうかね？」

オランダ軍参謀中佐が不安そうに訊《き》いた。ガニマール参謀長は笑った。

「いまのところ、こちらの布石に敵は乗ってきた兆候がある。だから、元山沖に派遣する艦隊は、派手なマヌーバーを演じてほしい。必ず敵は乗る。そう信じてやることだ」

ジェンキンズＰＫＦ司令官はスタッフたちを見回した。

「他に質問は？」

誰も、手を挙げなかった。ジェンキンズＰＫＦ司令官は満足気にうなずいた。

「よろしい。解散！」

会議場には椅子を引く音が立った。出席者たちはいっせいに立ち上がった。

「海原副参謀長」

ジェンキンズＰＫＦ司令官は海原空将補に手を挙げた。

「何か？」

「ちょっと私の部屋に来てくれ」

ジェンキンズは司令官室の方角に顎《あご》をしゃくった。

海原空将補はうなずいた。

司令官室では、国連特別代表のクリスチャンソン博士が、二人の背広姿の人物たちを相手に談笑していた。

ジェンキンズＰＫＦ司令官をはじめ、ガニマール参謀長、ケビン・クローニン准将、古賀陸将補といった国連ＰＫＦの幹部たち、さらに米韓連合軍司令官のトーマス・Ａ・

ホーナン大将、参謀長のリチャード・ストーン中将、副参謀長のジョン・エリオット少将と鄭永郁《チョンヨンウク》少将、海軍作戦部長や米海兵隊司令官ら高級将官たち十数人が司令官室に入って行った。

クリスチャンソン博士は、みんなの顔を見回した。

「紹介しよう。国家安全保障局長官バーナード・グリフィス博士、それから、アンディー・ブルックサイド国務次官補だ」

国家安全保障局長官と国務次官補はにこやかに笑いながら、ジェンキンズＰＫＦ司令官やガニマール参謀長をはじめ海原空将補、古賀陸将補たちとつぎつぎに握手を交わした。

「博士は周知の通り、アメリカ合衆国の国家安全保障局長官をしている。国務次官補は極東地域を担当している。お二人は極秘に大統領特使として来日し、日本政府首脳と会談した。今日中に釜山《プサン》に飛び、韓国政府と協議をされる予定だ」

クリスチャンソンは付け加えた。海原空将補は内心驚いた。グリフィス国家安全保障長官やブルックサイド国務次官補が、わざわざ東京に出向いてきたということは、何か重大な問題が起こったからに違いない。

「諸君、ざっくばらんにお話ししよう。今回の『自由の女神作戦』について、ハリソン大統領は大変に危惧《きぐ》しておられる。つまり安保理において、今頃になって中国が参戦の意向を示し、さらにロシアまでが部隊の派遣をしてもいいと言い出した。どうすべきかを、事前に日韓政府と十分に詰めておく必要があったからだ」

グリフィス長官は居並んだ司令官や幕僚たちを眺めた。

「諸君、早速だが、これを見てほしい」

グリフィス博士は部屋の隅に控えていた秘書官に手で合図をした。秘書官は壁のボタンを押した。天井から巨大なスクリーンが降りてきた。カーテンが自動的に動いて閉まった。暗くなった部屋に一条の光が差し込み、スクリーンに拡大された衛星写真が映し出された。大地に点々と米粒ほどの車両が道路に沿って連なっていた。めまぐるしく画面が替わり、つぎつぎと軍事車両の集結する様子が映し出された。

「これは昨日わが軍の偵察衛星がキャッチしたものだ。映っている車両は北朝鮮との国境に向かう中国軍機械化部隊と機甲部隊だ」

海原空将補は古賀陸将補と顔を見合わせた。第162自動車化師団も第15空挺軍も、紛争地にまず投入される中国の快速反応部隊（即時対応軍）だ。いずれも軽歩兵師団だが、第39軍はそうした快速反応部隊に次いで駆け付ける重武装の緊急展開軍である。一個機甲師団と四個機械化師団からなる中国最強の拳頭部隊だった。

「北朝鮮国境地帯に移動を開始している。規模は、これまでにNSAが確認している数で十二個師団、約三十万人、戦車、装甲兵員輸送車、自走砲など総計7000輛にもなる。航空兵力も瀋陽軍管区各地の空軍基地に大挙して移動していることが分かった。中国は本格的な介入を準備している。わが国政府に、昨日、安保理の要請がなくても、朝鮮半島の状況次第では軍事介入するつもりだと、中国から通告があった」

居並ぶ幹部たちは互いに顔を見合わせた。グリフィス博士は秘書官に合図をした。スライドの写真が変わり、アムール河流域と思われる地域が映し出された。そこにも、新たな軍事車両が集結している様子が見えた。

「こちらは北朝鮮と接するロシア領内の様子だ。ロシアも中国軍の動きを見て、北朝鮮への介入を準備している。中国に対抗して、安保理にＰＫＦ参加の用意があるといってきた。すでに国境地帯に狙撃兵師団を中心とする重武装の機械化師団三個を集結させている」

グリフィスは溜め息をついた。

「中国もロシアも、このままいけば国連ＰＫＦや米韓連合軍が三十八度線を越えて北朝鮮軍を攻撃し、北朝鮮を崩壊させた後に韓国による武力統一をするのではないのか？　わがアメリカや日本が、事実上、統一後の朝鮮を支配するのではないかと警戒心を持ちはじめている。そうだね、アンディー？」

ブルックサイド国務次官補がうなずいた。

「そうです。それで、ギブスン国務長官が近々に北京とモスクワに飛び、我々は国連安保理主導での朝鮮の平和的統一を志向するものであって、それ以上の何の領土的野望も目的もないことを強調し、軍事介入をしないように説得にあたることになっています」

グリフィス博士が、その後を続けた。

「わが国としては、中国やロシアとの直接対決はなんとしても避けたい方針だ。議会も、それは望まないだろう。そこでだ。ＰＫＦに反対していた中国が、いまさら何を言い出すのかということはあるが、止むを得ない措置として、中国のＰＫＦ派遣を認めてもよいのではないかとなった。もちろん、ＰＫＦに入ってもらう場合は、中国にはこれまでの安保理決議に従い、中国軍は国連ＰＫＦ総司令部の指揮下に入ってもらうのが条件だ。ＰＫＦ総司令部に中国軍の指揮幕僚を入れる。ロシアへも、同様の趣旨を伝えることになる」

室内は騒《ざわ》めいた。真っ先に米韓連合軍のホーナン司令官が頭を振った。

「反対ですな。中国は信用できない。中国軍がＰＫＦに入るとなれば、中国政府に『自由の女神作戦』を教えなければならなくなる。これまでの繋《つな》がり上、恐らく作戦の情報がすべて北朝鮮に洩れてしまうでしょう。そうなったら折角の『自由の女神作戦』は失敗しかねない。犠牲者も大量に出る」

グリフィスはうなずいた。

「そのことは私も十分に承知している。しかし、このまま両国に知らせないまま作戦を決行すれば、北朝鮮は両国の軍事介入を要請しかねない」

グリフィス博士は大きな溜め息をついた。秘書官がスクリーンを引き上げ、窓のカーテンを元に戻した。部屋が明るくなった。

「参謀長、その件についても、研究はしておいてもらったね」

ジェンキンズはガニマール参謀長に顔を向けた。

「海原副参謀長に担当してもらっていたところです。海原副参謀長、話してくれ」

ガニマール参謀長は海原空将補に目を向けた。海原空将補はうなずいた。

「私は、『自由の女神作戦』を行うにあたって、ぜひ中国軍にも参加してもらうことにしたらどうかと思います。『自由の女神作戦』はピョンヤンを陥落させるまでのプランです。もしピョンヤンが落ちても、北朝鮮全体はまだ降伏していないので、残敵掃討の戦闘は続くでしょう。とりわけ北部山間地帯に逃げ込んだゲリラ部隊が、将来樹立するであろう民主政府にとって、大きな障害になる可能性を秘めているといっていいでしょう。そうしたことを防ぐためにも、中国軍とロシア軍の力を借りて、事前に武装解除を徹底しておいた方がいい、と思うのです」

海原空将補の提案に室内は静まり返った。米韓連合軍副参謀長の鄭少将が怒りを抑えて、海原空将補に向き直った。

「どういうことか、海原将軍に、もう少し具体案を聞きたいですな」

海原空将補はうなずいた。

「中国軍とロシア軍には、それぞれ北朝鮮の北部地域を解放してもらう。たとえば、中国には平安北道《ピョンアンプクト》と平安南道《ピョンアンナムド》、慈江道《チャガンド》、両江道《リャンガンド》、咸鏡南道《ハムギョンナムド》の五道を、ロシアには咸鏡北道《ハムギョンプクト》を解放してもらう。ほぼ北緯39度線以北にあたる地域です。我々はピョンヤンと元山を結ぶ線以南を解放する」

ジェンキンズＰＫＦ司令官は秘書官に合図をした。秘書官は大型モニターに朝鮮半島地図を映した。海原空将補はモニターの地図を見ながら、該当地域を指差した。

「北からの軍事圧力があったら、北朝鮮政府を早期に崩壊させることができる。中国とロシアには、北から進駐する際に、北部山間部に点在する収容所を解放してもらうのです。我々がピョンヤンを陥落させ、その後に山間部に入って収容所の囚人たちを解放しようにも、それまで囚人たちが無事生き延びることができるかどうか分からない。一刻も早く収容所を解放する必要がある。中国軍とロシア軍に、その解放の役割を担ってもらうのです。我々日本自衛隊やアメリカ軍、韓国軍よりも、中国軍やロシア軍の方が比較にならないほど北朝鮮の人々とは親しい関係にあり、北朝鮮の軍隊も武装解除に応じやすいのではないか？」

「彼らは信用できるのかね？　昔のソ連や中国のように、北朝鮮を押さえ、また自分たちに都合のいい政権を打ち立てるのではないのか？」

　鄭少将は不信感を顕《あらわ》にしていった。海原空将補は諭すようにいった。

「いまは冷戦時代とは違う。中国やロシアは属国を創《つく》る余裕はないでしょう。信用するしかないと思います。ここで両国を除者《のけもの》にしてへたに我々への不信感を募らせた結果、軍事介入に踏み切らせることの方が危険でしょう。むしろ、中国もロシアも安保理常任理事国の一員としての責任を持たせて、ＰＫＦとして行動させる方が得策だと思うのです。中国とロシアが安保理の決議に基づいて、動くかぎり問題はありません」

　クリスチャンソン博士が大きくうなずいた。

「私も海原将軍の意見に賛成だな。朝鮮半島の平和と統一のために、ぜひ中国とロシアの協力がほしいところだ」

　グリフィス長官は、ホーナン司令官に向き直った。

「ホーナン司令官、どうかね？　いまの海原将軍の意見は？　わが国も敢えて中国やロシアと軍事的な対決を覚悟してまで、北朝鮮を倒すことはやりたくない。それがハリソン大統領の意向でもあるのだが」

「最高司令官のハリソン大統領が、そう命じるのなら、私は従うしかありませんね」

　ホーナン司令官は口をへの字に結んでいった。クリスチャンソン博士はジェンキンズＰＫＦ司令官とガニマール参謀長に向き直った。

「諸君は海原副参謀長の案を、大至急に検討し直して、今回の作戦に付け加えてくれたまえ。いいかね」

「承知しました」

ジェンキンズPKF司令官とガニマール参謀長はうなずいた。

5

徳川《トクチョン》　7月8日　2000時

灯火管制されて真っ暗な闇の中、あちらこちらで点呼の声がかかり、軍靴の響きが兵舎の壁に響いていた。基地の中は慌ただしい人の動きで満ちていた。暖機運転する装甲兵員輸送車BTR40のエンジン音が練兵場に轟々と響きわたっている。五列横隊に並んだ人垣から分隊長の崔《チェ》上士が走り出た。

「隊長！　全員異状ありません」

報告に来た崔上士に鮮于《ソヌ》は「よし」と答えた。

「乗車！」

装甲兵員輸送車の後ろの扉が開かれ、三十人の小隊員は次々と車内に入っていく。

鮮于は全員が乗り込むのを確認してから、おもむろに車に乗り込んだ。

特殊軍団第702旅団の再編766連隊に出動の命令が出たのは、今朝のことだった。鮮于たち小隊長と中隊長たち全員が集められ、連隊長の李国浩《リグクホ》大佐から、全旅団の東海岸への移動を聞かされた。敵アメリカ軍やウェノム軍を中心とする国連軍艦隊が東海《トンヘ》洋上に集結し、ソウルへ攻撃を強めると同時に、大部隊で元山《ウォンサン》上陸作戦を行うというのだ。

装甲兵員輸送車は身震いをして発進した。鮮于はしっかりと壁の手摺《てす》りに掴《つか》まって、凸凹《でこぼこ》道を高速で移動する装甲兵員輸送車の揺れに耐えていた。

再編766連隊には、先の対馬解放作戦を戦った特攻連隊の生き残りがいるが、隊員の八割以上は新入りばかりで、あとは他部隊から回された暴れん坊だった。

鮮于の受け持った第3小隊も、まったく見知った顔はなかった。

連隊長の李国浩大佐や第1大隊長の趙光一《チョグワンイル》少佐こそ変わりはないが、第一線の中隊長、小隊長クラスの顔ぶれが一新した。対馬攻略戦で鮮于の上官であった第2中隊長の郭賢在《カクヒョンジェ》大尉をはじめ前線指揮官のほとんどが戦死したり、負傷したためだ。全《チョン》義哲《ウィチョル》中尉も撤退の際に重傷を負い、その後死亡。第1中隊第2小隊長の金英三《キムヨンサム》少尉も、第3小隊長の白泰駿《ペクチジュン》准尉も戦死している。生き残っているのは辺平一《ピョンピョンイル》少尉と鮮于の二人だけだった。その辺少尉は鮮于と同じ第1中隊の第1小隊長をしている。

隊員たちはキム委員長を讃《たた》える歌を唄っていた。鮮于は黙って若い隊員たちが元気よく声を張り上げる様子を見守っていた。以前にも、こんな光景を見たような気がした。表周皓《ピョジュホ》中士や李容錫《リヨンソク》下士の顔が目に浮かんだ。文昌世《ムンチャンセ》下士、金英三少尉、白泰駿准尉。郭賢在大尉。みんな戦死してしまった。ほんの数か月にもならないのに、何年も前のことのように思われた。上空には無数の星が輝いている。戦死した仲間たちは、みな星になって天空に昇ったのだろうか？　灯火管制をした車は青白いヘッドライトを点け、山間《やまあい》の砂利道を砂埃《すなぼこり》を上げて驀進していた。

二時間ほど走って車が急に停止した。周囲には星空の下、黒々とした山の稜線が迫っていた。鮮于は座席から運転席に顔を向けた。

「どうした？」

「前の車輛が停止しています」

運転席の兵士が前方の暗闇を見透かしながらいった。車長の中士が座席から身を乗り出した。突然、暗闇の彼方で猛烈な爆発が起こった。前方でしきりに閃光《せんこう》がきらめき、炸裂音が連続し、だんだんとこちらに近付いてくる。いきなり上空を黒い影が轟音を上げて過《よぎ》った。その後を追って爆風が吹き抜けた。

車長の中士が慌てて車内に引っ込んだ。中士は怒鳴った。

「敵襲！」

兵士たちはいっせいに座席に身を屈《かが》めて蹲《うずくま》った。オープントップのＢＴＲ40装甲兵員輸送車は頭上からの攻撃には避けようもない。

鮮于は腰を屈め、車から外を窺《うかが》った。いきなり天空が明るくなった。前に止まった装甲兵員輸送車ＢＴＲ40に上空から赤い炎を吹いた火の玉が飛び込んだ。瞬間、ＢＴＲ40は大爆発を起こして吹き飛んだ。鋼鉄板の破片や人間の肉塊が鮮于たちの乗った車輛にぶち当たった。兵隊たちから悲鳴が上がった。彼らはまだ実戦経験が浅い兵士たちだった。

古参分隊長の崔上士が怒鳴りつける。

「がたがたするな。対空戦闘用意！」

前の車輛は炎を上げて燃え上がっている。人間の肉を焼く嫌な臭いが漂ってくる。兵隊たちはすっかり縮み上がっていた。鮮于は上空を窺った。星空に隠れて敵機の機影は見えなかった。だが、どこからか爆音が聞こえた。

「空襲！　空襲！　退避しろ！」

鮮于は運転手に怒鳴った。

「退避しろ！　右側の沢だ！」

同時に装甲兵員輸送車は轟音を上げて右側の斜面に走り込み、沢に落ちるように突っ込んだ。車体が大きくバウンドし、隊員たちを激しく揺す振った。

ＢＴＲ装甲兵員輸送車は斜面の雑木や草藪《くさやぶ》を薙《な》ぎ倒して止まった。背後から後続のＢＴＲも続いている。

「下車しろ！」

鮮于は大声で叫んだ。崔上士たちも兵隊たちをどやしつけて下車を促した。暗がりの沢に兵隊たちは我勝ちに飛び降りていく。

「対空兵！　対空ミサイル戦闘用意！」

鮮于はＢＴＲから飛び降りながら命令した。対空要員が携帯ミサイルＳＡ14を抱えて鮮于の傍らに駆け寄った。

「まだ襲ってくるぞ。上空を過《よぎ》ったら、その時を狙って射て」

鮮于は大声で対空要員に命じた。崔上士が続けた。

「突撃銃を上空に向けて構えろ！　俺が射てといったら一斉に射ち上げ、弾幕を張るんだ」

すでに前方にいた車輛は爆撃で赤々と炎を出して燃えていた。上空からは、それが目印になるに違いない。また敵機は後続の車輛を叩こうと必ず襲ってくるに違いない。

鮮于は星空に目を剝《む》いて機影を探した。

「こんなところまで敵機に侵入されて、いいように爆撃されるなんて、空軍や対空陣地はどうなっているんですかね」

　崔上士が吐き捨てた。

「これから戦いは、ますますしんどくなるぞ。覚悟しておいた方がいい」

　鮮于は崔上士にいった。

　連日連夜の敵の空爆は、確実に打撃になっていた。公然の秘密になっているが、先日も徳川基地に近い山中に秘匿していた備蓄用石油タンクが五基以上爆破され、大量のガソリンや軽油を失った。そのため、特殊軍団の装甲兵員輸送車や戦車の燃料が不足しはじめている。各地に分散備蓄してある石油タンクが国連軍に次々と破壊されているので、いずれ戦車も自走砲も装甲兵員輸送車も動かなくなる時期がくる。そうったら、残るは自分の足と手を頼りにしての戦いになる。肉弾戦だ。

　上から聞こえる情報では、航空燃料も足りなくなり、そのため戦闘機が空襲の度に、いちいち迎撃に出ることもなくなっているという。武器弾薬庫も空襲で爆破され、弾薬類も不足がちになっている。766連隊の隊員に配られる実弾も、前なら一人あたり300発は配られたのに、いまでは半分の150発にされてしまった。携帯対空ミサイルも、以前なら小隊あたり最低三発は配られたのに、いまは一発になった。弾薬も携帯ミサイルも、第一線配備部隊に重点的に配給されているらしい。

　どこからか爆音が聞こえた。敵機は四機以上はいるはずだ。鮮于は上空を窺った。

三日月が青白い光を投げている。目が慣れてくると世界が白銀の世界のように見えてくる。

鮮于は何かが迫ってくる気配を察知した。

「来るぞ！　あっちだ！」

鮮于は対空要員に背後の上空を指差した。いきなり、ごうっと一陣の風が低空で頭上を飛び抜けた。ジェット・エンジンのノズルの炎が虚空に見えた。

「射て！」

鮮于は同時に対空要員のヘルメットをこつんと叩いた。対空要員の肩から轟音が迸《ほとばし》り、白煙をたてた赤い炎の矢が飛び出した。ミサイルはジェット機を追って飛翔していく。敵機は上昇しながら、次々と赤い炎のフレアを吹き出した。

続いて、もう一機の機影が頭上を駆け抜けた。鮮于は、はっとして道路の方を振り返った。

一瞬遅く、どかどかどかと爆発音が起こり、炎が吹き上がった。鮮于は爆風で雑木林に吹き飛ばされ、木の幹に叩きつけられた。そのまま斜面を転がりながら、後続の装甲兵員輸送車の頭上に何百発もの小型爆弾が破裂するのが見えた。辺りの兵隊たちが悲鳴をあげて薙ぎ倒された。道に並んでいた装甲兵員輸送車の列が次々に爆発していった。

畜生！

鮮于は叫んだ。傍らに転がってきた兵隊の一人を抱き起こした。爆弾の破片で胸をえぐられ、兵士は絶命していた。

6

ピョンヤン・地下司令部会議室　7月10日　1000時

キム委員長は苛々《いらいら》しながら会議室を熊のように歩き回った。会議室のテーブルの軍事委員たちは誰も沈黙したまま、固唾《かたず》を飲んでキム委員長の様子を見守っていた。

「李容浩外交部長同志、きみの方には、それについて中国政府やロシア政府から何の説明もないというのかね？」

「は、はい。ですから、中国政府もロシア政府も、これ以上難民がわが国から中国やロシアの国境を越えて入らぬよう予防措置として軍の配備を行っているだけだとの返事しか受け取っていません」

「キム副委員長、きみが入手した情報は本当なのか？」

金英哲《キムヨンチョル》副委員長は憮然《ぶぜん》とした顔でうなずいた。

「これは国連筋から入手したもので、間違いありません。中国やロシアも安保理事務局あてにPKFに部隊を派遣したいと表明したとのことでした」

「国連PKFに参加するということは、我々を敵視し、参戦するということじゃないか。いったい中国もロシアも何を考えているというのだ？」

「ともかく、どういう意図からなのか、国境地帯に大規模な機甲部隊や機械化部隊が集結しつつあります。軍情報部の得た情報では、瀋陽軍管区には、中国軍の緊急展開部隊およそ三十万人が集まりつつあるらしいとのことです。ロシア軍も急遽重歩兵師団である三個師団が国境地帯に集結し、臨戦態勢に入っています」

キム・ヨンチョルは手元の資料を見ながらいった。

キム委員長は苛立ちを抑えながら李外交部長に顔を向けた。

「ともかく、外交部長同志、直ちに北京やモスクワの大使を通して、両国政府の真意を質したまえ。それから、総参謀長同志、きみは万が一、中国軍とロシア軍が侵攻して来た場合に備えて、国境地帯の部隊を増強したまえ。いま張りつけてあるのは第6と第9軍団だったな？」

「はい。そうであります。ですが第6、第9軍団の主力は東海岸防衛に回していまして、国境地帯には半分以下の留守部隊しかいません」

「なんだと。至急に第9軍団を元に戻したまえ。第9軍団だけでは心細いから、ソウル防衛軍から再編815機械化軍団と中部戦線の第5軍団を引き揚げ、北の国境地帯に回したまえ。三個軍団を回せば、中国軍やロシア軍の侵攻をなんとか食い止めることができるだろう」

「しかし、いま、その地区から815機械化軍団や第5軍団を引き抜くと、ソウル防衛軍は敵の圧力を抑えることができなくなる恐れがあります。それにソウル地区から北辺に移動させるには、距離があり過ぎます。時間がかかる。それに輸送手段の手配や燃料などについても考慮しなければならないでしょう。それよりもいい方法があります」

「どうしたらいいというのかね?」

「こういう時のためにこそ、戦術予備としてある第425機械化軍団を清川江《チョンチョガン》河岸にまで回して、中国軍やロシア軍の機甲部隊の万が一の侵攻に備えるのです。両軍が攻めてきても清川江河岸でなんとか食い止めるのです」

リ総参謀長は、作戦地図の祥原付近に置いてあった第425機械化軍団の駒を安州《アンジュ》付近にまで押し上げた。

「この安州地区にいれば、敵が東海岸に上陸してきた時に、必要であればいつでも方向転換して戻れる位置になるでしょう」

西海岸方面軍司令官の許錫萬大将が口を開いた。

「反対ですな。それでは西海岸に敵が上陸作戦を仕掛けてきた時、対応できないではないですか？　危険過ぎる。ピョンヤン地区の防衛は首都防衛軍団と第2軍団のたった二個師団だけで手薄なのですぞ。ピョンヤン防衛には、間近に425が必要だ」

「まだ、西海岸への国連軍の上陸を信じているというのかね？　国家保衛部の情報では敵は東海岸上陸作戦を練っているというのに」

リ総参謀長は金英哲《キムヨンチョル》副委員長と顔を見合わせて失笑した。許大将は動ぜず、リ総参謀長を睨み返した。

「西海岸防衛軍の司令官としての見解を述べただけです。私はいまも敵の西海岸上陸があり得ると信じています。その時の備えはしておかなければならない。それが西海岸防衛軍司令官である私の義務ですからな」

キム委員長が宥《なだ》めるようにいった。

「許司令官同志、きみのいい分もよく分かる。だが、参謀部も国家保衛部も、敵は東海岸への上陸作戦をするという情報を入手しているのだから、心配はしないでいいだろう。そうだね、総参謀長同志」

「はい。その通りです」

リ総参謀長はうなずいた。

許司令官が抗弁した。

「しかし、西部戦線ではすでに7月10日未明から、敵のソウルへの攻勢が開始されています。ソウル防衛軍司令部からの報告では、敵の機械化部隊が京畿《キョンギ》平野の平沢《ピョンテク》にあって、現在、烏山《オサン》のわが陣地に対して猛烈な砲撃と爆撃を加えているとのことです。敵部隊の一部が利川《イチョン》付近に敷いたわが防衛線に猛攻をかけたが、撃退したという情報もあります。南部防衛軍司令部の羅泰龍《ナテリョン》司令官からも、現在敵大部隊がやはり10日未明から原州《ウォンジュ》と東海岸の江陵《カンヌン》に対して猛攻をかけていると連絡してきました」

許錫萬は作戦地図の西海岸やソウルを指差しながら、声を強めていった。

「これらは、敵がやはりソウル奪還を目指しつつあることの現れと思われますが」

金英哲《ヨンチョル》副委員長が大声でいった。

「いや違うな。これは重要な情報だが、今朝、海軍第1潜水艦隊の潜水艦から極秘の入電があった。東海（日本海）の北緯39度20分、東経１３０度50分の海上に、敵の大空母艦隊が集結しているのを発見したのです。潜水艦からの報告では艦隊は空母三隻を含む四、五十隻の大艦隊だということですが、その連絡を送ってきた直後に潜水艦とは通信が絶えてしまった。恐らく敵に撃沈されたものと見られます。その空母艦隊こそ、東海岸・元山海岸への上陸作戦を行う敵部隊だと思われます」

会議場は静まり返った。キム委員長は大きくうなずいた。

「同志諸君、そういうことだ。敵は東海岸への本格上陸作戦を企図している。それに対する準備は万端なのだろうな。尹《ユン》司令官」

東海岸方面軍司令官の尹常鎮大将は不敵な笑いを浮かべてうなずいた。

「もちろんです。いつ敵が来てもいい。元山海岸に敵兵の亡骸《なきがら》の山を造り、東海を血に染めてみせましょう」

リ総参謀長が口を添えた。

「敵のいかなる電子妨害にも平気な特攻兵器『人間爆弾』を使用して、敵艦に突入させます。兵士たちは主体《チュチェ》思想で武装しており、いつでも偉大なる首領様と祖国のために命を投げ出す覚悟です」

会議場はざわめいた。

「よろしい。彼ら愛国者の家族には、優良成分として終生英雄の家族の待遇で遇することにしよう。海軍司令官、きみの方はどうか？」

趙海軍司令官は付け加えるようにいった。

「海軍は全艦艇に特攻作戦を命令し、敵艦隊の洋上撃破を行います。あわせて、最高司令官のご許可をいただければ、いよいよになったら特殊小型潜航艇による対日特攻作戦を行いたいのですがいかがでしょうか？」

キム委員長は、趙海軍司令官の顔を見た。

「対日特攻作戦だと？」

リ総参謀長が、金海軍司令官に代わって口を開いた。

「わが特殊小型潜航艇に核兵器を積み込み、東京湾に忍び込ませて艦もろとも爆破するのです。すでにわが特攻潜航艇は太平洋の某所で潜水母艦とともに待機中です。こちらが命令を出せばいつでも作戦を決行する手筈になっています」

「うむ。いいね。ウェノムへの報復だ。たしかもう一個原爆があるはずだが、それはどこに用意してあるのだ？」

「もう一発はピョンヤンの某所に隠してあります。ほかに未完成の原爆が寧辺《ニョンビョン》近くの地下工場にも置いてあります」

キム委員長は考え込んだ。リ総参謀長は続けた。

「原爆を使うのは、タイミングが大事です。すなわち、敵が上陸作戦を開始したら、報復として爆発させる。これ以上侵攻作戦を行えば、さらなる核攻撃も辞さないと警告するのです」

沈黙の時間が流れた。会議場の天井が、ずしんずしんという地響きで揺れた。この会議の最中にも敵は空爆を続けている。

「よろしい。その作戦で行こう」

キム委員長は深くうなずいた。

会議場の軍事委員はキム委員長を緊張した面持ちで見つめていた。

7

東朝鮮湾洋上　7月15日　0538時

空にはどんよりとした雨雲が垂れ籠《こ》めていた。海上自衛隊合同機動護衛隊群司令の元村海将補は旗艦「いずも」の艦橋で、夜が明けたばかりの灰色の海原を見つめていた。払暁まもなく、敵の対艦ミサイルや、来襲してきた北朝鮮空軍機の大群と北朝鮮海軍の高速ミサイル艇や小型戦闘艦艇の攻撃を、あいついで撃退したばかりだった。

海上や空にはまだ撃墜した敵機や小艦艇の残骸《ざんがい》から吹き出る黒煙が棚引《たなび》いていた。いまは艦隊直援の米海軍空母艦載戦闘機F—35Bの四機編隊が何組も頭上を旋回し、次の敵襲に備えていた。

元村司令はほっとして手で額に浮かんだ汗を拭《ぬぐ》った。

今回の攻撃は、これまでにない激しいものだった。いずれの敵機も爆弾を抱えたまま、まったく対空火砲や対空機関砲ＣＩＷＳの弾幕をものともせずに艦に突っ込んでくる。まるでカミカゼ特攻隊の攻撃を目のあたりに見ているかのようだった。悪夢だった。元村司令は敵が追い詰められているのを感じた。北朝鮮軍の兵士たちは、かつての日本軍のように死を賭してでも我が方の攻撃を阻止しようとしている。その必死の姿は、断末魔の旧日本軍を見るようで息苦しかった。

元村司令は、周囲に点在する艦影に目をやった。いまの攻撃で何隻かに被害が出た様子だった。黒煙を吹き出している艦影が見える。

「損害状況を知らせ」

元村司令はＣＩＣルームに命じた。ＣＩＣルームから了解の応答が聞こえた。海上自衛隊の護衛艦ではないかもしれない。海自の艦であれば、直ちに報告が来るはずだった。どこの国の艦に被害が出たというのか？　艦橋では千田艦長をはじめ、副長や戦闘担当幕僚たちが双眼鏡で周囲の艦隊を窺《うかが》っていた。

日英米三か国海軍を主とした囮《おとり》艦隊は、二重三重の輪形陣型を組んで、静かに東朝鮮湾海上を遊弋《ゆうよく》していた。通常の輪形陣型では各艦の間隔は三十キロメートルほどずつ取っているが、今回は半分の十五キロメートルほどの間隔で陣型を造っていた。敵の艦隊攻撃を密集陣型で撃退するためだった。

囮艦隊とはいえ、米海軍のロナルド・レーガン空母打撃群、カールビンソン空母打撃群、クィーン・エリザベス、いずれも日英合同空母戦闘群の三個空母艦隊を主力とする堂々たる艦隊だ。航空機は空母搭載航空団3個、240機。さらに浦項《ポハン》や対馬などから出撃してくる英国空軍のトーネード戦闘爆撃機隊や航空自衛隊F―15J、F―35戦闘機隊、F―2支援攻撃機隊などPKF空軍機約100機が支援態勢を取っていた。

北朝鮮軍の目をひきつけるための囮艦隊とはいえ、イラク戦争の際の派遣艦隊以上の規模を誇る堂々たる大空母艦隊である。恐らく戦史にも深く残るだろう大空母艦隊の一角を担う光栄に浴して、元村海将補は身が引き締まる思いだった。

囮艦隊の主任務は、国連PKFや米韓連合軍が、あたかも東海岸の元山《ウォンサン》付近に上陸するかのように見せ掛け、西海岸への上陸作戦を成功裏に導くことだった。

今頃朝鮮半島を挟んだ向こう側、西朝鮮湾の黄海の洋上には、囮艦隊をさらに上回る超大艦隊が、静かに北上しているはずだった。本艦隊は、ジェラルド・R・フォード、ジョージ・H・W・ブッシュ、エイブラハム・リンカーン、ジョージ・ワシントンの4個空母戦闘群と1個海上要撃行動群、軽空母『かが』とヘリ空母『いせ』を主力とした、海上自衛隊の護衛隊群が展開していた。それら空母艦隊や護衛艦隊の援護の下、アメリカ海軍第2、第3、第11、第12両用戦隊4個、韓国揚陸艦戦隊6個、海上自衛隊揚陸艦戦隊2個、日英豪加インドネシア、タイ、パキスタンなど各国PKF派遣部隊を乗せた揚陸艦艇や輸送船団、総計約500隻の艦船が、静々と西朝鮮湾に向かっていた。

それらとは別に大輸送船団の背後には、仁川《インチョン》沖合にはジョン・F・ケネディ空母打撃群とタイ海軍チャクリ・ナルエベト空母艦隊合計十二隻が控えていて、韓国軍のソウル攻撃軍を支援するとともに、上陸作戦援護をすることになっている。東西合わせて、史上最大級の作戦である。

『報告します』ＣＩＣルームからの声が聞こえた。

『ただいまの敵第五波攻撃の艦艇は１００隻あまり。七割を撃沈しました。敵対艦ミサイル数は三十二発が確認。うち三発が我が方に命中した模様です』

元村司令は傍らにいた戦闘担当幕僚の風見3佐と顔を見合わせた。これまでの四波にわたる対艦ミサイルシルクワームの攻撃では、その九割以上を撃墜し、ほとんど損害がなかった。はじめての損害が出たというのだ。

『来襲した敵機総数は２００機から２５０機。うち半数以上を撃墜していますが、対艦ミサイルと航空機の体当たりの攻撃によって、駆逐艦二隻とフリゲート艦一隻が被弾、大破炎上しています。さらに補給艦一隻が被弾し、火災発生との報です』

「ううむ」

元村司令は被害が出るのは覚悟の上だ。

通信員がまた大声で告げた。

「まもなく、巡航ミサイル攻撃を行うとのことです」

「よし。了解」

千田艦長が大声で答えた。元村は双眼鏡で、右舷に位置する巡洋艦バンカーヒルの艦影に目をやった。やがて、バンカーヒルの艦上から白煙を上げて巡航ミサイル・トマホークが何発も発射された。ほかの艦影からも、何条ものトマホークの白煙が空に向かって鋭角的に飛翔《ひしょう》していくのが見えた。

「我々も、巡航ミサイルを持ちたいものですね」

戦闘担当幕僚の風見3佐が元村に溜《た》め息混じりに笑いかけた。

『敵機編隊の機影キャッチしました』

ＣＩＣルームからの報告が続いた。元村海将補は身を乗り出した。

「方位と距離？」

『方位は２６５、２７６、２７９、２９０、３００。五編隊です。数は一編隊30から50機。全部で２００から２５０機ほどです。いずれも超低空でこちらに向かっている。最短距離にある編隊１２０キロの位置』

『各空母から迎撃機発進開始しました』

近くにいるイージス護衛艦「あたご」からスタンダード・ミサイルが連続して噴出した。ミサイルの黒い影が炎を噴きながら、虚空に飛び出していった。自動的に迎撃が始まったのだ。

『再度、北朝鮮海軍の艦艇が高速で向かってきます。距離70キロ』

ＣＩＣルームからあいついで報告が入った。艦橋は再び緊張に包まれた。

「対空対艦戦闘配置に付け！」

千田艦長が大声を張り上げた。元村海将補は波立つ灰色の海面に目をやった。再びこの静かな海を血に染める戦闘が始まるのだ。戦争を早く終わらせるために、どれほど多くの人間の血が必要なのか？　元村司令は唇を嚙《か》み締めながら、敵機の来襲する空を睨《にら》んだ。

8

朝鮮民主主義人民共和国空軍第7飛行隊の殲撃5型戦闘機編隊は、海面すれすれの超低空を、マッハ０・９の亜音速で敵艦隊を目指して飛行していた。

4番機パイロットの金《キム》少尉は固く口を結び、しっかりと操縦桿を握ったまま、隊長機を追って飛行していた。これが最後の飛行であることも金少尉には分かっている。隊長愛機には片道分の燃料しか積んでいない。金少尉の殲撃5型機の胴体には５００ポンド爆弾が一個括りつけてある。

隊長から受けた命令は、敵空母に機体もろとも突入し、これを撃沈することだった。

もし、空母でなくても、敵の巡洋艦やハイテク駆逐艦でも、撃沈できれば満足だと金少尉は思った。正直なところ死ぬのは恐かった。だが、みんなと一緒に特攻隊を志願した以上、死からは逃れようもなかった。みんなが祖国のため、キム委員長のために死のうとしているのに、自分だけ生き延びることは卑怯《ひきょう》に見えた。いずれ、どうせ死ぬ。それならば、祖国のために死ねれば本望ではないか？　自分が死ねば、国家の英雄となり、故郷の母や父、家族兄弟姉妹に祖国から恩金が出るのだ。自分の死が両親や家族の幸せになるのなら、喜ばしいことではないか？

キムはコックピットに貼《は》った恋人南伊《ナミ》の写真に目をやった。恋人というには、一方的な恋かもしれない。相手とは手も握ったことがない。言葉もあまり交わしたことがなかった。学校の行き帰りに目顔であいさつしただけの間柄だった。それでもキムは満足だった。自分が彼女を幸せにしてやれないことだけははっきりしていたからだ。

でも、一言だけでいいから、好きだといいたかった。写真も、金持ちの僑胞《キヨッポ》の友達に頼んで密《ひそ》かに撮ったモノクロ写真だった。フィルムの現像液が足りなかったのか、だんだんと写真は褪《あ》せて黄ばんでいた。

『距離50！　みんなしっかり俺についてこい』

隊長機の李《リ》大尉の励ます声が無線を通して聞こえた。燃料計の針が、徐々に左に傾き、空に近付いていた。

キムは背筋に汗をかいているのに気が付いた。まだ殲撃5型の操縦には慣れていなかった。ジェット練習機の教程を終了し、殲撃5型に乗るようになってまだ一か月しか経《た》っていない。階級も今回の出撃の前日に、幹部候補生から少尉に昇進したばかりだった。

ベテラン・パイロットの隊長は、出撃にあたって、敵艦隊に接近するまで、ともかく操縦桿をしっかり握り、海面に墜落しないように高度を保ちながら、自分に付いてくればいいとだけ指示したのだ。その教えをキムはしっかり守っていた。

時折、気流の具合か機首が持ち上がりそうになったが、操縦桿を押さえ宥《なだ》め込んだ。他の候補生上がりの即席パイロットたちも、同様の状態なのだろう。親鳥の隊長機の後を、必死についていく野雁《のがん》の雛《ひな》のようだった。

『隊長機から全機へ。その調子だ。第8飛行隊に負けるな』

イヤホーンから李隊長の声が聞こえる。第8飛行隊は、すぐ後からついてくる殲撃6型の飛行隊だ。殲撃6型もMiG—19の中国ライセンス生産機だ。まだ殲撃5型よりは性能もいい。しかし、米軍や日本軍、カイライ軍の航空機に比べれば、旧式もいいところだという話を聞いたことがある。だが、その殲撃6型の編隊も、片道飛行の特攻隊だった。

本当に敵艦に向かって突っ込んでいけるのだろうか？　キムは不安になった。いざという時に、本能的に操縦桿を動かし、逃げてしまいそうだった。自分が死んでも、この世は続くのだろうか？　そう思うと変な気がしてならなかった。自分が死んだら、世の中も全部死ねばいいではないか？　それなのに、自分以外の人たちが生き続けることができるなんて、妙な気分なのだ。死ぬということが不意に恐ろしく思えた。自分が爆弾とともにまったく痕跡《こんせき》もなくいなくなるなんて！　背筋にぞくぞくという寒気が襲う。

キムはできるだけ、これから起こることを考えないことにした。考えても、どうしようもない。任務を遂行するしかないのだ。そのことだけに集中しようとした。

いきなり、上空から黒い影が降ってきた。その影は右斜めを飛行していた僚機殲撃5型と交差した。と思ったら、一瞬にして僚機は炎を噴いて爆発した。その爆風でキムの4番機は機首がふらついた。

『敵のミサイル攻撃だ。恐れるな』

隊長機からの指示が飛んだ。

「了解」

キムはマイクに怒鳴るようにいった。海面に墜落した僚機はどっと水柱を上げた。

『敵艦までの距離30！』

その声と同時にまた続けざまに二つの黒い影が飛翔した。赤い炎の爆発が起こり、また二機がきりきり舞いをして海面に突っ込んでいった。

「畜生！」

キムは怒鳴った。いま突っ込んでいったのは親友の3番機と6番機だった。

『20！　敵艦が見えた！』

隊長の声にじっと前方を睨んだ。水平線に黒い点のような艦影が見えた。出撃前に艦影を見せられ、たいていの空母や巡洋艦、大型駆逐艦の名前は覚えた。だが、あまり離れているので、艦の種類は分からない。

また黒いミサイルの影が上空から味方の編隊に突っ込んできた。今度は左手に爆発が起こった。5番機の機体がきりきり舞いをして海面に叩きつけられた。水柱が後方に吹き飛んでいった。爆風に煽《あお》られ、金少尉は機体が流されるのを感じた。海面が迫った。キムは慌てて操縦桿を引き、急上昇した。危うく機体のバランスを取り、水平飛行に戻した。海面からだいぶ上昇している。その時、前方に巨大な艦影を見た。

空母だ。アメリカ海軍ニミッツ級空母。満載排水量9万1千トン。巨大な浮島のような船だ。手前の海に巡洋艦や駆逐艦の艦影もあるが、空母と比べると、まるで子供のようだった。キムは報告しようと眼下の編隊に目をやった。すでに十一機のうち四機をミサイルで落とされ、七機の編隊になっていた。

『4番機、レーダーにキャッチされるぞ！　早く編隊に戻れ』

隊長機の叱咤《しった》が聞こえた。キムは急いで機首を下げ、隊長機の斜め後ろに戻った。海面の波が線状になって後方に飛んでいく。

掌《てのひら》が汗ばんできた。操縦桿を少しでも前に倒せば、海面に突っ込んでしまう。キムは雑念を振り払い、精神を敵艦に集中させようとした。

「隊長機へ」

『何だ？』

「空母を視認。ニミッツ級原子力空母です」

『方位は？』

「一時の方角」

『全機へ。聞いたか？　一時の方角に敵空母だ。針路を修正する。ついて来い』

1番機は翼を左右に振り、やや上昇をかけ、右翼を下げると右手に機首を向けた。金少尉も同じ仕草で隊長機を追った。

『距離10キロ。攻撃用意！　隊長機から全機に。各機、敵艦への必中を期せ』

李隊長の声は震えていた。

「了解！　隊長の武運を祈ります」

キムは叫んだ。突然、右翼を飛んでいた8番機が爆発した。前方の艦影から対空砲を発射する噴煙が見える。ついで最左翼を飛んでいた10番機が爆発をして海面に激突した。

前方に駆逐艦の姿が見えた。空母に突入するには、その駆逐艦の攻撃をかわさねばならない。

『距離5！　俺は駆逐艦をやる！　空母を頼むぞ』

李隊長の怒鳴り声が聞こえた。

『朝鮮民主主義人民共和国万歳！』

隊長機が低空飛行を止め、いきなりバーナーをたいて急上昇した。三十メートルほど上がると、今度は勢いをつけて目前の駆逐艦に突進した。駆逐艦の対空砲と対空機関砲の砲弾が隊長機に襲いかかるのが見えた。一瞬、隊長機は火だるまになり、艦の手前で爆発して海面に激突して水柱を上げた。

「隊長！」

キムは絶叫した。反射的に機首を上げ、駆逐艦に翼を傾けた。

『4番、編隊に戻れ！』

2番機の卞《ピョン》中尉の声が聞こえた。キムは夢中で叫んだ。

「畜生、隊長の敵《かたき》を取る」

キムは怒鳴りながら、隊長機がやったようにバーナーをたき、駆逐艦の手前で急上昇をした。機首を駆逐艦に向けてさらにバーナーをたいた。

「朝鮮民主主義人民共和国万歳！」

キムはがなった。「偉大なる……」まで叫んで止めた。代わりに母親の顔が目に浮かんだ。

「オモニ！」

母の顔が目の前に貼ってある恋人の写真の顔と重なった。駆逐艦の艦影が目の前に迫った。操縦桿を必死に握り締めた。

「さよなら、南伊《ナミ》！」

敵の対空機関砲弾が機体に命中する音が聞こえた。同時にコックピットの風防ガラスが粉砕された。キムは顔面を吹き飛ばされるのを一瞬感じた。敵艦のマストに旭日旗がはためいているのが見えた。ウェノムの駆逐艦だ。それがキムの最期の記憶だった。

9

西朝鮮湾西海岸沖　7月18日　0420時

自由の女神作戦開始のXデイになった。

東の空は白みはじめていたが、まだ辺りは暗闇に閉ざされていた。空には、どんよりと雨雲が垂れ籠《こ》めている。熱帯性の低気圧が黄海の南海上にあり、海は荒れ模様だった。

薄明をついて、海自第1、第2掃海隊群の掃海母艦艇と掃海艇三十隻と韓国掃海艇隊群の二十隻が、二隻一組ずつになって上陸作戦地点チャーリー（c）・ビーチへの水路掃海作業を行っていた。韓国海軍掃海艇隊群も海自掃海隊群と競争するように、爆雷を投下しては機雷を爆破処分したり、係維機雷の係維索を切っては機雷を浮上させ、銃撃で爆破していく。中深度の係維掃海は二隻ずつ対艇式で行われる。

その間にも前方の西海岸地帯には、国連PKF空軍機や米韓連合軍の空軍機、海軍機による空爆がひっきりなしに行われていた。海上の艦船からもロケット弾攻撃やミサイル攻撃も間断なく行われている。海岸の敵陣地は、これまでの爆撃や砲撃で、ほとんど抵抗らしい抵抗もなく沈黙したままだった。

掃海管制艇「ながしま」の艦橋に立ち、艇長の金沢1尉は双眼鏡で、前方の海岸を監視していた。後部甲板では係維機雷の掃海作業が行われていた。係維機雷の掃海は神経と手間がかかる作業だった。上陸地点のチャーリー・ビーチ沖合には中深度までびっしりと係維機雷の林が海底にできており、その機雷の係維索を一本一本カッターで切り離して機雷を浮遊させ機関銃で処分するのだ。海底に潜む磁気機雷などを機雷探知機で探知すると、航走体を使って水中テレビカメラなどで機雷を確認し、爆雷を投下処分する。だが、吃水に近い浅瀬では、そうした爆雷は使えない。

「ながしま」は、「えのしま」とともに海自掃海艇隊群では最も海岸に近い最前線の位置にいる。そこから先、上陸地点チャーリー・ビーチまでの水路は、余すところ三、四キロメートルほどになった。だが、水深は十メートル以下になり、中型掃海艇でもそれ以上進入するのは危険だった。浅海の中のどこに機雷や岩礁があるか分からない。しかも敵の機関砲や機関銃の射程内に入る。そこから先の掃海作業は、掃海ヘリに頼るしかない。

いましも後背の掃海母艦「うらが」や「ぶんご」から飛び立った掃海ヘリ二機が「ながしま」の上空を過《よぎ》って飛んだ。すでに飛来した海自111航空隊の掃海ヘリMH―53E十二機やアメリカ海軍の掃海ヘリ十二機などが「ながしま」の前に出て、低空飛行をしながら、海辺までの水路の掃海を行っていた。頭上には掃海ヘリ部隊を護衛するアメリカ空母艦載機F―35Bの編隊が哨戒している。散発的な敵の機関銃攻撃や対空ミサイル攻撃があったが、すぐさまF―35Bが駆け付けて敵を沈黙させた。

掃海ヘリから海面に見え隠れする機雷に機銃掃射が浴びせ掛けられ、その都度機雷が大爆発して土砂や岩石を吹き上げた。その爆発も海岸部での爆撃の爆発音に紛れて目立たない。

通信員が叫んだ。

「艇長、撤収命令が出ました。最終掃海します」

「よし。最後の機雷を処分次第に撤収！」

金沢艇長は双眼鏡から目を離した。掃海ヘリが上空から浅瀬に爆雷を投下して、どんどんと機雷の処分を行っていた。その掃海ヘリも波打ち際までの浅瀬の掃海はできない。まして砂浜や海辺の水際地雷を処分はできなかった。最終的な掃海と地雷駆除は、アメリカ空軍に頼むしかなかった。

背後の海で、また銃撃音が聞こえ、機雷が爆発するのが聞こえた。

「処分終わりました！」

「撤収！」

右舷の「えのしま」も撤収を開始していた。船首を沖合に回し、引き揚げようとしている。他の掃海艇もいっせいに引き揚げはじめていた。

「全速前進」「全速前進」

それまで浅瀬で掃海にあたっていた掃海ヘリ部隊もいっせいに爆音をあげて沖合に逃れはじめた。

朝は白々と明けはじめていた。いよいよ、本格的な上陸作戦が開始されるのだ。

すでに沖合には強襲揚陸艦やドック型揚陸艦、戦車揚陸艦や上陸用舟艇が何百隻も波間に待機していた。その背後の海域には空母打撃群や海上要撃行動群、海自護衛隊群がひしめくように展開していた。

掃海艇隊群は開いたばかりの何本もの水路をたどり、全速力で沖合に脱出した。掃海ヘリ部隊も、低空で強襲揚陸艦やドック型揚陸艦の待機する海域に引き揚げホバリングをはじめた。

「作戦海域から離脱しました」

操舵員が金沢艇長に叫んだ。ようやく掃海管制艇「ながしま」は海岸から十二キロ地点に離脱することができた。時計は0530時を差している。作戦開始時刻まで、あと30分。

「来ました」

見張り員の3等海曹が金沢艇長に上空を指差した。南西の方角に六機の大型航空機が編隊を組んで低空を飛行してきた。アメリカ空軍MC―130Eコンバットタロンの編隊だった。重々しい轟音が響きわたる。金沢1尉はヘルメットの縁を押し上げ、上空をゆったりと旋回するMC―130の編隊を見守った。やがてMC―130は一機ずつ編隊を離れはじめた。

MC―130コンバットタロンは、C―130ハーキュリーズ輸送機を改造した、地雷原処理や敵塹壕《ざんごう》破壊を主目的にした戦闘爆撃機だ。MC―130は気化爆弾BL

U—82を搭載している。気化爆弾BLU—82は、大量の燃料を充塡《じゅうてん》した弾体を目標地点上空で炸裂させ、気化したエアゾール雲をガス爆発させる兵器である。その破壊力は凄《すさ》まじく、TNT火薬の三倍、圧力は十倍にも達する。

編隊を離れたMC—130は二機ずつ編隊を組み直し、三つの上陸地点目指して、それぞれ飛び去っていった。そのうちの二機のMC—130はいったん掃海隊群の上空を旋回すると徐々に高度を上げ、前後に並び、ゆっくりとチャーリー・ビーチの上空に回り込んだ。翼下から盛んに欺瞞《ぎまん》弾のフレアを花火のように打ち出して、対空ミサイルの警戒をしていた。やがて二機ともチャーリー・ビーチの上空に差し掛かった。

後部の扉が開いていた。そこから、一個、また一個と合計四個のBLU—82が吐き出された。四個のパラシュートが開き、空中に漂いながら、ゆっくりとチャーリー・ビーチの上に落下していく。MC—130は後部扉を閉めるのも、もどかしげに速度を上げて、海上に逃れるように飛び去った。

四個のパラシュートは、ほぼ等間隔で舞い降り、地上間近になった。いきなり、先頭の一個が、ついで連続するように残りの三個のBLU—82がふっと揺れて消えた。次の瞬間、ふわっと空気が膨張し、大音響とともに大爆発を起こした。あっという間もなく四つの爆発が連続して地軸を揺るがせた。海面から蒸気が発生し、四個のキノコ雲が湧き上がった。海岸の方角から大きな波が掃海艇隊群のいる沖合に押し寄せてきた。

掃海管制艇「ながしま」は爆風に大きく船体が揺れた。艦橋の防弾ガラスがびりびりと震えた。飛んできた土砂や小石が船体を叩いた。ついで大波が激しく艇の甲板を洗って乗り越え、船体を揺すった。

「すごいなあ。まるで原爆だ」

艦橋にいた乗組員たちは驚きの声を上げた。爆発点から少なくても十二キロも離れているのに、気化爆弾BLU—82の余波が押し寄せてくる。砂浜の地雷や浅瀬の機雷が誘爆して吹き飛んだ。

上空を掃海ヘリが何機も飛翔した。上陸地点の観測に駆け付けたのだ。いったんは寄せてきた波がすぐさま浜辺に逆戻りしはじめた。金沢1尉は双眼鏡でチャーリー・ビーチを眺めた。そこには大きな穴ができ、海の水が流れこんでいた。半径四、五キロ周囲の海岸の地形がえぐれて変形していた。

ついで十数キロずつ離れたアロハ・ビーチ（A地点）やベロウ・ビーチ（B地点）でも大爆発が相次いで起こるのが聞こえた。

〇五五〇時。

金沢1尉は艦橋から身を乗り出し、背後に勢揃いしている揚陸部隊に目をやった。揚陸部隊の先陣を切って、アメリカ海兵隊や陸自水際機動団の強襲水陸両用車AAV

P―7（LVTP―7）が次々にドック型揚陸艦や強襲揚陸艦から海に飛び込み出した。

「作戦着手十分前！」

副長が告げた。いよいよ史上最大の作戦が敢行されるのだ。金沢1尉は息を飲んだ。

10

ピョンヤン郊外・第2軍団司令部地下指揮所　7月18日　〇五五〇時

副参謀長の梁東吉《ヤンドンギル》中将は落ち着かなかった。頭上で爆弾の炸裂する振動音がしきりに轟《とどろ》いている。分厚い強化コンクリート製の天井からぱらぱらと破片や砂埃が落ちてくる。天井から吊り下げられた電灯がゆらゆらと揺れる。

敵は地下指揮所の所在を正確に知っている様子で、この一週間、連日のように徹甲爆弾攻撃を仕掛けてくる。そのため、すでに地上三階から地下二階までの第2軍団司令部ビル施設は、ことごとく爆破されてしまった。恐らくアメリカ軍はイラク戦争でも使用したレーザー誘導徹甲爆弾でピンポイント攻撃しているのだろう。地下三階に造られている第2軍団司令部地下指揮所までは、まだ敵の徹甲爆弾も到達していない。だが、それもいつまで保《も》つか分からない。

しかし、梁東吉中将が落ち着かない理由は、そんなことではなかった。指揮所会議室の中央には、朝鮮半島の戦略作戦地図が置かれていた。各軍団司令部から入る情報を基に彼我の軍の配置を示す駒《こま》が置かれている。

東海（日本海）の東朝鮮湾洋上120キロメートル付近に、敵の空母艦隊を基幹とする大艦隊が集結していた。敵艦隊からは、三日前から東海岸地帯に集中的な砲爆撃が加えられている。一方、ソウルの南には、敵機甲部隊が北上しつつあった。原州《ウォンジュ》から江陵《カンヌン》にわたる全線にわたって敵の圧迫が続いている。そして、西朝鮮湾にも大規模な空母艦隊が現れ、西海岸地帯に猛烈な砲爆撃を加えていた。

最高司令部参謀部は、国家保衛部や人民軍情報部が入手した情報を基にして、東海岸に敵部隊が上陸するとして、第1軍団、第2機甲軍団、第6軍団主力、第9軍団主力、第9機械化軍団を元山海岸正面に張りつけた。さらに第二線として、東海岸防衛軍の第2軍団主力と815機械化軍団、特殊軍団主力、さらに第三線に第425機械化軍団を置いた。ほぼ万全な態勢だった。

状況がおかしくなったのは、友好国の中国とロシアが国境地帯に大部隊を集結させはじめてからだ。なぜ、中国とロシアが、中立の立場をかなぐり捨てて、そうした行動に出たのだろうか？

そのため、最高司令部は、戦略予備の425機械化軍団を清川江《チョンチョンガン》まで上げ、北辺警戒に当たらせなければならなくなった。これでピョンヤンは首都防衛軍団と第2軍団主力の第14師団だけしかいなくなり、完全に手薄になった。もし、それに敵が気付いたなら、これ幸いと作戦を変更しかねない。あるいは、そうなることを考えて、中国やロシアに参戦を促したのだろうか？　もし、そうだったなら……。

「気を付け！」

参謀将校たちはいっせいに姿勢を正した。入口の扉が開き、許錫萬《ホソンマン》司令官と黄卓在《ファンタクチェ》将軍が入ってきた。背後から、軍団参謀長の文康国《ムンガングク》中将や高級参謀たちが続いた。

「楽にして、作業を続けてくれ」

許司令官は参謀たちにいった。梁東吉中将は許錫萬大将と黄卓在大将たちと敬礼を交わした。

「ご苦労、どうかね？　状況は」

許司令官は笑みを浮かべながらいった。二人の将軍は副官が用意した椅子にどっかりと座った。梁中将も勧められた椅子に座った。

「どうも嫌な予感がして」

梁東吉中将は率直にいった。

「どういうことですか？」

文参謀長が緊張した面持ちで訊《き》いた。文参謀長は階級こそ梁東吉中将と同じだったが、先任でもある梁中将を師として尊敬していた。

「いや。私がいうことではないでしょうから」

梁東吉中将と黄卓在将軍は、朴《パク》空軍司令官に救われ、軍法会議こそ免れたものの、一応謹慎の身であることには変わりなかった。本当ならば、ピョンヤン郊外の宿舎に籠もっていなければならないところを、許錫萬司令官の特別の配慮で、軍団司令部に顧問参謀として招かれていた。キム委員長も同意してのことだ。

「どうしたかね？　参謀中将同志、遠慮しないでいってくれないか？　それが許司令官への恩返しにもなる」

黄卓在将軍が口を添えた。

「はい。では、遠慮なく」

梁東吉中将はうなずくと、地図の前に立った。文参謀長が傍らに立った。

「自由の女神作戦は、情報によると7月19日未明、つまり明朝０６００時に決行されるということでしたね？」

「そう計画書には記してあったということです」

「それなら、まず最初に敵がやらねばならないのは、上陸地点への水路啓開のはず。

我が元山海岸に至る海域にびっしり敷き詰めた係維機雷や磁気機雷の駆除なしに作戦を決行することはできない。それが常識なのに、敵はまるでそんなことには構わず、ただ海岸地帯に陣取った我が軍に空爆と砲撃ばかりを加えている。作戦開始二十四時間前というのに掃海艇一隻出して来ない。機雷掃海は、そんな簡単にできるものではない。それとも敵は掃海をやらないのでしょうか？　もし、掃海もしないで敵軍が上陸作戦を展開しようとすれば、我々にとっては願ったり叶《かな》ったりです。もし、私が敵の参謀だったら、そんな馬鹿なことはできない」

「なるほど。しかし、上陸用舟艇のような平底艦艇ならば機雷を触発しないと考えているのかも知れない。敵にはホーバークラフト舟艇も多数揃っているのだろう」

許錫萬司令官が口を挟んだ。梁東吉中将は頭を振った。

「希望的観測ですな。そうした平底舟艇やホーバークラフト舟艇を多数保有しているのなら、はじめから浅瀬の多い西海岸でも運用できると考えるはずでしょう？」

「それはそうだ」

「そこで気になったのは、敵のピョンヤン市内やその周辺地域、さらに西海岸地帯への執拗《しつよう》な空爆です。敵は東海岸地帯への攻撃を上回りかねない規模で展開している。前から許錫萬司令官に申し上げていることですが、これは陽動作戦にしては度が激しすぎないか、と思うのです」

「すると、梁東吉中将同志、きみの考えでは？」

「敵は東海岸でなく、本当は西海岸上陸を狙っているのではないか、と考えます。西海岸の防衛陣地がずたずたで情報が入ってこないのが、どうも気掛かりなのです」

梁東吉中将はとんとんと西海岸付近を指で叩いた。文参謀長もうなずいた。

「梁中将閣下のおっしゃる通り、事前に東海岸への掃海部隊が出てこないのは変ですね」

許錫萬司令官は溜め息混じりに笑った。

「わしも、梁中将同志と同じ意見だ。だが、最高軍事指導部の軍事委員会では、敵は東海岸に上陸するという判断に決まったのだよ。最高司令官も、そちらの意見だ。もう変えられない」

「我々が、いくら危惧《きぐ》しても始まらないということか」

黄卓在将軍は諦《あきら》め切った顔で頭を振った。

「もし、お許しいただければ、前線からの情報を取りたいのですが」

梁中将は遠慮がちに許司令官と文参謀長を見ながらいった。

「もちろん、自由にやってくれ。なんなら、わしの命令としてやってくれ」

梁中将は、居並ぶ参謀たちに振り向いた。

「大至急に、西海岸の各部隊と連絡を取り、状況報告するよう命じてくれ！　大至急だ」

参謀将校たちは、その指示にいっせいに電話機に飛び付いた。文参謀長も、自ら受話器を取り、第14師団司令部に電話を入れた。

「なにごともなければいいのですがね」

梁東吉中将は黄卓在将軍と顔を見合わせた。本来は、そうした作業は最高司令部の参謀部がやっていくべきことだった。

「梁中将閣下」

参謀少佐が受話器を耳にあてたまま、呼んだ。

「どうした？」

「いま前哨陣地から報告が入りました。西海岸に新型爆弾が十数発投下され、防衛陣地もろとも吹き飛ばされ、部隊が全滅しました」

「新型爆弾？」

「一発で十数キロ範囲が爆発したそうです。小型の核爆弾ではないかと」

「何！　核爆弾だと！」

許司令官が顔色を変えた。梁東吉中将は叫ぶようにいった。

「放射能は？」

参謀少佐は現地部隊と話を交わした。

「放射能探知機に反応ありません」

黄卓在将軍は唸《うな》るようにいった。

「気化爆弾だな。湾岸戦争でイラク軍に使用されたことがある」

「気化爆弾ですと？　それは何ですか？」

許司令官は顔をしかめた。

「局地的な地域制圧兵器です。敷設してある地雷をいっぺんに爆破するためとか、塹壕を壊滅させる用途の場合に使用する」

黄卓在将軍は説明をしながら梁東吉中将と顔を見合わせた。梁東吉中将はいきなり手近の電話機に飛び付いた。送話器に怒鳴った。

「交換手！　大至急、最高司令部につなげ！」

文参謀長も受話器を持ったまま、叫ぶようにいった。

「司令官同志、海岸監視所からの報告です。黄海《ファンヘ》海上に敵上陸用舟艇や水陸両用装甲歩兵戦闘車が海を埋め尽くしているとのことです」

「敵はやはり西海岸に上陸するぞ！　大至急に４２５と第２機甲軍団を取って返せ」

梁東吉中将は送話器に怒鳴った。

11

アロハ・ビーチ（A地点）　0600時

夜はすっかり明けていた。雲間から朝日が斜めに海岸に差し込んだ。

爆撃が止んだ。第1海兵遠征軍（1MEF）の海兵隊員が分乗した水陸両用戦闘車AAVの数百台の大群は、いっせいにアロハ・ビーチ（A地点）を目指して進撃を開始した。気化爆弾攻撃でほぼ壊滅した海岸前面の敵陣地からは抵抗らしい抵抗がなかった。それでも、海兵隊の上陸作戦を嗅《か》ぎ付けた敵は、後方の砲兵陣地からようやく砲撃を開始した。水を蹴《け》立《た》ててゆっくりと航走するAAVの周辺に152ミリ榴弾《りゅうだん》や122ミリ砲弾が炸裂して水柱を吹き上げた。何十発何百発もの多連装ロケット弾も着弾しはじめ、あちらこちらで爆発しては水柱を上げる。敵の本格的反撃がはじまったのだ。

砲弾に直撃されたAAVが粉砕され、四散して爆発した。それでも進軍ラッパは鳴り止まず、海兵隊はひるむことなく強襲突撃を続けていた。

たちまち空中で待機していた空母艦載機のF―18スーパーホーネット攻撃機の編隊が、敵砲兵陣地への空爆を再開しはじめた。連続していた砲撃もたちまち空爆の効果があって、散発的になってしまった。

上空をAH―1Wスーパーコブラ攻撃ヘリコプターやCH―46輸送ヘリコプターの編隊が轟音を鳴り響かせて、アロハ・ビーチに向かって飛来する。AH―1Wスーパーコブラは、海岸に張り巡らした敵の陣地に容赦なくロケット弾や対戦車ミサイルを撃ち込んでいく。

四機のCH―46輸送ヘリコプターには、マクロード海兵大尉が率いる第15海兵遠征隊15MEUの第1中隊が分乗していた。CH―46ヘリは海岸の台地に舞い降りた。マクロード大尉は真っ先にヘリから飛び降りた。続けて完全武装の海兵隊員たちがヘリから飛び出していく。

「ムーブ、ムーブ！　ひよっこの野郎ども、ピクニックに来たんじゃないぞ。ぐずぐずするな！　ケツを蹴飛ばすぞ」

マイヤー海兵軍曹が部下たちをどやしつけた。中隊の隊員はたちまち台地の周辺に散開し、自動小銃を敵に撃ちはじめた。

機関銃弾が周囲を襲った。たちまち海兵隊員の何人かが声もなく撃ち倒された。

「衛生兵！」

叫び声が聞こえる。

「煙弾撃て！」

煙幕弾が四方から打ち出された。すぐさまもうもうとした黒煙が吹き上がった。黒煙は台地のマクロード大尉たち第1中隊を隠して広がった。

マクロード大尉はヘルメットを押さえながら、台地の頂にできた窪《くぼ》みに飛び込んだ。中隊の通信兵が傍らに走り込んだ。双眼鏡で煙幕の間から見える前方の小高い丘陵地帯を眺めた。上空を爆音をたててＡＨ―１Ｗが飛び去り、敵のトーチカに対戦車ミサイルを叩き込んだ。トーチカが爆発して吹き飛ぶのが見えた。

トーチカの前面には気化爆弾が誘発させた対戦車地雷や対人地雷の爆発した跡が無数についていた。丘陵地帯に草や木の葉でカモフラージュしたＴ72戦車や62式軽戦車、ＢＭＰ―2歩兵戦闘車の姿があった。

マクロード大尉は通信兵から無線機を受け取り、送話マイクに叫んだ。

「タンク発見！　十二時方向。ＩＦＶもいる。ＣＡＳ（近接航空支援）頼む！」

上空に待機していたＡ―10サンダーボルトⅡが低空で飛来した。たちまちＡ―10サンダーボルトⅡの翼の下から、何発ものミサイルが白煙を曳いて飛翔した。Ｔ72戦車が避ける間もなく爆発し擱座《かくざ》した。乗員が転がり出るのが見えた。続いて山陰に逃げようとする軽戦車やＢＭＰにもミサイルが飛んだ。軽戦車もＢＭＰも直撃弾を受け呆《あっ》気《け》なく吹き飛んだ。サンダーボルトは爆音を立てて、上空を飛び去った。

マクロード大尉は台地から海岸を振り返った。無線機を耳にあてて報告した。

「こちらAP（前進班）、敵の抵抗は弱い。直ちに前進する」

『了解！　本隊もまもなく上陸する』

無線機から大隊長の声が聞こえた。海岸の砂浜には、沖合から轟音をあげて、何百台もの水陸両用車AAVが突進してくるのが見えた。先に着いたホーバークラフト揚陸艇LCACから、海兵隊員や装甲兵員輸送車、歩兵戦闘車M2／3ブラッドレーが何台も上陸してくる。海兵隊員や車両を吐き出すと、LCACは身を翻《ひるがえ》して、また沖合の強襲揚陸艦やドック型揚陸艦目指して戻りはじめた。

その間にも汎用型揚陸艇LCUが海浜に乗り上げるようにビーチングし、艦首の歩板を倒して、海兵隊員や軽装甲戦闘車LAVやブルドーザー、ハンビを吐き出した。ハンビは勢いよくビーチの砂を乗り越え、海兵隊員たちを追い越して前進してくる。ハンビの車上にはTOW対戦車ミサイルが搭載されていた。

すでに上陸管理チームが浜辺には上陸していて、上陸地点の管理、車両などの交通整理を開始していた。足の遅いAAVがようやく海浜に上陸をぞくぞくと開始していた。

第31海兵遠征戦闘団の旗がはためいていた。

橋頭堡は確実に確保されつつあった。この分では予定の正午までに橋頭堡は十キロの縦深陣地になるだろう。

「ようし、第1中隊、前進する！」

マクロード大尉は怒鳴った。

「聞いたか？　野郎ども、これからキム・ジョンウンに会いに行くぞ！　前進だあ」

マイヤー軍曹が短機関銃を振り回し、部下たちに前進を命じた。隊員たちは自動小銃を構え、前方の丘陵地帯に突進していく。

マクロード大尉たちの上空を、十二機編隊のC―141輸送機が越えていった。米陸軍第75レインジャー連隊を乗せた編隊だった。第75レインジャー連隊は、これから丘陵の十キロ先にある温泉《オンチョン》航空基地に落下傘降下する特攻部隊だった。

彼らが航空基地を攻撃占拠し、敵の反撃をしのいでいる間に我々海兵隊主力が駆け付けるのだ。マクロード大尉は大声で怒鳴った。

「前進前進！　急げ、飛行場を奪取するぞ！」

マイヤー軍曹ががなった。

「急げ！　ぐずぐずしていると、ウスノロの陸の連中に先を越されるぞ！」

橋頭堡が確保されると、すぐさま後方に控えている陸軍の重歩兵部隊が上陸してくるのだ。

12
ベロウ・ビーチ（B地点）　0610時

黒煙の煙幕が海岸一帯に棚引いた。敵からの銃撃や重迫砲撃が、間断なく続いていた。敵の抵抗は依然として頑強だった。ここB地点は気化爆弾が海側に大きく外れて、機雷原や地雷原は吹き飛ばしたものの敵の塹壕を潰《つぶ》すことができなかった。

上空から艦載機F—35Bが敵の砲兵陣地や歩兵陣地へ近接航空支援攻撃を繰り返している。

尹喜植《ユンヒシク》はヘルメットを押さえながら、LCACから飛び出すと、近くの窪みに飛び込んだ。一連射が襲いかかった。闇雲《やみくも》に煙幕の中に敵は撃ち込んでくる。海水に全身がびっしょり濡れてしまったが、もはやそんなことには構っていられなかった。小隊長の崔《チェ》准尉が前方の対戦車障害物の陰に飛び込み、敵の銃撃から身を避けたのが見えた。

「前進しろ！　敵の塹壕を奪取するんだ！」

金《キム》軍曹が怒鳴りながら、尹の頭上を飛び越えていった。

「畜生！」

尹も勇気を奮って、銃を構えながら突進した。銃弾がぱらぱらと周囲の砂地に跳んだ。

「走れ走れ！」

金軍曹が怒鳴る。尹をはじめ、車《チャ》一兵や陳《チン》一兵も必死になって駆けた。ようやく小高い丘陵の根元に駆け込んだ。ぜいぜい息をつき、岩陰に身をひそめた。

後方の海を見ると、ＡＡＶ水陸両用戦闘車や軽戦車Ｍ５５１シェリダンを乗せた汎用型揚陸艇ＬＣＵが波を切ってビーチに殺到するのが見えた。尹は早くＡＡＶよ、来てくれと叫ぶ思いだった。装甲車が来てくれないと、敵の銃砲撃を避けることができない。

「海兵隊に負けるな！　奴らはすでに丘に取りついているぞ」

崔小隊長は駆け付けると、大声で怒鳴った。

「だけど、やつらには攻撃ヘリがあります。こちらは、装甲車しかない」

車一兵が文句をいった。金軍曹が怒鳴り返した。

「そんなに海兵がいいなら、あっちへ行け。わしらの師団には臆病者《おくびょう》はいらんぞ」

車一兵は尹に顔を向けて肩をすぼめた。

ベロウ・ビーチことB地点への強襲上陸作戦の先鋒を担ったのは、韓国軍第1海兵師団と尹たち陸軍第101歩兵師団、それに第76特戦旅団だった。尹たちは、なんとしても精強を誇る海兵隊の鼻をあかしたかった。後続部隊には、第2海兵師団と第6海兵旅団が上陸してくる。その後に韓国陸軍の第1師団や第5師団、第77特戦旅団が控えていた。先鋒を切った以上、なんとしても海兵隊には負けたくなかったのだ。

ようやく一輛、また一輛と水陸両用戦闘車AAVが上陸してくる。ビーチングしたLCUからは、M551シェリダン軽戦車やM113装甲兵員輸送車が轟音を上げて走り出してくる。それとともに第101師団主力がぞくぞく上陸してくる。

ホーバークラフトLCACが上陸し、ようやく八八《パルパル》戦車も陸揚げがはじまった。師団の戦車大隊の八八戦車部隊だ。

「対戦車兵！」

金軍曹が怒鳴った。対戦車兵の陳一兵ががばっと跳ね起きた。金軍曹の指差す方角に目をやると、一輛の62式軽戦車が煙幕の切れ目から見えた。85ミリライフル砲が砲塔に見えた。突然軽戦車の砲塔が回り、砲塔についた機関銃が吠えた。ついで85ミリ砲が火を吹き、LCUに命中した。LCUは船腹を割られ、吐き出していた兵員が吹き飛んだ。

陳一兵は84ミリ無反動砲カール・グスタフを肩に載せた。金軍曹は「ようく狙え」

といい、こつんと陳一兵のヘルメットを叩いた。

「撃て！」

その声にカール・グスタフが火を吹いた。白煙の尾を曳いた弾頭が軽戦車に飛び、見事に車体の中央に吸い込まれた。軽戦車は一瞬の後に内部で爆発して、砲塔が吹き飛んだ。

「ようし、よくやった」

金軍曹は満足気にうなずいた。

「さあ、前進だ」

崔小隊長ががなった。尹たちは薄れかけた煙幕の中を駆け、なだらかな斜面を登りだした。後から上陸したばかりの八八戦車が二輛勢いよく斜面を駆け登ってきた。戦車はたちまち尹たちを追い越し、丘の頂に登りつめた。同時に二輛が対面の敵陣に砲撃を開始した。その後から駆け登った尹たちは戦車の陰に身を潜め、敵兵の様子を窺った。

塹壕の敵兵たちが対戦車兵器ＲＰＧ―７を向けるのを見た。尹は自動小銃を彼らに向けて乱射した。いきなり上空をＦ―18スーパーホーネットが飛翔して抜けた。敵の塹壕にロケット弾が炸裂した。同時に戦車の機関砲弾が塹壕に吸い込まれた。あっという間もなく敵兵の体が薙ぎ倒された。

「着剣！　白兵戦用意」

崔小隊長ががなった。尹は急いで銃の先に銃剣を着けた。

「突撃！」

その声と同時に戦車が轟音をたてて突進しはじめた。尹たちも吶喊《とっかん》の声を張り上げ、全力疾走で戦車とともに敵陣に駆け出した。

13

チャーリー・ビーチ（C地点）　0615時

海自のホーバークラフト揚陸艇LCACは、激しい風圧を巻きおこして浜辺に上陸した。直ちに歩板が降ろされた。

機銃弾が雨あられと降り注いでいた。飯尾2尉はハッチを閉めた。銃弾が車体や増着装甲板を叩く音が反響した。誘導員が笛を鳴らした。

「よし、出ろ！」

飯尾2尉の声に、操縦手の真下1曹が返事をし、アクセルを吹かした。がくんと弾みがついて重い10式戦車は海岸の浜辺に走り出た。キャタピラが柔らかい砂地にめり込み、斜めに傾いた。だが、すぐにしっかりとキャタピラは砂地を掴み、前進を開始した。

「砲撃用意！」

「砲撃準備よし！」

砲手の根藤2曹が元気よく応答した。10式戦車は自動装填式だ。そのため乗員は三名で済む。それだけ74式戦車よりも車内は広く感じられる。

『飯尾小隊長！　送れ』

田中中隊長の声がヘッドホーンに聞こえた。飯尾は答えた。

「いま上陸しました」

『集合！』

真下1曹は、早くも前方の第3戦車中隊の印を見付けて、戦車を移動させた。すでに第七師団第72戦車連隊は中隊ごとにぞくぞくと集結しはじめていた。

『隊長から全車へ！』

無線を通して中隊長の田中3佐の声が響きわたった。飯尾の戦車の後から、また三輛が駆け付け、第3戦車中隊総勢十四輛が揃った。

『ただいまから、11連と協同して、予定通り、正面の禿げ山陣地は我々第3中隊が攻略する！　先鋒は第1小隊の飯尾分隊と梶原分隊。いいな。第2、第3小隊は側面から攻撃する。以上だ』

飯尾は文句はなかった。先鋒を切るのは名誉なことだった。同じ小隊の梶原准尉とは非常に相性はいい。演習の際も、いつも四輌で敵部隊を攻撃する訓練を積んでいる。11連は第七師団第11普通科連隊のことだ。日頃演習の際はいつも一緒だから、気心も分かっている。

田中中隊長の声が告げた。

『第1中隊や第2中隊に負けるな！　出発！』

その声を合図に真下1曹は戦車を発進させた。

第1戦車中隊、第2戦車中隊は、それぞれ低い丘陵地帯の禿げ山高地の稜線に並ぶ塹壕防御陣地を攻撃することになっていた。

『飯尾2尉！　梶原准尉、偵察情報では敵の防御陣地前にはまだ地雷原が残存している模様だ。用心しろ。92式と施設中隊が出る』

「了解。CAS（近接航空支援）を要請します。送れ」

『CASは要請した。まもなくコブラも到着する。到着次第に支援する予定だ。送れ』

飯尾は返答した。92式は地雷原処理車のことだ。

飯尾の戦車分隊と梶原准尉の戦車分隊合計四輌が、砂埃を上げて正面の低い丘陵を越えに掛かった。

進行方向の斜面に第11普通科連隊の隊員たちが、正面の禿げ山陣地に向かって散開していた。煙幕弾がぽんぽんと前方に打ち出され、また黒煙が周囲を覆いはじめた。

「横隊進撃！」

四輛の10式戦車はキャタピラを鳴らしながら動いた。飯尾は戦車を幅一メートルほどの等間隔で並べた。機関銃弾が唸りをたてて車体を叩いて跳弾となって後方に吹き飛んだ。

「砲撃用意！　目標は禿げ山高地の敵防御陣地」

飯尾はイヤホーンに耳をあてた。砲手の根藤2曹が１２０ミリ滑腔《かっくう》砲の照準を合わせた。砲の角度を微調整する。禿げ山高地の敵陣まで、距離3キロ。まだ啓開していない地雷原が前面にある。

「準備よし！」根藤は叫んだ。

「テッ（射て）！」

車内が耳を聾《ろう》する一斉射撃音で充満した。ツンという火薬の匂いが鼻をつく。反動で車体がびりびりと震えた。自動装填装置が作動して、空薬莢《からやっきょう》を弾《はじ》きだした。すぐに第二弾が装塡された。

前方の禿げ山高地に四発の土煙が吹き上がった。轟音が相手を威嚇《いかく》する役割もある。

「発射用意！」「テッ！」

轟音が耳を聾した。空気がふっと揺れた。

第二、第三弾を発射して、早く台地の陣地を制圧したかった。禿げ山台地を落とせば、すぐ後背のピョンヤンまでは、大同江《テドンガン》の渡河作戦さえ終えれば何の障害もない。

「発射用意！」「テッ！」

連続発射は、また空気を震わせた。敵の陣地の土嚢《どのう》が粉砕され宙に飛んだ。

「発射用意！」

いきなり上空を何機ものＦ―35Ｂの機影が飛び抜けた。瞬間、禿げ山の敵防御陣地にロケット弾が叩きこまれた。続いたＦ―35Ｂからも爆弾が飛び込んだ。同時に大音響をともなって大爆発が起こった。三機目は激しい機銃弾とロケット弾を撃ち込んだ。

要請通りに、米空軍のＣＡＳ（近接航空支援）が開始されたのだ。こうこなくては、と飯尾は思う。

「全車へ。ＣＡＳが終わり次第に突撃を敢行する」

飯尾は小隊に告げた。禿げ山高地だけでなく、他の高地への攻撃も再開されていた。ハッチを上げ、飯尾は身を乗り出した。戦車の背後には敵の対戦車兵を警戒する味方の普通科隊員たちが待機していた。89式装甲戦闘車も背後に並んでいる。90式戦車の進撃と同時に装甲戦闘車も進撃するのだ。飯尾は車載機関銃の遊底を引いて装填した。

　背後から爆音が聞こえた。振り向くと、迷彩をかけたAH―LSスーパーコブラ攻撃ヘリコプターの編隊が海上から飛来してくるのが見えた。陸自の対戦車ヘリコプター隊だった。

　攻撃ヘリコプター隊は上空を過《よぎ》ると同時に短固定翼下の70ミリロケット弾ポッドから白煙が幾条《いくすじ》も噴出した。ロケット弾は敵の防御陣地を片っ端から粉砕した。同時に3連装ガトリング型20ミリ機関砲が火を吹いた。それまで頑強に抵抗していた敵兵の機関砲陣地もついに沈黙した。

　すかさず戦闘工兵が戦車の間から前方に出た。飯尾はスモーク・グレネード・ランチャーから煙幕弾を発射した。煙弾は前方に落ちると黒煙を吹き出し、戦闘工兵の姿を敵から隠した。

　今度は敵陣からガス弾が発射されるのが見えた。白煙を吹く化学弾だ。飯尾は叫んだ。

「状況、ガス！」「状況、ガス！」

　戦闘工兵たちが素早くガスマスクを取り出し、顔に装着した。普通科隊員たちも急いでガスマスクを顔に着ける。七秒以内に装着しないと、ガスの被害を受ける。飯尾は急いで車内に入ってハッチを閉めた。10式戦車はハッチを閉めると、密閉される対

NBC仕様になっている。戦闘工兵は地雷原の啓開を開始した。

施設中隊の92式地雷原処理車が横に着いた。いきなり地雷処理車の箱型ランチャーからなだらかな斜面にロケット弾がするすると前方に飛んだ。ロケット弾に引きずられた索に数珠《じゅず》つなぎになった爆薬が飛び出した。

ロケット弾が着地すると、索についた爆薬が地面に落ちた。途端に爆薬は凄まじい音をたてて爆発した。敷設されていた対戦車地雷や対人地雷がどかどかと誘爆した。爆薬索に沿って幅十三、四メートルほど、長さ百メートルほどの地面が啓開された。

「発射!」

120ミリ戦車砲が唸りをたてた。轟音が響きわたった。飯尾は叫んだ。

「前進開始！　続け」

真下1曹がアクセルを吹かした。戦車は啓開した通路に二台ずつ並走して突進した。その直後を梶原分隊の二台が続いた。

「発射！」

飯尾は走行射撃を命じた。地響きをたてて、10式戦車は前進する。上空をスーパーコブラが右に左に飛び回りながら、敵陣にロケット弾や機関砲弾を叩き込んだ。

百メートルほどくると啓開通路は終わった。背後に控えた地雷処理車からまたロケット弾が発射された。また爆薬索が前方に飛び、爆発して地雷を誘爆させた。

「前進！」「発射！」

前進しながら90式戦車はあいついで砲撃を連続した。戦車はエンジン音を轟かせ、ようやく岩場に辿《たど》り着いた。そこからは一気に駆け登る。

飯尾の戦車はついに敵の塹壕の末端に突進した。敵兵がなおも銃撃するのが見えた。飯尾はハッチを開けた。ガスは消えている。身を乗り出し、12・7ミリ機関銃を塹壕に射ちまくった。

喚声《かんせい》を上げて普通科隊員が駆け上がった。戦車が塹壕の土嚢をキャタピラで踏み潰した。

装甲戦闘車も轟音をあげて塹壕の上に躍り出た。35ミリ機関砲が吠えた。土嚢を積んだ防御陣地が機関砲弾を受けて崩壊していく。7・62ミリ機関銃も連射音をたてた。北朝鮮軍兵士たちがもんどりうって転がった。

塹壕の中では普通科隊員が北朝鮮軍兵士と銃剣を振るって、肉弾戦を演じていた。上空からスーパーコブラがなおも抵抗する北朝鮮軍兵士に銃弾を浴びせ掛けた。普通科隊員たちがカラシニコフ突撃銃の連射で薙ぎ倒された。

飯尾は突然、右腕に電撃のようなショックを受けた。それも構わず飯尾は12・7ミリ機関銃を敵兵に向かって連射していた。

飯尾は射ちながら、「おおう」と叫んでいた。

14

雨崎は第6連隊戦闘団の普通科隊員たちと一緒に、ホーバークラフト型LCACに同乗し、チャーリー・ビーチに上陸した。隊員たちの顔は緊張に引きつっていた。

「行け行け行け！」「こんなところでぐずぐずするな。戦闘が終わってしまうぞ」

上陸と同時に山本陸曹長は隊員たちを怒鳴りつけた。雨崎も隊員たちに混じって懸命に丘の斜面に向かって走った。

C地点の浜辺は、すでに形勢は国連PKF側に有利に傾いていた。時折、砲弾が海辺に着弾して激しい水柱を上げるが、散発的でもはや上陸部隊の足を止めるものではなかった。

丘の斜面に着くと、隊員たちは一休みを取った。海の上で波に揺られていたせいで、誰の顔も船酔いの症状を見せていた。

雨崎はカメラを構え、浜辺に横たわる戦死者たちの様子を撮影した。看護兵が戦死者たちをビニール袋に無造作に入れ、無蓋《むがい》トラックに載せていた。

浜辺にはぞくぞくと揚陸艇が兵員や10式戦車、16式機動戦闘車、装甲兵員輸送車を運び込んでいる。C地点には陸上自衛隊だけでなく、韓国軍やアメリカ陸軍の部隊もつぎつぎに上陸していた。広いビーチいっぱいに物資が積まれ、丘の上には国連旗と日の丸、それに韓国やアメリカの国旗が翻っていた。敵の陣地はすでに占拠した後で、戦車や水陸両用戦闘車がエンジン音を上げながら進撃を続けていた。

一台の高機動車が走り寄った。顔見知りの大山1尉が助手席から身を乗り出した。

「もう前線はだいぶ前に移動している。乗るか？　司令部は上にあるぞ」

「すいません」

雨崎は高機動車の後ろの扉を開いて乗り込んだ。車は勢いよく発進した。なだらかな斜面を一気に登っていく。

「ここの先の禿げ山高地は激戦地だった。七師団がようやく落としたところだ」

大山1尉は前方の禿げ山を指差した。

「陸上自衛隊だけで落としたのですか？」

「そうじゃない。空からアメリカさんの支援を受けてのことだ。それ以外は、全部陸上自衛隊だけで取ったんだ。だから、七師団の連中は意気があがっている」

雨崎は台地の土嚢に立てられた国連旗と日の丸の旗を見上げた。日の丸の旗も国連旗も血に染まっていた。

「我が方も、ここではだいぶ死傷者が出た。何百人もな。敵兵も何百人も死傷しただろうよ」

雨崎はブルドーザーが死体を片付けているのに気が付いた。

「ああ、ここで降ろして」

車は急停止した。

「ありがとう」

死体の山が出来ている。雨崎は車から飛び降りた。並べられた死体にカメラを向けた。戦死者は自衛隊員もいれば、北朝鮮軍の兵士のものもあった。看護兵が死体から認識章を外してはビニール製の寝袋に入れていた。すでに死臭が漂いだしていた。

血に染まったシャツやぼろ布が脱ぎ捨てられてある。血だらけの肉塊も転がっていた。雨崎は吐き気を覚えた。これが戦場なんだ。映画や小説の綺麗事《きれいごと》の戦争ではない。殺し合いの戦争の跡なんだ。そう思うとなぜか無性に腹が立ってきた。

台地の上からは浜辺が一望できた。そこには何千台もの戦車や装甲車が陸揚げされていた。沖合に浮かんだ大艦隊も見える。輸送船団からまだ兵員や車両が陸揚げされている。浜辺には、数万人の兵員が上陸しあちらこちらに屯《たむろ》していた。

頭上を爆音を立てて陸自の攻撃ヘリコプター・スーパーコブラの編隊が飛び抜けていった。その胴体に赤い日の丸が陽光に反射して輝いていた。

15

ピョンヤン・主席宮地下執務室　7月18日　0800時

頭上では、炸裂する爆弾の地響きが続いていた。着弾の衝撃の度に電灯が弱々しい光になったり、また普通の明るさに戻ったりしている。主席宮の地下施設や地下司令部は、大型自家発電機が電気を供給しているので、地上の発電所や変電施設が爆撃破壊されても、完全に明かりが消えることはない。

キム・ジョンウンはベッドから起き抜けのパジャマ姿で、執務室を行ったり来たりしていた。執務室には、報告に駆け付けた金英哲副委員長や人民武力部長のノ・グアンチョル、リ・ヨンギル総参謀長、祖国防衛軍西海岸防衛軍の許錫萬《ホソンマン》司令官、ソン・グアンシク国家保衛部長の五人がかしこまって立っていた。

「なんということか！　敵は西海岸に上陸しただと？　副委員長も総参謀長や国家保衛部長も、あれほど敵が東海岸に上陸するといっていたではないか！」

キム・ジョンウンは普段は頭髪を振り乱し、あたり散らしていた。金英哲副委員長は緊急電話をかけてきたものの、祖国防衛作戦の最終責任者はリ・ヨンギル総参謀長であり、自分ではないと言い訳をしていた。

無責任な男め！　肝心な時に責任回避するとは情けない。

金英哲は、他の誰より頼りにしていた腹心だけに、キム・ジョンウンはひどく裏切られた思いだった。それがキム・ジョンウンの怒りの火に油を注ぐ結果になっていた。

キム・ジョンウンは何度も深呼吸をし、忙《せわ》しくロスマンズの煙を吸い込み、気持ちを落ち着かせた。

リ総参謀長の報告では、東海岸と西海岸へ攻撃が始まると同時に、ソウル地域と鉄の三角地帯と呼ばれている中部山岳地帯にも敵の大攻勢が開始されていた。

その一方北部国境地帯では、同盟国であるはずの中国と、かつての後ろ盾だった旧ソ連の後継者ロシアまでもが、わが国に軍事圧力をかけてきている。

四面楚歌《しめんそか》だった。

いったい、この機にどう対処したらいいというのか？

キム・ジョンウンは動き回るのを止《や》め、リ総参謀長を睨《にら》みつけた。リ総参謀長は緊張に体を硬直させ震え上がっていた。

「委員長様、まだ西海岸への本格的な上陸作戦は始っていません。我が軍が西海岸防衛に力を分散させたところを狙って、今度は東海岸に本格的な敵の上陸が開始されると思われます」

リ総参謀長の説明を聞いて、祖国防衛軍司令官許錫萬は顔を真っ赤にした。

「馬鹿な！　総参謀長は、この期《ご》に及んで、まだそんなことをいっておるのか！　すでに西海岸の三か所にわたって少なくても五万人以上の敵部隊が上陸を強行しているのだぞ！　こうしている間にも敵はぞくぞくと後続部隊を上陸させている。それをまだそんな世迷《よまよ》いごとをいっているのか！　あれほどわしが敵は西海岸に来ると主張していたのに！」

「しかし、たしかに敵の大機動部隊が元山《ウォンサン》沖に集結しており、上陸地点と覚しき海岸に猛攻撃をしかけてきていた。だから西海岸への上陸が、てっきり東海岸への本格上陸のための陽動作戦かもしれないと判断して……」

リ総参謀長は青くなって抗弁した。許錫萬司令官は、リ総参謀長を無視するようにキム委員長に、きっと顔を向け直した。

「最高司令官閣下、首都防衛軍団と、わが第2軍団の1個師団だけでは、いくら労働赤衛隊や教導隊、赤色青年近衛隊などを総動員しても、西海岸へ上陸した敵大部隊の進撃を阻止することは不可能です。直ちに安州《アンジュ》の第425機械化軍団を転進させ、自分の西海岸防衛軍に振り向けることをお許しください」

「最高司令官閣下、自分も許司令官同志と同じ意見であります」

ソン国家保衛部長が沈痛な面持ちでいった。

金英哲副委員長もうなずいた。

「ことここに至っては、東海岸防衛に、貴重な戦力を張りつけるよりも、西海岸の敵を迎撃する方が重要です。自分も許錫萬同志に賛成します」

キム・ジョンウンは五人を見回し、決然としてうなずいた。

「よし。許司令官同志、許可する。すぐに425を戻し、許司令官同志の指揮下におこう」

「ありがとうございます。さらに大至急東海岸第二防衛線の第9機械化軍団とわが第2軍団主力も西海岸防衛に戻してください。それと特殊軍団も西に転進させ、首都防衛に振り替えるご許可を頂きたいのです。そうしなければ、敵を西海に叩き落とすことは不可能です」

「許可しよう。直ちに第9機械化、第2、特殊軍団を呼び戻したまえ。全力をあげて敵を撃退するんだ。敵を首都に一歩も入れるな」

「ありがとうございます。正しいご決断です」

許錫萬次帥もこつんと長靴の踵《かかと》をぶつけて鳴らし、不動の姿勢を取った。キム・ジョンウンはリ総参謀長に向いた。

「総参謀長、同志はすぐに私の命令として東海岸防衛軍の尹常鎮《ユンサンジン》司令官に伝えたまえ。

尹司令官に敵に悟られぬように予備兵力だけを残して、西海岸に兵力を振り向けるように命令するんだ」

「はっ、直ちに手配します」

リ総参謀長は飛び上がり卓上の電話機に駆け寄った。受話器を握りしめ、甲高《かんだか》い声で元山司令部につなげと命じた。

キム・ジョンウンは唸《うな》った。

「副委員長、敵には上陸作戦を敢行したら、わが国は報復として核兵器を使うと通告したな。その反応はどうだ？」

金英哲副委員長は首を振った。

「残念ながら、敵はわが国の警告を無視しました」

「それでは、止《や》むを得ない。核を使おう。我々の警告がただの脅しではないことを思い知らせてやる。核開発部長のシン・ボクナムに最終兵器の全面使用も許そう。最終兵器でもって日米カイライ軍や国連軍に大打撃を与えるよう全人民軍の前線司令官に命令したまえ」

キム・ジョンウンは激怒のあまり机をどんどんと叩いた。金英哲副委員長は緊張に頬《ほお》をひきつらせていった。

「委員長閣下、お怒りになるのは分かりますが、核攻撃については、少しお考え直し頂けないでしょうか？」

「なんだ？　この期に及んで、何を考えろというのだ？」

「核攻撃は、以前からリ総参謀長もいっていたように、タイミングが大事です。核攻撃は一度してしまうと効果がありません。使用をする前に、国連事務総長や日米政府に、いま一度、最後の和平提案を行いたいのです」

「なにをいまさら、和平提案を出すというのだ」

「兄さん、ちょっと聞いて」

妹のヨジョンがキム・ジョンウンを宥めた。

キム・ジョンウンは妹の助言もあって聞き耳を立てた。金英哲はいった。

「このままでは、祖国は滅亡しかねません」

「何をいうか！　朝鮮民主主義人民共和国は不滅だ。たとえ帝国主義者どもに祖国を侵略されても、我々は最後は偉大なる大首領様のように白頭山《ペクトウサン》に立て籠《こ》もり、パルチザン闘争を行って、徹底抗戦すればいい。最初からやり直すだけのことだ」

「委員長閣下、お聞きください。これが最後のチャンスです。思い切って国連と日米政府に、国連安保理決議一五五五号を受諾する用意があると宣言するのです」

「何、一五五五号決議を受諾するだと？」

「馬鹿な。それでは折角苦労して解放したばかりのソウルや南朝鮮をすべて手放せというのか？」

「残念ですが、わが軍は三八度線の北に撤退しましょう。その代わり、敵にピョンヤン攻撃を停止させ、撤退を要求することができます。この際、敵も味方も五分五分の痛み分けは、仕方がないところだと思います」

「果たして、ウェノムや米帝が、それで攻撃を中止するかな」

キム・ジョンウンは思案げにヨジョンやリ総参謀長を見た。ノ・グアンチョル人民武力部長は恐る恐る口を開いた。

「畏れながら最高司令官同志、一時的にせよ、敵を混乱させ、攻撃を躊躇させる効果はあるかと思います。もしこちらの停戦受諾声明が無視されても、日米や国連は協議しなければならなくなります。攻撃も鈍るかもしれない。その間に、東海岸に張りつけてある部隊を西海岸に振り向けることができるかもしれません」

リ総参謀長もキム外交部長を見ながらうなずいた。

「最高司令官閣下、私も人民武力部長と同意見です。二十四時間の時限を切って、なお敵が攻撃を止めないようであれば、その時に東京湾で核を爆発させる。その方が核を有効に使えるでしょう」

「ううむ」

キム・ジョンウンは新しいロスマンズに火をつけ、じっと考え込んだ。妹のヨジョン、金英哲副委員長をはじめ一同は固唾《かたず》を呑んでキム委員を見守った。頭上では、まだしきりに爆撃の衝撃音が響いていた。細かい土埃《つちぼこり》がぱらぱらと舞い降りてくる。
「よろしい。金英哲副委員長、外交部長、やってみたまえ。ただし二十四時間の期限付きだ。それで、何の回答もなければ、既定方針通りに日本本土を核攻撃する」

キム・ジョンウンは決然とした口調でいった。

16

江東《カンドン》市西郊・大同江《テドンガン》河畔　7月18日　1630時

「敵だ！　第3小隊下車戦闘用意！　出ろ、出ろ」

鮮于《ソヌ》は河原の端で急停車した装甲兵員輸送車ＢＴＲ50から飛び出しながら叫んだ。

敵の至近弾が空気を切り裂いて、つぎつぎと周囲に着弾する。土砂が激しく舞い上がり、鮮于たちの体に降り掛かる。横隊に展開した装甲兵員輸送車の群れから、第1偵察中隊の隊員たちが転がるように下車を開始した。一台の装甲歩兵戦闘車ＢＭＰ―1が対戦車砲弾の直撃を受けて爆発し、もくもくと黒煙を吐き出した。乗員が火だるまになって外に転がり出てきた。

「第3小隊、急げ！　ぐずぐずするな！」

第3小隊の金《キム》小隊中士が怒鳴りまくる。

装甲兵員輸送車や歩兵戦闘車は機関銃や機関砲をいっせいに射ち出した。同時につぎつぎに煙幕弾が発射された。また一台の歩兵戦闘車YW531が対戦車砲弾で粉砕され、擱座《かくざ》した。たちまち車体から黒煙がもうもうと吹き出し、周辺の装甲兵員輸送車や歩兵戦闘車を覆い隠していく。

各車輛は兵員を周囲に吐き出し終わると、エンジン音を轟《とどろ》かせて後退し、川岸の土手の陰や窪地《くぼち》に逃げ込んだ。敵の追撃砲弾が執拗《しつよう》に降り注いだ。

敵の待ち伏せにあったのだ。鮮于は痩《や》せた石ころだらけの畑の畦《あぜ》に身を隠しながら敵の様子を窺《うかが》った。敵は対岸の土手の草叢《くさむら》に散開して銃を射ってくる。

距離一〇〇〇メートル。彼我の間に大同江の流れと河川敷の河原がある。右手の橋は破壊されてはいないが、すでに敵の手に落ちている様子だった。対岸の橋の袂《たもと》に草木で偽装した盛り土があり、敵兵の気配がする。無理に装甲兵員輸送車で橋を渡ろうとすれば、橋は必ず爆破されるだろう。

「ついてこい！」

鮮于は煙幕に隠れながら銃を手に畑を突っ切って川岸の土手に向かって走った。鮮于の直後を通信機を背負った通信兵が一生懸命に追ってくる。いきなり至近に迫撃砲弾が炸裂して、畑の土砂を吹き上げた。激しい爆風が鮮于を襲った。鮮于は息急《いきせ》き切って川岸の土手に辿《たど》り着き、砲弾の作った窪地に転がり込んだ。若い通信兵も続いて飛び込んだ。偵察小隊の部下たちも近くの草叢に転がった。途中、迫撃砲弾の爆発で、何人かの部下たちが声も立てずに吹き飛んだ。

ようやく上空を味方のカチューシャ・ロケット弾が白煙を上げて、敵側に撃ち込まれている。着弾音が間断なく轟いていた。味方の砲兵隊が応戦を開始したのだ。

「散開！　散開！」「頭を下げろ。吹き飛ばされるぞ」

金中士や分隊長のがなり声が響きわたり、小隊員たちがそれぞれ周辺の草叢に身を投げて散開する。

黒い煙幕が緩やかな風に流され、大同江の緩やかな水面を渡っていく。

「各自、ようく狙《ねら》って射て！」

鮮于は部下たちに怒鳴りながら、自分も敵が潜んでいる対岸の土手に向けて銃の照準を合わせた。敵兵が銃を射つ度、潜んでいるあたりの草叢が噴煙で揺れる。鮮于は銃火の見えた付近を狙って引き金を引いた。ＡＫ74の乾いた発射音が鋭く空気を切り裂いた。草や木の葉でカモフラージュした敵兵の姿が衝撃で吹き飛び、草叢の陰に沈んだ。命中した手応《てごた》えが手に伝わった。

鮮于はさらに、敵兵が見え隠れする土手の縁に一連射を叩き込んだ。直ぐさま、敵の応射が襲ってくる。鮮于は窪地に仰向けになってカラシニコフ突撃銃ＡＫＳ―74から空になった弾倉を抜き取り、予備弾倉を銃把《じゅうは》に叩きこんだ。遊底を開く。弾丸が装塡《そうてん》される音が響いた。

「鮮于小隊長、中隊本部からです」通信兵が受話器を差し出していった。

「こちらカマギ。キツネへ」

鮮于は寝転がりながら受話器を受け取り、耳にあてた。頭上を銃弾が風を切って飛び抜けた。受話器から中隊長の姜《カン》中尉の声が聞こえた。

『キツネからカマギへ。まもなくトラが……到着次第に攻撃する』

トラは第一大隊本部の暗号名だ。趙光一《チョグワンイル》少佐率いる大隊主力は、先遣第1中隊の後方七、八キロ付近にあって、東進していた。その大隊主力の後からは、さらに特殊軍団再編第766連隊主力の自動車化歩兵部隊が続いている。鮮于の属する第1偵察中隊は、特殊軍団第766連隊第1大隊の先遣中隊として幹線道路をピョンヤンを目指して高速移動中だった。鮮于の第3偵察小隊は、その先遣中隊の前方警戒部隊として、中隊主力の前面に出ていた。

情報部によれば、西海岸に上陸した敵部隊は、まだ海岸部を占領しただけということだった。まさかピョンヤンの北東約三十五キロにある江東市近郊にまで、敵が突出していたとは、誰も予想しなかったことだ。

『敵の様子を知らせ……』

鮮于は対岸に目をやりながら、叫ぶようにいった。

「敵は大隊か連隊規模の歩兵部隊と見られる」

『戦車は見えるか？』

鮮于は窪地の縁からやや身を起こし、対岸に目をやった。戦車や歩兵戦闘車と覚しき車輛は見当たらない。

「戦車、歩兵戦闘車はない。敵は軽装備の空挺部隊か軽歩兵部隊と見られる」

『敵の位置を知らせ』

「敵部隊は河岸の土手や後背のトウモロコシ畑に散開している様子だ」

『了解。……カマギへ。……が傍受した敵の無線通信……日本語で交信している。……敵は日帝部隊だ』

時折、空電音が混じって聞きにくかった。敵の電子妨害が入っているせいだ。日本軍の知らせに鮮于はふつふつと闘志が湧《わ》き起こった。今こそ対馬戦の雪辱を晴らしてやる。

『……の情報……前方十五キロ付近に……戦車部隊を先頭にした旅団規模の敵機甲部隊がいる模様。……その後方にも日帝部隊……2個機械化師団が……移動中だ。西北三十キロ付近には……米帝部隊1個機械化師団があり、……わが英雄部隊と交戦中。カマギは……せよ。トラはこれから……』

英雄部隊は第425機械化軍団の暗号名だ。味方の総反撃が始まっている。

「カマギからキツネへ。聞き取れない。命令を繰り返されたし」

『……カマギへ。キツネは正面から渡河攻撃する。合図をしたら、カマギは甲乙煙弾を使用し、我を援護せよ。……トラは……その間に松山《ソンサン》を迂回《うかい》、下流を渡河して敵を攻撃する』

「了解」

キツネは第1中隊主力を示している。甲煙弾攻撃はサリン・ガス弾、乙煙弾はマスタード・ガス弾の暗号名だった。鮮于は急いで作戦地図を取り出し、現在地と大隊主力の位置を地図で確認した。松山は現在地の南三キロ付近にある小高い丘で、大隊主力は、第1中隊が正面攻撃をしている間に、その丘の南を迂回して大同江の河岸に出て渡河、ウェノム部隊に側面攻撃しようというのだ。

鮮于は風を読んだ。煙幕の煙は微《かす》かな風に乗り、対岸側に流れている。東北東の風。絶好のガス戦条件だった。

「ガス戦用意！」

鮮于は怒鳴った。周囲の窪地から、元気のよい返事が起こった。鮮于は大声で叫んだ。

「いいか！　敵はウェノム（日本人野郎）と分かった。ウェノムに祖国を荒らされるな。死んでもやつらに祖国の大地を踏ませるな！」

金中士ががなった。

「ウェノムに情けや遠慮はいらんぞ！　日帝三十六年の恨みを晴らせ！」

「ウェノムを殺せ！」「おう、殺せ！　やつらをやっつけろ！」「憎いウェノムを叩き殺せ」

兵士たちはいっせいに声を上げた。鮮于は命令した。

「防毒面装着！」

鮮于はバッグから防毒面を取り出し、顔に装着した。通信兵も急いで防毒面を装着する。

「1番、発射用意完了！」「2番、発射用意完了！」「3番、発射用意完了！」

各分隊の擲弾《てきだん》兵の叫び声が聞こえた。

第1中隊の第2、第3小隊の隊員たちが、煙幕に隠れて草叢からいっせいに引き揚げ、歩兵戦闘車や装甲兵員輸送車に駆け戻るのが見えた。彼らは戦闘車輌に乗車し、渡河を強行するのだ。

鮮于は通信兵の通信機から受話器を取った。

「こちらカマギ、キツネへ」

爆発音に混じって姜中尉が出た。

『こちらキツネ。カマギ、どうぞ』

「ガス戦準備完了した」

『もう一度、煙幕を焚《た》く。突撃を開始したら、煙弾を発射しろ』

「了解」

『援護射撃を頼む』

「分かりました。カマギも本隊に続きます」

『向こう岸で逢《あ》おう』

交信は切れた。新たな煙幕弾が装甲車輛から、ぽんぽんと発射された。煙幕弾は着地と同時に黒煙を吹き出し、薄れかかっていた煙幕の煙を補って視界を覆っていく。

やがて、鮮于たちの後方にエンジン音が高鳴った。土手を越えて、いっせいに中隊の戦闘車輛が河川敷の煙幕に突進しはじめた。草叢を掻《か》き分けて、装甲歩兵戦闘車BMP―1や歩兵戦闘車YW531、装軌式水陸両用装甲兵員輸送車PTS―NKなど十数輛が横列隊形を作り、川に向かって、前進を開始している。

それを予期していたかのように、敵の迫撃砲弾が再び猛烈に撃ち込まれはじめた。川岸の土手や河川敷に何本もの土煙が吹き上がった。

鮮于は周囲の部下たちに目をやった。先の爆撃で、第3小隊は大半が戦死し、また新たに偵察学校から補充した即席の若い兵隊で再編成したばかりだった。いくら偵察学校で訓練を受けたといえ、実戦経験の少ない彼らが即優秀な特殊軍団兵士になれるわけではない。傍らの若い通信兵も、緊張に体を硬直させている。

「恐いか？　林《リム》1兵」

鮮于は若い兵士の防毒面を被《かぶ》った顔を覗《のぞ》き込んだ。目が引きつっている。林1兵はまだ十七歳と聞いていた。同じ故郷の出身と聞いて、鮮于は小隊通信兵に選び、傍らに置いたのだった。

「いえ、恐くありません。偉大なる首領様のために、祖国のために、いつでも死は覚悟しています」

林1兵は虚勢を張った。鮮于は防毒面の中で笑みを浮かべた。

「無理するな。俺は恐い。死にたくない。だから、戦う。生き延びるために敵を殺す。俺は愛する家族やおまえたち、そして好きな女のために戦う」

林1兵は目を大きく見開いた。

「いいんですか？　そんなことといって」

「死ぬかも知れない前ぐらい、自分に正直になれ。誰も心の中までは支配できない」

鮮于はそっと胸に手をやった。善愛《ソネ》から貰《もら》った十字架の感触があった。

「自分も決めました。母さんや父さんを守るために……」林1兵は目をしばたいた。

「いわないでいい。自分の胸にしまっとけ」

鮮于は林1兵の肩をどんと叩いた。

轟音《ごうおん》を上げて、傍らを味方のPTS―NKが駆け抜けていった。

赤い信号弾がするすると曇り空に尾を曳《ひ》いて上がった。ガス弾発射の合図だった。

「ようし、ガス擲弾発射！」

鮮于はがなった。草叢から、続けざまにぽんぽんと発射音をたてて、ガス擲弾が対岸に発射された。ガス擲弾はするすると上空に伸び、弧を描いて対岸の草叢に吸い込まれた。

「射て、射て！」

鮮于は命じた。ガス擲弾がつぎつぎに射ち上げられていく。同時に水しぶきをあげて、水陸両用歩兵戦闘車PTS―NKや浮航能力のある歩兵戦闘車BMP―1やBMP40、YW531が大同江のゆるい流れに飛び込んでいった。川面に煙幕が立ち籠める。対岸から対戦車砲や機関砲の発射音が起こった。

「援護しろ！」

鮮于は怒鳴った。小隊員たちの銃火が轟音をたてた。次第に対岸の銃声が止んだ。毒ガスが敵を襲いだしたのだ。

17

大同江の川面を渡って、敵の煙幕が押し寄せてくる。

第一空挺団第2普通科中隊長・和気3佐は土手の草地に身を伏せ、対岸に双眼鏡を向けていた。煙幕の中で何かが動きだしている。煙に見え隠れして、敵の水陸両用装甲車の姿が見えた。対岸の敵までの距離五〇〇メートル。

虚空に敵の赤い信号弾が白煙の尾を曳いて昇った。

和気3佐は無線送話器に囁いた。

「ブルーからブラックへ。カメが動きだした。カメ、カメ十数個。重迫、火点33に射撃開始されたし。送れ」

『了解！』

一呼吸あって、いきなり上空を迫撃砲弾が過《よぎ》り、流れの向こう岸の川辺に土砂混じりの水柱が立ち昇った。初弾の弾着を確認する。それを合図にしたかのように、続けざまに迫撃砲弾が川辺で爆発し、何本もの水煙が吹き上がった。その水煙を浴びて、敵の歩兵戦闘車が水に突っ込むのが見えた。

「火点修正。火点34に直せ。送れ」

『了解。火点34に修正する』

迫撃砲弾の弾着が、向こう岸からやや手前の川の中に移り、白い水柱に変わった。

敵の煙幕弾がさらに上げられ、川面はもうもうとした黒煙に覆われていく。

ひっきりなしに周囲に爆発が起こった。こちら岸にも敵のロケット弾が何十発と降り注いだ。直撃弾を受けた隊員の肉塊が血潮と一緒に吹き飛ぶのが見えた。和気3佐は唸った。敵の砲兵隊を叩かないと、このままでは損害が大きくなるばかりだ。

「CAS（航空支援）はまだか？　送れ」

『まもなくCASが着く。何としても渡河させるな。送れ』

「了解。対岸には敵後続部隊がぞくぞく到着している模様。特科へ対岸後方への支援砲撃を要請されたし。送れ」

『了解』

傍らの通信兵に無線の送受話器を戻した。

敵の銃弾が周囲の草をなぎ払って跳ぶ。草叢にタコ壺《つぼ》を掘って散開した空挺隊員たちが、轟然と応射を続けている。草や木の葉を体やヘルメットにびっしりと着けてカモフラージュしているので、ちょっと見たかぎりでは姿は見えない。銃が発射され、その噴射煙でようやく隊員の所在が分かる。

「対装甲車戦闘用意！」

河岸のあちらこちらに展開した対戦車隊員が、塹壕《ざんごう》から84ミリ対戦車無反動砲を構えた。小隊長たちや分隊長たちの発する命令があちらこちらから聞こえた。

「ようく狙え！」「弾を無駄にするな！」

和気3佐は左手の橋に目をやった。橋げたの下で作業している戦闘工兵たちの姿があった。橋に爆薬を仕掛けている。

陸自PKF派遣第一空挺団は、江東市の西の大同江河畔の荒れ果てたトウモロコシ畑や河川敷の草地に降下し、目標の大鉄橋を占拠した。道路はピョンヤンと東海岸を結ぶ幹線道路のひとつで、偵察衛星が撮った写真では東海岸側に張りついていた敵の機械化部隊が急遽《きゅうきょ》転進し、ピョンヤンに駆け付けようとしているのが判明した。第一空挺団の使命は、ピョンヤンの東北の回廊である道路の鉄橋を占拠し、その敵増援部隊の進撃を大同江河岸で食い止めることだった。C地点の海岸に上陸した第7師団第71戦車連隊をはじめとする味方の部隊が破竹の勢いで、こちらに向かっており、すでに十数キロ西にまで迫っていた。

味方が駆け付けるまでは、第一空挺団だけで、圧倒的に優勢な敵に対さなければならない。対岸に潜んでいる偵察小隊のFO（前進観測者）の報告から、敵は北朝鮮軍最強の特殊軍団の先遣大隊だと判明した。無人偵察機による上空からの観測では、先遣大隊の背後には5個から6個旅団規模の大部隊が後続していることが分かっている。

第一空挺団は、橋を中心にして中央を杉浦3佐の第3中隊が、橋の向こう側、つまり左翼河岸は、佐藤3佐の第1中隊が防衛し、橋の右翼河岸を和気3佐の第2中隊が守備している。空挺団本部管理中隊や重迫中隊は千メートル後方の小高い丘に陣取り、戦術予備の芝生一尉の第4中隊が後方警戒をしながら丘の麓《ふもと》に控えていた。

味方よ、一刻も早く駆け付けてくれ。和気3佐は心の中で祈る思いだった。

急に敵の射撃が散発的になったかと思うと、目前の河川敷に新たな小爆発がいくつか起こった。煙幕の煙が吹き飛ばされて揺れた。

「ガス！」

悲痛な声が上がった。間髪を入れず、和気三佐は「ガス戦！」と怒鳴った。草や木の葉を着けたヘルメットを脱ぎ、急いでガスマスクを頭から被った。もう一度、ヘルを被り直す。

「状況ガス！」「ガス！」「ガス！」

小波のように掛け声があたりに広まった。草叢に潜んだ隊員たちはいっせいに射撃を止め、弾《はじ》かれたようにバッグからガスマスクを取り出し、ヘルメットを脱いで頭から装着した。毒ガスから逃れるには、七秒以内に素早くガスマスクを装着しなければいけない。

ガスマスクを被ると、視野が狭くなる。呼吸も苦しくなる。夏の日差しのために、たちまちガスマスクの中は、むっとする熱気に包まれた。顔や首筋に汗が吹き出してくる。汗は流れるままにするしかない。拭おうにも拭えないのだ。

散開していた隊員たちの間から、悲鳴が上がった。何人かの隊員が銃器を放り出し、手や首筋をかきむしりながら後退しはじめた。ガスマスクを被っているものの、爆発や銃弾を受けて迷彩服が破れており、糜爛《びらん》ガスに皮膚が触れたのだ。

和気3佐は怒鳴った。

「負傷者は全員後退！　急げ！　煙幕焚け」

小隊長や分隊長たちもがなった。

「煙幕焚け！」「負傷者後退！　後退！」

「衛生兵！　来てくれ！」「逃げろ！」

あちらこちらから声が上がり、腕や脚に負傷した隊員たちが撤退しはじめた。ロボットキャリヤーに重傷者を載せた衛生兵たちが身を屈《かが》めて後方に駆けていく。負傷者を載せた高機動車がカモフラージュの草や木の葉をゆさゆさと揺らしながら、全速力で後退していく。

いくらガスマスクを装着しても、負傷者はシャツやズボンの負傷した部分が破れて皮膚が露出しており危険だった。毒ガスが皮膚に付着すると、そこから体内に侵入してしまう。

味方の煙幕弾があちらこちらで火を吹き、もうもうと黒煙を吹き出した。黒煙は風に乗って、河岸からゆっくりと斜め後方の畑に移動していく。その煙幕の煙は毒ガスの動きと同じはずだった。

草木でカモフラージュした隊員たちは草叢や塹壕にじっと身を隠し、毒ガスの雲をやり過ごした。

和気3佐も煙幕の流れる方角を見ながら、部下たちと一緒にじっと窪地で耐えていた。ガスマスクを着けていても、毒ガスの恐怖が去ることはない。部下たちも同じ恐怖と戦っているのだ。和気3佐はじりじりしながら双眼鏡で前方の河川敷を窺った。一層濃くなった敵の煙幕で川面はほとんど何も見えなかった。だが、敵は渡河を開始しているのに違いないと思った。何台もの装甲車の重々しいエンジン音が聞こえる。黒煙の切れ目から、一台の舟艇状の装甲車が水を蹴立《けた》てて浮航してくるのが見えた。

「対戦車砲発射！」

和気3佐は怒鳴った。土手の草叢から84ミリ対戦車無反動砲のバック・ブラストが轟音をたてて噴射した。対戦車砲弾が白煙の尾を曳いて、川面を進む装甲車に向かってするすると伸びた。凄《すさ》まじい爆発が川面に起こった。水柱が吹き上がった。装甲車の車体が跳ね上がり、前部が持ち上がった。一瞬の後、車体は裏返しになって水面に叩きつけられ、濁った水の中に沈み込んだ。

煙幕が吹き飛ばされた。川面に横隊で進攻してくる何台もの装甲車の姿があった。激しい機関銃弾の嵐が和気3佐の周辺に襲いかかった。周りの隊員たちが声も上げずに、射ち倒されていった。ガスマスクを粉砕された隊員が、苦悶《くもん》の表情でのたうち回り、すぐに静かになった。

その間にも味方から対戦車砲弾がつぎつぎ発射されたが、いずれも川面に水柱を上げるだけだった。

「早くCASを頼む。敵は渡河を開始しているぞ！」

和気3佐は無線機のマイクに怒鳴った。

18

「来い！　来い！」

鮮于はがなり声をあげ、後方に手を振った。装甲兵員輸送車BTR50と歩兵戦闘車IFV―TA／SAMが畑の土埃を上げながら、鮮于小隊の方角に驀進《ばくしん》してくる。

「乗車！　乗車戦闘用意！」

急停車したBTR50とIFV―TAは、直ちに後部扉を開けた。土手の草叢に隠れていた小隊員たちがいっせいに駆け寄った。いずれの車輌もオープントップのためN

ＢＣ防護装置はない。

「急げ！　急げ！」

　金中士が掛け声を上げげた。小隊員たちは機敏にＢＴＲ50やＩＦＶ―ＴＡに分乗した。鮮于は最後に林通信兵を従えてＢＴＲ50に乗り込んだ。

「出せ！」

　鮮于は小隊員が乗り込んだのを確認して運転手に命じた。直ぐさま、搭載された機関銃が轟然と火蓋《ひぶた》を切った。擲弾が連続発射される。隊員たちもオープントップの車上から、銃を敵に向け、各自が発砲した。敵の応射した銃弾が装甲板を叩いて金属音を立てた。突撃ラッパが繰り返し鳴った。

　鮮于は川に飛び込んだ中隊の装甲兵員輸送車や歩兵戦闘車に目をやった。煙幕の黒煙をついて、装甲車が機関銃や自動小銃を発射しながら、ゆっくりと渡河を開始している。その周囲に迫撃砲弾が雨霰《あめあられ》と降り注ぎ、すでに数台が直撃弾を受けて粉砕され、川面に浮き沈みしていた。

　鮮于の乗ったＢＴＲ50はエンジン音も高く、土手を越え、河川敷の河原に走りこんだ。両脇を走る二輌のＩＦＶ―ＴＡもキャタピラ音も高く、河原の石に乗り上げて大きくバウンドしながら、全力疾走している。

「隊長！」

林1兵が受話器を差し出した。鮮于は受話器を耳に当てた。

『こちらトラ、キツネへ。……応答せよ』

大隊本部が呼んでいた。鮮于は大声で答えた。

「こちらカマギ。キツネは強行渡河中」

『こちらも……渡河を開始。まもなくクマが到着する』

「了解」

鮮于は受話器を林一兵に戻した。クマは後続の766連隊本部を指している。連隊主力の後ろには、さらに機械化歩兵や自動車化歩兵の大部隊がついている。連隊主力が着けば、戦いは一挙に我に有利になる。

三台の装甲車は、水際に達した。ほとんど同時に茶色に淀《よど》んだ流れに水しぶきを上げて突っ込んでいった。黒煙が薄れていた。対岸が見えた。

至近弾の水柱が吹き上がった。爆風が車体を揺らした。思わず鮮于は車体の手摺《てす》りにしがみつき、振り飛ばされそうになるのを堪《こら》えた。激しく泥水を被った。爆弾の破片や小石が装甲板に当たり、跳ね飛んだ。兵員の何人かが血塗《ちまみ》れになって、吹き飛ばされ、即死した。

「上空、敵機！」

兵士の一人が上空を指して叫んだ。鮮于は指差された空を見上げた。上空を銀翼をきらめかせた機影が見えた。次の瞬間、超低空でジェット戦闘機が頭上を飛翔《ひしょう》した。前方の水面に大爆発が起こった。鮮于の乗ったＢＴＲ50の車体が巨大な力で持ち上げられた。

鮮于は部下たちと一緒に車体から放り出され、水面に頭から叩きこまれた。防毒面がはぎ取られ、肺や気管支にどっと水が流れこんだ。

19

頭上をアメリカ海軍のＦ／Ａ―18スーパーホーネット戦闘爆撃機が何十機も編隊を組んで飛び抜けていった。スーパーホーネットは大同江の上空で、いっせいにロケット弾を発射し、爆弾を投下した。

第一空挺団長の野口陸将は草木でカモフラージュした戦闘指揮所から身を乗り出して、スーパーホーネットの行方を見た。小高い丘の頂からは大同江の河岸が一望できる。戦闘指揮所に詰めた幕僚たちは、一様に息をつめている。対岸や川に展開した敵の装甲車部隊に対してロケット弾や爆弾が炸裂し、つぎつぎと敵の装甲車が粉砕されていく。

アメリカ海軍空母戦闘群から発進したスーパーホーネットによる大規模なＣＡＳ

（航空支援）が開始されたのだ。さらに高高度の上空を護衛戦闘機のF―15Jの編隊が敵の迎撃機の飛来を警戒している。

無線スピーカーががなった。

『ホワイトからレッドへ。下流五キロ付近を渡河中のカメ（敵装甲車）多数を発見。カメは大隊規模の機械化部隊』

作戦参謀たちにさっと緊張が走った。ホワイトは対岸最右翼に潜んでいるFO（前進観測者）の暗号だ。

『南南東の方角、距離5000。座標C36……』

作戦幕僚の佐々木2佐が急いで作戦地図の上に敵の位置を書き記した。

『グレイからレッド。敵大機械化部隊発見！　数個師団規模。川に殺到している。座標A29……。繰り返す……』

グレイは対岸深く忍び込んでいるFOだった。三科（作戦）長の小西1佐は野口団長を振り向いた。

「いよいよ来ましたね。特科にMLRS支援砲撃を要請します」

「うむ。要請したまえ。MLRSで徹底的に叩くんだ」

小西1佐は通信幕僚にFOから得た情報を後方の特科部隊に流すように指示した。

陸自第7師団に随伴した第1特科団麾下《きか》の第1特科群第129大隊が、十五キロ後方で砲撃配置についていた。第1特科群第129大隊には最新式の多連装ロケットシステムMLRS自走発射機M270が十八基配備されている。

MLRSは、口径二二七ミリのロケット弾十二発を収容した旋回式発射機を搭載した自走式発射機である。強力な装甲防護力と機動力を備え、機甲部隊に随伴し、最大射程三十キロ遠方から火力の集中投射を行って、広い面積を瞬時に制圧する能力を持つ。

いきなり、丘の周辺にロケット弾が猛然と炸裂しはじめた。土砂が舞い上がり、指揮所の塹壕に降り掛かる。野口陸将は塹壕に伏せた。体に土砂がかぶさってくる。

直撃弾を受けた塹壕が粉砕され、衛生兵を呼ぶ声が各所から上がった。敵の砲兵隊の反撃だった。ひとしきりロケット弾が炸裂していたが、不意に静かになった。

野口陸将はようやく塹壕から身を起こし、双眼鏡を南南東の方角に向けた。

「上空のCASに連絡。下流を渡河中の敵を叩くように指示しろ」

「了解」

無線通信兵が指示を上空のCASに伝えた。野口陸将は作戦幕僚にいった。

「よし。芝生《くぼう》1尉の第4中隊を前進させ、南側の防衛にあたらせろ」

作戦幕僚の佐々木2佐はきびきびした態度で、通信兵に命令を伝達させた。命令をいまや遅しと待ち受けていた芝生中隊の隊員たちが、一斉に丘の南斜面から麓に拡《ひろ》がるトウモロコシ畑に駆け下りていった。

　こちら側の岸に渡河上陸した敵の装甲兵員輸送車や歩兵戦闘車は土煙を上げながら驀進して来る。上空からスーパーホーネットが猛烈な爆撃を加えた。一台、また一台と黒煙に包まれる。それでも敵の装甲車は煙幕を張りながら、横隊陣形になり空挺団本部のある丘に向かって猛然と突撃して来る。

「司令！　対岸にも大部隊」

　大型双眼鏡を覗いていた観測員が叫んだ。野口陸将は急いで対岸の平原に双眼鏡を向けた。一面の畑や野原に煙幕が焚かれ、その煙幕をついて装甲車輌の大群が川に向かって突進してくる。

「ＭＬＲＳ初弾発射しました！」

　通信兵のレシーバーに耳をあてていた小西１佐が叫ぶようにいった。

　野口陸将をはじめ幕僚たちは、下流を渡河した敵の装甲部隊に目をやった。数秒あって、突然上空に飛来するロケット弾の影が見えた。次の瞬間、渡河したばかりの装甲部隊の上空で小爆発を起こし、ついでその周囲に無数の白煙が上がった。何十発もの爆発音が連続して鳴り響いた。白煙の上がった地帯の煙幕が吹き飛ばされた。何十台もの装甲車が見る間にのたうちまわり、爆発炎上していく。

「初弾命中！」

佐々木2佐は大声で叫んだ。野口陸将はいまさらながらにMLRSの威力の凄まじさに唸り声を上げた。すでに敵の車輌は、初弾だけで数えるばかりしか残っておらず、その数台に今度は空からF／A—18スーパーホーネットが襲いかかった。たちまち、生き残った装甲車も、スーパーホーネットの餌食《えじき》になって爆発し、黒煙をあげた。

「対岸の敵に初弾発射！　まもなく着弾します」

通信兵が叫んだ。野口陸将は、双眼鏡を対岸の煙幕に向けた。対岸に広まった煙幕の中に蠢《うごめ》いている敵の車輌が見える。上空をMLRSロケット弾の影が二発、空を切って対岸に飛翔していった。

煙幕の上空で小爆発がふたつ起こった。ついで一斉に黒煙の雲の中に無数の閃光《せんこう》がきらめき、何十もの爆発が起こった。間延びしたような爆発音がどかどかどかんと響いてきた。煙幕が爆風で吹き飛ばされ、その切れ目から爆破された装甲車輌がいくつも見えた。

野口陸将は敵の司令官に同情を覚えた。オープントップの多い北朝鮮軍の装甲車輌は、上空から襲いかかるMLRSには無力だった。文字通り雨霰と降り注ぐ子爆弾には、いかに精強な特殊軍団といえども、対処できそうにないのは火を見るよりも明らかだった。

「全弾一斉射開始しました！　まもなく対岸に着弾します」

通信兵が告げた。ほとんど間を置かず、上空を数十発のＭＬＲＳロケット弾が超音速で飛翔していった。一呼吸置いて、敵の上空で無数の小爆発が起こり、ついで煙幕の中に何百発もの閃光がきらめいた。それはまるで絨毯《じゅうたん》爆撃のような爆発だった。黒煙の中に装甲車の破片や人間の体が吹き飛ばされる光景が見えた。

野口陸将は唇をむすびながら、双眼鏡から目を離した。特殊軍団の大装甲部隊は瞬時のうちに粉砕されたのが確認できた。

20

鮮于は大破した装甲車から脱出し、流れに乗って、ようやく岸辺に這《は》い上がった。首筋を摑《つか》み、なんとか引き摺《ず》ってきた林１兵は、すでに息絶えていた。胸に大きな弾《だん》痕《こん》が開いていた。

鮮于は煙幕を吹き上げて、驀進する味方の装甲部隊に目をやった。特殊軍団７６６連隊をはじめとする大部隊の突撃だった。

いきなり煙幕の上空で爆発が連続して起こった。続いて何十何百発もの雷鳴が轟いた。あたり一面に爆発が起こり、装甲部隊を呑み込んだ。爆風が土砂や車輛の破片を吹き飛ばした。鮮于は林１兵の遺体を投げ捨て、川辺の草叢に転がり込んだ。爆風が鮮于の体の上を過《よぎ》って走った。

いったい何が起こったのだ？

鮮于は信じられない思いで、身を起こし、味方に目をやった。一瞬、目を疑った。川に殺到していた装甲兵員輸送車や歩兵戦闘車の大群が、いずれも爆破され、あちらこちらで擱座し黒煙を上げていた。味方の兵員たちが、血だるまになって転がっている。どこを見ても、死屍累々《ししるいるい》の惨状だった。

鮮于は呆然《ぼうぜん》とした。それでも生き残った数台の装甲車が、損傷した車体を傾け、退却していく。頭上を勝ち誇ったように敵の戦闘機が旋回し、撤退する車輛に急降下しては、銃撃を加えていた。

チュキゲッタ！

鮮于は手にしたＡＫ74を上空に向け、弾倉が空になるまで戦闘機の機影に向かって乱射した。

第二章　ソウル無血開城

1

中部戦線　鉄原近郊山中　7月18日　1400

韓国軍白馬師団第25機械化歩兵連隊の機動偵察大隊は先行して、敵防衛線の背後深くに侵入し、偵察活動を行なっていた。

「ヒョン（兄貴）、ミグ、ミグ」

キム・サムスが双眼鏡を覗きながら、脇にねそべったアン・スイルに囁いた。

「分かってる。やつら、トンネルからミグ戦闘機を出したんだろう」

アン・スイルも寝そべったまま、キム・サムスの双眼鏡を取って、灌木の葉陰から下に開けた谷間を覗いた。

機動偵察大隊の任務は、敵情を探り、敵の基地や行動位置を正確に味方に知らせることだった。さらに、必要な場合は、敵に奇襲をかけ、後方を撹乱したり、敵部隊の進行を妨害して遅滞させたりもする。

チェ・ヒョンナムが匍匐前進で、二人の傍らに寄った。

「隊長が報告を待っているってよ」

チェ・ヒョンナムは二人にいった。

「分かっているよ。北韓軍の秘密基地を発見したんだ。見ろよ」

アン・スイルが双眼鏡をチェ・ヒョンナムに手渡した。

三人は小高い丘の頂近くに潜んでいた。周囲には岩石と灌木が生えている。近くに敵の監視塔があったが、すでに味方が急襲し、制圧していた。

谷間には川を中心にした扇状地があった。そこに偽装ネットで隠した滑走路が一本延びていた。

滑走路の山側の端は崖をくり貫いたトンネルに繋がっていた。

そのトンネルは格納庫として使用されており、いま鉄製の大きな扉が開き、中からミグ17戦闘機が兵士たちによって引き出されているところだった。

ミグ17戦闘機は旧ソ連製のジェット戦闘機で、もう半世紀も前の旧式機である。もし、アメリカの第四世代のF15イーグル戦闘機と正面に空中戦をやったら、大人と赤子ほども戦闘力の違いがある。三世代以上も前のアナログ機だが、北朝鮮空軍では、まだ実戦機として使用されていた。

機体は古いが、改造を重ねて、いまでは最新のミサイルを発射する装置も備えている。近接航空戦では、第四世代、第五世代の最新戦闘機には勝てなくても、対空ミサイル、対艦ミサイル、対地ミサイルさえ発射できれば、十分に戦力になる。

先のミグに続いて、同型のミグがもう一機トンネルから姿を現わした。

「二機もいるぞ。何をしているのだ？」

チェ・ヒョンナムは双眼鏡を覗き込みながら訊いた。

「大きな爆弾を搭載している」

キム・サムスはチェ・ヒョンナムに囁き返した。

二機のミグ17の機体の下に、台車に載せられた銀泊色の大型爆弾が運びこまれ、作業員たちが取り付けを始めていた。

キム・サムスは携帯無線機のアンテナを延ばし、小声で大隊本部を呼んだ。

『どうした？　報告をしろ』

「ミグ二機発見。二機とも大型爆弾を装着している」

『位置を知らせろ』

キム・サムスはGPS装置を取り出した。

北韓の核爆発で電磁層が破壊され、その影響がしばらく続いていたが、ようやく復旧され、GPSが正常に位置情報を発するようになっていた。

「現在地の座標を送る」

キム・サムスは位置情報を転送した。

『…受信した。砲兵隊に報告する。そこから着弾地点の観測をされたし』

「了解」

キム・サムスは無線通話を切った。

「おい、あの雷のような音は何だ？　さっきから聞こえて来るんで気になっているんだが」

アン・スイルが訊いた。

耳を澄ますと、確かに北東の方角から遠雷のような響きが聞こえた。

「砲声だ」

キム・サムスは答えた。アン・スイルはなおもいった。

チェ・ヒョンナムがにやりと笑った。

「本部で小耳に挟んだんだが、いよいよ元山上陸作戦が始まるらしい。あっちの方角は元山だ」

「元山上陸作戦？　上陸作戦は東海岸ではなく、西海岸だという噂だったぞ」

アン・スイルとキム・サムスは顔を見合わせた。チェが頭を振った。

「詳しいことは分からないが、西海岸への上陸作戦と同時に、元山地区の海岸にも、韓米連合軍や日英海軍、国連軍が共同して上陸作戦をするのだってよ。それに合わせて、地上でも東部線線のわが軍主力が北韓軍を猛攻撃して戦線を押し上げ、元山地区に南から突入する。だから、中部線線の我々もこうして、敵の背後に潜り込み、秘密基地を叩いているんじゃないか」

「なるほど。そうだったか」

「チェ、じゃあ。あのミグは、元山沖合の味方の艦船を攻撃しようとしているのかな？」

「おそらくそうだ。しかし、あの爆弾は対艦用にしてはでかいな。地上の目標を狙うにしてもでかすぎる。もしかすると、あのミグはもろともに艦艇に体当たりする特攻機かもしんねえ」

「あのミグで、かつて日本がやったカミカゼ特攻をやろう、というのかい」

「そんな馬鹿な。搭乗員も死ぬじゃねえか」

「ああ、死ぬ。人間爆弾だからな。それだけ、北韓も必死だってことだ」

「そこまでやるか？」

「イスラムのＩＳ戦闘員も爆弾を軀に括り付けて敵に突っ込み、自爆するカミカゼやっているじゃないか。あれと同じだよ」

「ひでえ話だな。おれにはできねえ」

不意に上空を飛行機の影が過った。

「…敵か？」

チェ・ヒョンナムは上空を見て、首をすくめた。

飛んでいるのは機首がドーム型をした小型機だった。全長二メートルほどもない。窓もなく操縦席らしいものもない。のっぺらぼうの機首が見えた。胴体下部にミサイルらしいものを抱えていた。

「ありゃあ、ドローンだぜ」

アン・スイルは軽快に飛び回るプロペラ機に叫んだ。五機の小型機が空中を飛び回っていた。

「あれはアメリ軍のプレデターか?」

アン・スイルは生唾を飲んだ。

「いや、違う。プレデターはもっと大型のドローン無人偵察機だ。あんな小さくはない」

トンネルの方角から、空襲を知らせるサイレンが鳴り出した。

いきなり、五機のうちの一機が翼を翻し、頭上から谷間へ向かって坂落としで、ダイブをはじめた。途端に機体の翼から閃光が迸った。

アン・スイルは双眼鏡で谷間を見下ろした。

ドローン機の機関砲が吠えた。機関砲弾が飛んで、敵の秘密基地に叩き込まれた。

ついで一機もダイブ。さらに続けて三機目も機体を斜めにして突っ込んで行く。

無人機は錐揉みになって垂直ダイブをしたり、くるくると機体を回転させたり、まるで蝶か蜂のように縦横無尽に飛び回った。

無人機はトンネルから引き出されたばかりの二機のミグ戦闘機に襲いかかった。ミグの機体の爆弾を機関砲弾が直撃した。一瞬、爆弾は閃光を放つと同時に、凄まじい音を立てて爆発した。

爆風とともに小石や砂利が周囲に吹き飛んだ。かなり離れた山の上にいるアン・スイルたちにもばらばらっと小石が降りかかった。

なおも、無人機が銃撃を加えて、また舞い上がる。翼や胴体にアメリカ空軍の星のマークがあった。

無人機は代わる代わるダイブしては銃撃を加え、爆弾を投下した。再び機体をくるくる横転させたり、垂直に急上昇をしたりしている。

かと思うと、石のように落下し、地上すれすれで態勢を立て直すと、背面飛行のまま銃撃を加えたりする。

機体の動きは、とても人間では出来そうにない。

秘密滑走路やトンネルの中にいた北韓兵たちは大混乱に陥った。逃げ惑う兵士たちが右往左往していた。

兵士と作業員たちは急いで残った一機のミグを安全な場所に移そうと、機体を取り囲み、トンネルの中へ押し戻そうとしていた。

ようやく滑走路脇の土手から対空砲火が始まった。

偽装ネットが外され、二連装の対空機関銃が猛然と火を吹いている。

曳光弾が白い尾を引いて無人機の群れに襲いかかっていた。

ミグの一機に爆弾が命中した。どんという爆発音とともに機体は真っ二つに引き裂かれて飛んだ。

続く無人機は機銃掃射をかけ、整備員や作業員、兵士たちを薙ぎ倒した。

『こちら本部、ＯＰ（観測ポイント）ワン、どうした、状況報告しろ』

無線機が喚き出した。

キム・サムスは急いで無線機を取り出し、本部に報告した。

「アメリカ空軍の無人機が飛来し、トンネルやミグを攻撃している。ミグ一機を爆弾で撃破。作業員、整備員たちに銃撃を加えている。オーバー」

『こちら本部。ＯＰワン、引き続き状況報告せよ。くりかえす』

キム・サムスは双眼鏡で眼下を見た。

ミグをトンネルに戻すのを諦めたのか、作業員たちがミグから離れた。

梯子をかけて、ミグの乗員が乗り込んだ。乗員が乗り込むと、すぐにミグは滑走路に走り出た。

無人機が唸りながら翼をひらめかせた。機は垂直ダイブをかけ、ミグを目掛けて機関砲弾を浴びせかけた。無人機は交互に左右からミグに襲いかかった。

ミグに弾が命中した。コックピットの乗員が朱に染まり、突っ伏した。

そのままミグは突っ走ったが、突然、滑走路を外れ、草地につんのめるようにして逆立ちした。さらに前転し、垂直尾翼が大地に激突し、どっと炎が上がった。

キム・サムスは無人機の空中機動の凄さに舌を巻きながら、本部へ報告した。

「ミグ、二機ダウン。オーバー」

『本部了解』

キム・サムスは無言で無線機をオフにした。

無人機たちは一斉に引き揚げはじめた。

「チュゲッソー！　これじゃあ俺たち人間様は、いらなくなるのではないか」

チェ・ヒョンナムがドローンが飛び去る姿を見送りながら呟いた。

キム・サムスも応じた。

「アイグ。なんだか、北韓軍の連中が気の毒になるな」

「シーバル！　なんてこった、機械相手に戦争するなんてな。嫌な世の中になったたな」

アン・スイルは、ヘルメットを脱ぎ、地べたにぺっと唾を吐き捨てた。

2

ピョンヤン・主席宮地下司令部　7月19日　1800

人民武力部の地下深くにある総参謀部は大混乱に陥っていた。

先刻からひっきりなしに軍用電話回線を通して前線からの報告が入っている。

その報告をもとにして、壁に掲げた透明なプラスチック製の状況表示板に彼我の戦況を描き記すのだが、どの戦線も防衛線が崩壊し、敵軍が続々侵攻していた。

リ・ヨンギル総参謀長は呆然と状況表示板を見上げていた。傍らで、ヤン副参謀長が腕組みをし、何事かを考えている様子だった。

参謀幕僚の一人が無線機の受話器を耳にあてたまま、悲痛な声を上げた。

「総参謀長、東部戦線崩壊です。第二防衛線、第三防衛線も、傀儡南朝鮮軍とアメリカ軍、日本軍の猛烈な空爆、砲撃、ミサイル攻撃により、全線がずたずたにされています。さらに傀儡南朝鮮軍の機甲部隊に防衛線を突破されました。第八、第七軍団ともに保ち堪えられず、退却の許可を求めています。突破した敵機甲師団と日本機械化部隊は通川《トンチョン》を通過、元山の手前50キロに迫っています」

「なんだと！　航空支援はできないのか？」

「空軍には、もうその力がありません」

　空軍参謀幕僚が謝った。

「申し訳ありません」

「ううむ」

　リ総参謀長は唸った。

　制空権を奪われていては反撃するのも容易ではない。

「高山の９１０はどうした？　９１０を回して、元山防衛にあてろ」

　リ総参謀長は怒鳴った。

　高山にいる第９１０機械化師団はまだ戦力を残しているはずだった。

「９１０も激戦中です」

「なんだと、どういうことだ？」

「中部戦線では、アメリカ軍と敵傀儡軍が第10軍団を押しまくり、随所で防衛線を破り、向背にまで進出している模様です。敵の一部は高山まで十キロ付近に到達。そのため自動的に９１０機械化師団が応戦を開始。９１０主力は敵の猛烈な砲撃に曝されています。９１０も退却を許可してほしい、といって来ています」

「シーバル！　退却するな。９１０師団長に命令しろ。なんとしても踏み止まり、態勢を立て直して、元山最終防衛線を構築せよ」

「総参謀長、第９１０機械化師団長は戦死。現在、副師団長が交替して指揮を執っています」

「アイグ。なんてこった」

「第９１０機械化師団は燃料不足で動きが取れないといって来ています。至急に燃料の補給をと」

「現状では補給は不可だ。動けなくなった車両は、その場でトーチカ陣地として転用し、現在地を最後まで死守せよ」

「しかし…」

「しかしもくそもない。死守だ。早く命令を下達しろ」

リ総参謀長は無理を承知で参謀中佐に命じた。参謀中佐は慌てて電話機にかけつけた。

リ総参謀長は通信参謀に向き直った。

「ミサイル砲兵司令部へ命令。東海岸に備えていた全ミサイルを西海岸に振り向けて発射しろ。敵艦隊を撃破し、なんとか上陸作戦を阻止するんだ」

通信参謀も無線電話機に飛びついた。

リ総参謀長は近くにいた朴空軍司令官に大声でいった。

「空軍司令官！　総力を挙げて迎撃しろ。残っている、すべての戦闘機、軍用機を投入し、敵艦隊を上陸前に撃滅するんだ」

「総参謀長、これまでに東海の敵艦隊攻撃のため、ほぼ全機を発進させたため、攻撃機は一機もありません」

朴空軍司令官は憮然としていった。

「なんてことだ」

リ総参謀長は呻いた。

別の参謀がリ総参謀長に駆け寄った。

「総参謀長、中部第二戦線報告。第10軍団は、ついに米第2歩兵師団に撃破され、防衛線は崩壊しました。第10軍団は、平山に退却中です」

「シーバル！　第815戦車軍団を平山へ振り向けろ」

リ総参謀長は状況表示板を見ながらがなった。

「総参謀長、815は西部戦線を北上中の傀儡軍機械化部隊と激戦中です。815も燃料切れと弾薬不足です。軍団長から増援の要請が入っています」

「どいつもこいつも、弱音を吐きやがって。助けを求めて来る」

「しかし、総参謀長、このままでは、西部戦線も崩壊し、ソウル防衛も出来なくなります」

「いわれなくても、状況表示板を見れば分かる。仕方ない。松月里の第820戦車軍団を支援に出そう」

「閣下、そうなると首都の南面は主力の戦車軍団を抜かれるので、がら空きになります」

「425機械化師団は？」

「動かせば、ピョンヤン北部ががら空きになります」

「ううむ。ヤン副参謀長、どうするか？」

リ総参謀長は傍らのヤン・トンギル副参謀長を振り向いた。

ヤン副参謀長は状況表示板を冷静に見ながら意見具申した。

「こうなったら、止むを得ません。第1、第2、第3、第7、第8、第10軍団のすべての部隊を後退させましょう。戦線を縮小し、首都ピョンヤン周辺に集結させましょう。そこで、絶対防空圏と最終絶対防衛線を再構築したらいかがかと」

「第1軍団、第2軍団を元山地区から引き抜いて、ピョンヤンに回したら、元山はがら空きになるぞ」

「閣下、敵の主攻は西海岸です。東海岸ではありません。元山は捨てましょう」

「元山は見捨てるというのだな」

「いえ、ただ捨てるのではありません。元山には、かつてのスターリングラード包囲戦のように孤立無援で戦って貰い、敵の兵力を引き付けて貰う」

「ううむ」

「元山だけでなく、各都市各軍区が独立し、個別に防衛戦を戦わせましょう。元山をはじめ、全都市がスターリングラードとなって敵に徹底抗戦する。そうすることで時間稼ぎをし、戦局の挽回を待つしかありません」

リ総参謀長は腕組みをしたまま、状況表示板を睨んだ。

「しかし、第3軍団を下げたら、中部戦線は崩壊し、ソウルを失うことになるのでは?」

「残念ですが、ソウルも放棄しましょう」

「ソウルも放棄するというのか?」

「はい。第3軍団主力のソウル防衛軍は、まだほとんど戦闘しておらず、無傷のはずです。その第3軍団主力をピョンヤン西部地区に戦略的に転進させ、第4軍団とともに、西海岸防衛にあてる。第3、第4軍団で、西海岸に上陸してくる敵部隊を迎え撃つのです」

ヤン副参謀長は状況表示板の北部地区を指差した。

「さらに定州の第9軍団の半分を南下させ、第3、第4とともに、敵上陸部隊に対応させる。敵の上陸部隊さえ海に追い落とせば、戦況を逆転させることが出来ましょう」

「ううむ。なるほど」

リ総参謀長は、ヤン副参謀長の大胆で、素早い戦術転換に唸った。

第9軍団は中国軍の侵攻に備えている予備軍だが、まだ本格的戦闘に巻き込まれておらず、無傷に近かった。

「だが、第9軍団を動かすと、今度は対中国境が無防備になるが」

「中国が攻めて来る恐れはあるが、それは先のこと、かつ外交に任せましょう。いまは将来のことではなく、実際に進行中の西海岸に上陸した敵をどう撃退するかが問題です」

「間に合うか？」

「間に合せましょう」

「分かった。絶対防空圏と最終絶対防衛線を構築しよう」

リ総参謀長は状況表示板を睨んだ。ヤン副参謀長は状況表示板の首都ピョンヤンを囲むように線を描いた。

「いくつものスターリングラード戦を戦うとして、その先の展望はあるのか？」

「敵の攻撃に持ち堪えている間に、なんとか和平交渉に持ち込めないかと」

「目算はあるのか？」

「あとは、キム委員長の腹一つですが、目算はあります」

「そうか。キム委員長次第ということだな」

リ総参謀長は目を瞑り、考え込んだ。

「総参謀長、キム委員長に提案すべきことを用意して来ます」

ヤン副参謀長が何かを決心したようにいった。

「うむ」

「許司令官と相談して参ります」

ヤン副参謀長は、喧騒に包まれた総参謀部作戦本部室から、一人静かに出て行った。

3

首相官邸地下会議室　7月20日　午後9時

防衛省中央情報本部の大貫情報局長は、牧原からの報告すべてを法眼治郎首相に伝えた。

法眼首相は、しばらくじっと目を閉じて考え込んだ。

隣に座った中丸謙太郎内閣官房長官も、落ち着かない様子で法眼首相を見守っていた。　秘密諜報機関ヤマトである松代悟内閣情報調査室長も口元をへの字に結んで、法眼首相が何かいうのを待ち受けていた。

　大貫情報局長は法眼首相に決断を促した。

「金正哲氏の提案には、日本政府として、どうお答えしましょうか」

　ことは一刻も猶予がない。じりじりと答えを延ばせば、それだけ多く人の命が失われることになる。

「済まぬが、いま一度、金正哲の提案を整理していってくれぬか。年寄りになると、一度聞いても、あまり重大な提案なので、理解ができん。それに、みんなの意見も聞きたい」

　法眼首相は松代内閣情報調査室長を向いていった
「まず第一に、金正哲は一時的に国外に避難したい、というのだね」

「はい。そういうことです」松代内閣情報調査室長はうなずいた。「わが国でなくても、中国でもロシア、あるいは、そのほかの第三国でもいい。安全が保障されるところなら、という条件です」

「亡命したい、というのかな」

「いいえ、亡命ではなく、あくまで緊急避難として、わが国か、どこかに、一時的に滞在したいといっているようです」

「一時避難か。それでも、核攻撃を受けたわが国の国民感情として、キム・ジョンウンの実兄の金正哲氏を受け入れるのは難しいだろうな」

「もし、日本が無理だとしたら、よその国を斡旋してほしい、とのことです」

「外相、どうかね。斡旋できるかね」

法眼首相は奈良橋外相に顔を向けた。

「できないことはありません。一時避難ですからね」

奈良橋外相はうなずいた。

法眼首相は松代室長に向き直った。

「次の条件は何だった？」

「第二に、金正哲氏が弟のジョンウン政権とは別の臨時政府を樹立し、自らその臨時代表に就任する。日本は、ぜひ、樹立した臨時政府と金正哲代表を正式に承認してほしい、というのです。そして…」

「それは問題ですな。彼が金体制の後継者なのが問題だ。そもそもですな…」

陣内防衛大臣が発言しようとした。法眼首相は手で陣内防衛大臣を制した。

「きみの意見は後で聞こう。いまは金正哲氏の提案を整理しておきたい」

「はい。分かりました」

陣内防衛大臣はおとなしく引っ込んだ。

松代室長は続けた。

「そして、ここが肝心なのですが、臨時政府の代表として金正哲氏は国内の軍部や人民に即時停戦を命じ、対外的には、アメリカ、韓国、日本、中国、ロシア、および国連に和睦を申し入れる」

「独裁者のキム委員長が、いくら兄の金正哲がいうことでも、そんなことは許さないだろう。キム委員長は、戦争を止めるといわない限り、国連もアメリカも、わが国も戦争を続けざるを得まいな」

「金正哲は、そのためには、キム・ジョンウンを政権の座から引きずり下ろすといっているのです」

「どうやって？」

「クーデターを起こすというのです」

「誰が、そんなことをやる力を持っているのだ？」

陣内防衛大臣が疑問を投げた。

「ホランイです」

「何だね、そのホランイとは？」

法眼首相が首を傾げた。大貫情報局長が口を開いた。

「韓国語で『虎』を意味しています。ホランイは、金日成大首領、金正日首領の時代も、ずっと金体制の守り神として体制を守護してきた陰の実力者です」

「ホランイが金日成時代から生きているとしたら、相当な年寄りだな」

「そのホランイも、代々世襲的にその地位と役割が引き継がれてきたとされています」

「ホランイに、クーデターを起こすような力があるのかね」

「ホランイの下には、軍部の中枢を握った将校グループ愛国将校団がいます。彼らがクーデターを起こし、キム・ジョンウンを権力の座から引きずり下ろすというのです」

会議が騒ついた。

法眼首相が訊いた。

「以前のレクでは、北朝鮮軍部内には、金日成を信奉する革命青年将校団がいて、彼らがクーデターを起こしそうだ、といっていたように思うが」

松代室長が答えた。

「革命青年将校団は、チェチェ思想を信奉する軍内の革命派で、愛国将校団と対立していたのですが、ホランイの仲介で、どうやら対立を解消したらしいのです。このままでは、共和国は滅亡するという危機感で、両派は手を結んだらしいのです。だから、クーも両派が協力し合って起こすと見られます」

「金体制の代々の守り神ホランイが、現在のキム・ジョンウンを切るというのかね。信じられないな」

法眼首相は頭を振った。

「総理、いまが戦争を終わらせる絶好の機会であることは確かですぞ」

松代内閣情報調査室長はうなずいた。中丸官房長官が発言した。

「金正哲が代表になり、国連やアメリカ、わが国と和睦したい、というが、それは和睦にはならないでしょう。北の無条件降伏ではないのですかな」

「黙って、中丸長官。それについては後にしよう」

法眼首相は手で中丸長官を諫めた。

中丸長官も口をつぐんで黙った。

「第三に、そのために日本政府に、金正哲代表と、アメリカ、韓国、中国、ロシア、国連との和平交渉の仲介者になってほしいという要請です」

「ううむ」

「そのため、第四に、臨時政府は、まず我国との信頼関係を取り戻すため、最優先で日本人拉致被害者を全員無事帰国させることを約束する。さらに臨時政府は日本人拉致問題について、日本政府と国民、とりわけ拉致被害者と、その家族のみなさんに心からの謝罪をする、というのです」

松代室長は一息ついて、周りの閣僚たちの反応を見た。それから、また続けた。

「だが、金正哲氏が首班となる臨時政府の呼びかけに対して、国内の戦争勢力が必ずしも従うとは思えない。今後の見通しは不透明だが、国内の金正哲氏を支持する愛国勢力と、厭戦気分の人民や兵士が結束して立てば、キム・ジョンウンら戦争勢力を打倒することができる。そこで、日本やアメリカ、韓国に、彼ら愛国勢力への支援をお願いしたい、というのです。これが、第五項目の提案です」

松代室長は吐き出すようにいった。

「その見返りに、キム委員長が使用しようとしている核爆弾について、極秘の情報を日本に提供したい、というのです」

「なるほど。核の極秘情報か」

「はい。それは付帯条項ですが、日本との信頼関係を取り戻すために、先の五つの提案を日本が受け入れてくれるかくれないかに関係なく、臨時政府は日本に、核情報を提供したいという申し出です」

松代内閣情報調査室長はいった。

中丸官房長官は訝った。

「その核情報というのは、日本に関係があるのかね？　こんないい方をしたら、いかんとは思うが、もし、日本に直接関係ないことだったら、何も日本だけが核情報を貰っても、あまり意味があるとは思えないのだが。むしろ、核テロを恐れているアメリカ政府の方に知らせるべきものかもしれないではないか」

松代内閣情報調査室長は静かにいった。

「日本に直接関係があるとのことです」

「ほう？　すでにその極秘情報の中身は分かっているというのかね？」

「キム委員長は、戦争に負けそうになったら、最後の最後に、日本の東京に核爆弾を送り込み、爆発させる計画なのです」

「なんだって？　そんな計画があるのか？　けしからん」

陣内防衛大臣は激怒した。

法眼首相が訊いた。

「いったい、どこで爆発させるというのだ？」

「分かりません。それを知っているのは、キム委員長とごくごく一部の幹部だけです。金正哲氏たちを支持する愛国将校団は極秘裏に、その核攻撃の担当者を割り出して密かに接触しているようです。計画が分かったら、ホランイが、こちらに大至急知らせて来ることでしょう」

松代室長は法眼首相を見た。

法眼総理は覚悟を決めた様子だった。

「分かった。金正哲の五項目提案を受諾しよう。まずは、戦争終結させよう」

閣僚たちが騒めいた。

「ここに来て、あれこれいっていても始まらない段階に来ている。いま朝鮮戦争の情勢は最終段階に入っている。このまま、我々が何もしなければ、北朝鮮は、米韓日、国連ＰＫＦ、中国、ロシアに追いつめられ、ピョンヤンは陥落する。そうなったら、キム委員長は自暴自棄になり、最後の手段として日本を核攻撃することになるだろう。それだけは避けたい」

中丸官房長官も陣内防衛大臣も、奈良橋外相も沈黙したままだった。

「ならば、私は金正哲氏の五項目提案を受け入れよう。受け入れないで、キム委員長を追いつめるよりも、五項目提案を受け入れ、金正哲が首班となる北の臨時政府に、なんとか事態を収拾して貰おう。ホランイや金正哲に任せようではないか。今回の日本朝鮮戦争を、どこの国が勝利したということでなく、どの国も痛みわけをする形でいいから、どうか平和的に軟着陸させたい。どうかね、官房長官、防衛大臣、外相？」

中丸官房長官は天を仰ぎ、ため息をついた。

「分かりました。私も総理のご決断に賛成です」

陣内防衛大臣も苦々しそうにいった。

「分かりました。私も総理のお考えに同意しましょう」

奈良橋外相も大きくうなずいた。

「私も総理の決断に賛成します」

　ほかの出席していた閣僚たちからも異論は出なかった。

「この決定の責任はすべて私にある。一か八か、私はホランイや金正哲の愛国勢力を信頼して、今回の難局を乗り切りたい」

「我々も、総理と一蓮托生ですぞ。総理一人に責任を負わせるような卑怯なことはしません」

　中丸官房長官はいい、陣内防衛大臣とうなずきあった。

　松代室長は大貫情報局長と顔を見合わせてからいった。

「では、総理。私は五項目提案を受け入れるということを、牧原くんを通じて、金正哲氏側に伝えたいと思いますが、よろしいですね」

「うむ。五項目のうち、とくに拉致被害者の全員の返還、それから、付帯項目の核情報を知らせてくれと、伝えてほしい」

「分かりました」

　松代内閣情報調査室長はうなずいた。

　陣内防衛大臣が訊いた。

「ところで、松代室長、金正哲は、第一項目の提案で、万が一の場合、どこかに一時避難したいといっていたね。その万が一の場合というのは、どういうことなのかね？」

「キム委員長の反対が強くて、ピョンヤンに居られなくなり、一時的にも国外へ逃れねばならなくなる場合を想定し、第一項目の提案になったと思われます」

松代室長はいった。

奈良橋外相は訝った。

「総理、問題がまだありますぞ。金正哲提案を飲むとして、国連のＵＮＴＡＫ構想と齟齬をすると実現が難しいですぞ」

「どういうことだね？」

「金正哲の臨時政府が、ＵＮＴＡＫの統治機関と衝突しかねない。ＵＮＴＡＫは、戦後処理として、北の政府も南の政府も認めず、国連の監視の下、朝鮮半島全土で総選挙を行い、中立的な新政府を創ろうとしています。金正哲の臨時政府が、おとなしく国連のＵＮＴＡＫの命令に従うかどうか」

大貫情報局長が答えた。

「牧原くんによると、金正哲の臨時政府は、戦争を終りにするためのもので、その後については戦争終結後、金正哲氏は臨時政府を解散して、あらためて全国民参加の総選挙を行うことに賛成し、国民の信を問いたいともいっているそうです。これは戦後処理の問題なので、今回の五項目提案とは別ということでしたが」

神戸雅也官房副長官が口を開いた。

「総理、まだ問題があります。わが国だけが五項目提案を飲んでも、国連やアメリカが飲まないと実効性がありませんが」

法眼首相はうなずいた。

「そうだな。アメリカや国連安保理は、この金正哲の提案をどう見るか。わが国だけ、五項目提案を認めても、アメリカほか関係国が反対したら和平交渉は頓挫する。外相、私はハリソン大統領をなんとか説得するから、きみは至急に国連安保理理事国を説得してくれ」

「分かりました。各国に打診します」

奈良橋外相は大きくうなずいた。

法眼は中丸官房長官と陣内防衛大臣に向いた。

「五項目提案を受け入れた以上、和平交渉の準備をしておこう。官房長官、外相、きみら二人が主導して準備をしてほしい」

「分かりました。お任せください」

「了解です」

中丸長官と奈良橋外相は顔を見合わせ、頷き合った。

「総理、では、ここで決まったことを現地の牧原くんに知らせます」

大貫情報局長はケータイを取り出し、牧原の電話番号にダイヤルし、耳にあてた。

内閣調査室員が慌ただしく入って来た。松代室長の傍に寄り、報告書を見せながら、耳打ちした。松代室長は大きくうなずいた。

「総理、新しい情報です。ソウルから、北朝鮮軍が今夜一斉に撤退をはじめたとのことです」

「なに、ソウルから北が撤退しているだと？」

法眼首相は目を剝いた。松代室長は続けた。

「そのため、ソウル市民たちが解放を祝って花火を上げたり、通りに出て大騒ぎをしているとのことです」

法眼首相は閣僚たちと顔を見合わせた。

4

牧原は衛星通信の電話機をオフにして、秋山にいった。

「政府が五項目提案を呑んでくれた」

牧原は秋山と肩を叩き合って喜んだ。

辛島や赤星とも握手をしあった。

牧原はみんなにいった。

「よし、これでまず第一段階は済んだ。次は最大の課題の、拉致被害者たちをどうやって日本へ帰すかだ」

　辛島がいった。

「問題は拉致被害者全員を帰すという金正哲氏に、いまのところ、まだその政治力がないことだな」

「そのためには、愛国将校団の支持を得た金正哲氏が一刻も早く後継者だと名乗りを上げ、臨時政府首班を率い、民衆や軍官僚たちの支持を取り付けるかだな。これはなかなかむずかしい」

　赤星が頭を左右に振った。秋山がいった。

「そんなことを待っていたら、時間がかかる。事態も金正哲氏の思う通りに進むとは限らない。もし、万が一、金正哲氏や愛国将校団側が、クーデターに失敗したら、拉致被害者は再び人質にされかねない。だから、一刻も早く国外へ出すことを考えねばならない」

「しかし、何か脱出させる手立てはあるかい？」

「ある。滑走路が見つかったのは好都合だ。当初のプランでは、オスプレイ二機を使って脱出させる予定だったが、一機だけになり、被害者も２００人以上なので無理になった。無理に搬送するにしても、オスプレイ一機では一挙に拉致被害者たちは運べない。何度も戦場を往復しなければならず、あまりに危険過ぎる。そうなることも考え、プランBを用意してある」

「どんなプランだ？」

「空自のC１３０H輸送機三機を用意させた。一機に完全武装の空挺隊員なら64名、非武装の民間人なら92人を運ぶことができる。三機あれば拉致被害者２２１人全員と、救出チーム全員を日本へ運ぶことが出来る」

「あの長さの滑走路で下ろせるのか？」

「なんとかなる。車で走って計ったが、２４００メートルはある。滑走路の前面もひらけている。障害になるものはない。降りるにしても、離陸するにしても、空自のベテラン・パイロットたちならうまくやってくれるはずだ。事前に滑走路前の樹木を切り倒したり、草を刈って土を整備しないといけないが」

「航続距離は？」

「大丈夫。C１３０H大型輸送機の航続距離は約２１６０海里（約４０００キロ）はある。しかも空中給油が可能だ。元山地域を迂回しても十分に日本まで帰れる。難しかったら、もっと近い中国領内へ飛ぶ方法もある」

「輸送機は、いまどこに？」

「すでにBプランを発動しているので、いまごろは韓国烏山基地に空自のC１３０三機が支援の人員とともに待機している」

「護衛は？」

「もちろん、抜かりはない。烏山からこの空域までは、米韓空軍機が護衛に就く。帰路は空自の戦闘機隊が護衛に就く。必要であれば、事前に飛行コースの対空ミサイル基地やレーダー施設を叩いて、安全を期す手筈になっている」

「それを聞いて安心した」

牧原はうなずいた。秋山がいった。

「戦争地域だからね、それでも完全に安全とはいえないが、あとは幸運の女神が我々に微笑んでくれることを祈るだけだ」

5

東部戦線・東海岸元山近郊　7月19日1000

先刻まで続いていた川の対岸への激しい砲撃は終わった。

ＰＫＦ派遣陸上自衛隊中央即応連隊と第２師団と、その隷下にある第２戦車連隊は、韓国軍機甲部隊と競うように進撃し、元山目前の川に迫っていた。

眼前を流れる大きな川を渡河すれば、元山市街までは数キロメートルである。

中央即応連隊第1中隊長伊藤3佐は82式指揮通信車の車長席から、双眼鏡で対岸の敵陣の様子を窺った。

ゆったりとした流れの向こう岸に展開していた敵の装輪装甲車や戦車は、砲撃で上がった黒煙や土煙、白煙の中に見え隠れしている。

約30キロ後方の味方野戦特科部隊の99式自走155ミリ榴弾砲や203ミリ自走榴弾砲、さらに強力な多連装ロケットシステム自走発射機M270から撃ち出された榴弾が、雨霰と対岸の戦車軍団や機械化部隊に降り注ぐ様は、地獄そのものだった。

さしもの北朝鮮軍の天馬タ型戦車（ロシア製T—55戦車のコピー）の分厚い装甲板もぶち抜かれ、破壊され、粉砕されてていた。おそらく車内の乗員たちも、この砲弾の雨の中で生き延びることは不可能なことだったろう。

中央即応連隊の隊員たちは、98式装輪装甲車や89式装甲戦闘車、73式装甲車の車両から降りて、対岸の惨状を声もなく眺めていた。

その間にも、施設隊の戦闘工兵たちが組立式のパネル橋MGBを川に架け、もくもくと渡河の準備をしていた。

三本のパネル橋が組み立てられ、中央即応連隊や機械化部隊が渡河できるように作業している。

中央即応連隊の98式装輪装甲車や89式装甲戦闘車がエンジンを吹かし、いつでも発進できるというデモンストレーションをしている。

第2師団第3連隊戦闘団、第25連隊戦闘団、第26連隊戦闘団と、第2戦車連隊の90式戦車や16式機動戦闘車が、二本のパネル橋で渡河し、残る一本のパネル橋で、中央即応連隊戦闘団が渡河する手筈になっている。

先程まであった敵側からの抵抗は、散発的になり、いまやほとんど聞こえない。

遠目にも炎上する元山市街が見える。

中央即応連隊と第2師団は、韓国機甲部隊と先陣争いをしながら、東海岸を駆け上がり、ようやくここまで来た。

東部戦線は、ほぼ日本、韓国軍が突破した。

中部戦線でも、アメリカ第二歩兵師団と、韓国軍の機甲部隊や機械化歩兵部隊およそ八万人の兵力が北朝鮮軍を破って、北上していた。

西部戦線の状況はまだ分からない。

ぴりぴりぴりっと呼び子が鳴った。

伊藤3佐は機関銃座の隊員に、「テッ」と命じた。

隊員は上空に向け、信号弾を発射した。白い煙の尾を曳いて赤い炎の曳光弾がすると天空に上がった。

「全隊、前進！」

伊藤3佐は前方に手を下ろした。82式指揮通信車は身じろぎ、エンジンを吹かして発進した。

伊藤3佐は車長席のキューポラから上半身を出し、前方を睨んだ。機関銃手が油断なく前方の車両の残骸や瓦礫に潜む敵を用心している。

上空を攻撃ヘリAH―64Dアパッチ・ロングボウの編隊が、超低空を轟轟とロータ―音を立ててゆっくりと飛んでいく。

30ミリ機関砲とヘルファイアミサイルで武装したタンク・キラーだ。少しでも敵の影を見つければ、容赦なく30ミリ機関砲が吠え、70ミリロケット弾が飛ぶ。

82式指揮通信車は先頭を切って、真中のパネル橋を渡り出した。

左右のパネル橋を渡るのは、第七師団の10式戦車や90式戦車だ。いずれも轟音を立てて、パネル橋を揺すって渡って行く。

戦車よりは軽い82式指揮通信車が先頭になって対岸に走り込んだ。つづいて16式機動戦闘車、96式装輪装甲車の車列が続く。

82式指揮通信車は畑だった大地を土煙を上げて走った。

見渡す限り、敵の戦車や装輪装甲車の残骸が広がっていた。いたるところに北の兵士たちの遺体が転がっていた。

抵抗はまったくない。残骸の散らばった野を抜けると、目の前に河岸の荒れ地や作物の実っていない田畑が広がっている。

「止まれ！」

伊藤3佐は運転席に叫んだ。82式指揮通信車は前のめりになりながら、急停車した。後から突進して来た16式機動戦闘車が慌てて急停止した。

伊藤3佐は双眼鏡でピョンヤン市に延びる道を望んだ。ピョンヤン市に向かって、とぼとぼと足を引き摺って退却して行く北の兵士たちの後ろ姿があった。

「現在地で停止！」

伊藤3佐は全隊に命令を下した。これ以上追撃は必要ない、と判断した。追撃すれば、戦死傷者が増えるだけだ。

「左手十時の方角に戦車隊発見！」

運転手の兵士が叫んだ。

「敵か！」

伊藤3佐は十時の方角に双眼鏡を向けた。土煙を上げて、大型戦車を先頭に多数の装輪装甲車が突進して来る。

およそ二、三百両以上の戦車、装輪装甲車の戦車部隊と機械化部隊だ。

敵味方識別装置が、友軍だと知らせた。

いずれの車両のアンテナ線にも韓国旗が翻っている。

「こちらも味方の信号弾を上げろ！」

機関銃手が空に向かって、信号弾を上げた。

相手の韓国軍からも、白い信号弾がするすると上空に上がった。

韓国軍機甲部隊と機械化部隊も整然と停止した。

戦車が左右に出て陣形を整えた。

指揮官の乗った装輪装甲車が一台、エンジン音を立ててこちらへ向かってくる。

伊藤3佐は運転席に「こちらも前進」と命じた。

82式指揮通信車はゆっくりと進んだ。韓国軍の装輪装甲車も中ほどで停止した。

82式指揮通信車も装輪装甲車の前で停車した。装輪装甲車の胴体には、白馬のマークがついていた。

韓国軍白馬師団だった。

伊藤3佐は82式指揮通信車の車長席に立ち、挙手の敬礼をした。白馬師団の指揮官も装輪装甲車の車長席で敬礼を返して来た。

「中隊長！　本部から至急連絡です。第2師団とともに転進し、ピョンヤンをめざせ、との命令です」

「よし、そう来なくてはな」

伊藤3佐は韓国軍白馬師団の指揮官に、もう一度敬礼した。

「悪いな。ここは、あんたらに任せた。後は頼む。我々はピョンヤンに向かう」

振り向けば、第2師団の第2戦車連隊も元山ではなく、ピョンヤンの方角をめざして、動き出していた。

「発進」

伊藤3佐は運転席に怒鳴った。

82式指揮通信車は方向を転換した。本隊にいったん戻って行く。

その傍らを、第2戦車連隊の10式戦車、90式戦車、74式戦車、16式機動戦闘車、96式装輪装甲車、89式装甲戦闘車が轟音を立てて、ピョンヤンへの国道に走り出していた。

6

北朝鮮奥地　7月20日　1900

北朝鮮奥地は緯度が高いので、夏の日の入りは、やや遅い。

秋山3佐は落ち着かなかった。

あたりに薄暮が広がりつつあった。

太陽が西の山端にかかり、ゆっくり沈んでいく。

いくらベテランパイロットといえ、誘導灯のない夜の滑走路にC130H大型輸送機を着陸させることは、不可能に近い。

誘導灯の代わりになる光はないか？

秋山は悩んだ挙げ句、思いついた。

昔、子供のころに見た戦争映画で、夜間着陸をする飛行機を迎えるシーンがあった。滑走路の両脇に溝を掘り、ガソリンを流し込む。さらに車を並べてヘッドライトの光の列を作る。

飛行機が到着するのを見計らって、ガソリンに火を点けると、夜間でもくっきりと滑走路の幅や角度が浮かびあがり、無事飛行機が着陸するシーンだった。

秋山は小沼1尉や河合2尉を呼んだ。

「工作村から燃えるものを出来るだけ集めろ。蒲団やいらなくなった衣類など、ガソリンを染み込ませて松明になりそうな物を隊員たちみんなで、手分けして集めてこい。それとガソリンだ。貴重な燃料だが止むを得ない。ドラム缶のまま、トラックで運んでこい。大至急だ」

「了解です」

小沼1尉と河合2尉は二台のトラックに部下たちを乗せ、工作村に走り去った。

秋山は南の方角を双眼鏡で、飛行機の機影を探した。

敵が傍受している可能性もあるので、ぎりぎりまでC130H大型輸送機は無線封止をしていた。

西の雲を真赤に染めていた夕陽がだんだんと色褪せていく。

ほどなく小沼たちのトラックが可燃物とドラム缶を運んできた。

早速、秋山は小沼1尉や河合2尉に、滑走路の両脇に燃える物を並べて、ガソリンを染み込ませろと命じた。

滑走路の進入口付近と、滑走路が終わる地点にトラックを五台ずつ並べ、ヘッドライトを点す。これで降りる目安になるはずだ。

「来ました！　爆音が聞こえます」

見張りが叫んだ。秋山は通信兵に目をやった。ようやく無線封止を解いたらしく、通信兵と応答をくりかえしている。

「ようし、ガソリンに火を点けろ！」

秋山の号令に合わせ、隊員たちが火を点けた。みるみるうちに滑走路の両脇に並べられたぼろ布や蒲団、シーツの類が赤い炎を上げて燃え上がった。

薄暮の中、滑走路の始まりとデッドエンドが炎で浮かび上がった。

「隊長、ペリカンから、滑走路が見えるとのことです」

「よおし、うまく降りてくれよ」

秋山は滑走路の端に立ち、照明弾を打ち上げさせた。照明弾は空に漂い、ゆっくりと落ちてくる。

これでC130H大型輸送機から、あたりの地形も見えたはずだ。

やがて、三機のC130H大型輸送機の黒い機影が上空に飛来した。三機の大型輸送機はいったん、滑走路の上空を大きく旋回した。

輸送機パイロットは滑走路の位置を確認し、進入コースを決めた。大きく旋回してまた元の位置に戻ると、今度はまっしぐらに機首を滑走路に向け、降下を開始した。

両翼の着陸灯が点灯された。機体はゆるゆると翼を揺るがせながら降りてくる。

秋山はC130H大型輸送機を見つめた。

大型輸送機は大胆にも滑走路が始まるぎりぎりのあたりで、車輪をグラウンドさせた。叩きつけるような、どしんという音が響いた。

そのまま大きな機体は滑走路を走り、滑走路が終わる岩壁まで走って、ようやく停止した。

すぐに一番機は機体を動かし、滑走路を空け、駐機場の草地に移動した。

ついで、二番機が着陸灯を輝かせて、滑走路に降りてくる。

秋山は手に汗をかき、二番機が轟音を立てて、目の前を走り去るのを眺めていた。

続いて、三番機が舞い降りて来た。

三機の130H大型輸送機は、ごうごうとプロペラエンジンの音を立て、滑走路の末端までタキシングし、駐機場代わりの空き地に移動して停止した。

秋山は駐機場の空き地に向かった。

C130H大型輸送機の一番機、二番機、三番機の後部の扉が開いた。

それぞれの機内から完全武装の隊員たちや医療班の医師や看護士が降りて来た。

秋山は彼らの後から悠然と降り立った人影に敬礼した。

「お待ちしてました。猪木隊長」

「出迎えご苦労さん、秋山3佐」

救援支援隊長の猪木2佐は、軽く額に指をあてて答礼をした。

背後から何人かの将校たちが秋山3佐に敬礼し、挨拶を交わした。

三十人の精鋭たちだ。率いる司令が猪木2佐だった。

「出発は？」

「明朝〇七〇〇時、出発です」

「よろしい。では、このへんの状況を説明して貰おうか」

「承知しました。まずは会議室に」

秋山は猪木2佐や幕僚たちを管理棟に案内した。

7

ピョンヤン・主席宮地下司令部　7月20日　2100

人民武力部総参謀部の作戦会議室は、沈鬱な空気に包まれていた。

リ・ヨンギル総参謀長は腕組みをし、状況表示板を睨み付けていた。

ピョンヤン防衛のため、ソウルを占領していた第3軍団主力を引抜き後方に撤退させたため、ソウル市はまったくのがら空きとなった。

そのため、ソウルに迫っていた米南朝鮮連合軍は、歓喜に沸いた市民たちに迎えられ、ソウルに堂々と無血入城したという知らせが入った。

当然予想したことではあったが、それが現実になると、指導部の衝撃は大きいし、悔いも残る。

ソウルに共和国人民軍が進駐した時、ソウル市民の紙吹雪を撒いての歓迎ぶりは何だったのか？　あんなに歓迎されたというのに、撤退の時には、誰一人、別れを惜しむ人もいない。石を投げ付けた者もいたということだった。

ソウルに樹立した新政府の政治がひどかったため、きっと人心が共和国から離れたのだろう。共和国への信頼があったなら、人民軍が撤退するのを惜しみ、一緒に戦おうとする人々が出てもおかしくなかった。

リ総参謀長は、頭を振った。

いずれにせよ、せっかく解放したソウルは、また敵の手に落ちた。

ソウルを失っても仕方がないが、これも戦局の劣勢を挽回するため、致し方ないと諦めるしかない。

ヤン副参謀長がいったように、今後は戦線を縮小し、ピョンヤン防衛に戦力を集中しなければならない。

リ総参謀長は解任されるのを覚悟し、キム委員長に、戦略転換を意見具申した。その時には、キム委員長も冷静に事態を受け止め、戦略的撤退を理解してくれた。

だが、戦略的撤退が現実化し、ソウル放棄がなされると、キム委員長は激怒し、ソウル軍司令部全員を国家反逆罪で銃殺しろ、とあたりちらした。

しかし、ヨジョンがキム委員長を宥め、ようやくにして怒りは収まった。

リ総参謀長は、キム委員長になんとも言葉をかけにくかった。

キム委員長は渋い顔でいった。

「残るは、首都ピョンヤンだけだな。総参謀長、ピョンヤンの防備を最大限に固めろ」

「はい。絶対防衛圏を市内とし、その半径100キロ圏内を最終防衛線に定めて、守りを固めております」

首都には革命青年将校団が握るピョンヤン防衛司令部と、愛国将校団が主導するピョンヤン警備司令部の二系統の軍団がある。

前者は軽歩兵訓練指導局直属の特殊軍団第38空挺旅団をはじめとする精鋭部隊を指揮下に置いてある。

後者は国家保衛部直属の首都警備部隊、さらに、第425戦車軍団と第9機械化軍団も指揮下に置いていた。

革命青年将校団と愛国将校団は、敵前ということもあるので、いまは互いに矛を納め、協調し合っていた。

たとえ四面から猛攻撃を受けようとも、ピョンヤンの地下には、幾重にも張り巡らしたトンネル網があり、兵士は神出鬼没に市内各所に出ることが出来る。有利に市街戦を展開できるようになっている。

いよいよ、敵が迫って来たら、深く市中に敵を誘い込み、都市ゲリラ戦で敵を翻弄し、持久戦に持ち込んで撃滅する。

それもかなわぬとなったら、最後の最期に、最終兵器を使って…。そうならぬよう、死力を尽くし、戦局挽回せねばならない。リ総参謀長は、その時を思うと身が引き締まるのだった。

「…な、なんだと！」

またキム委員長の激昂する声が聞こえた。国家保衛部のソン、グァンシク部長を怒鳴りつけている。

「兄貴のジョンチョル（正哲）の姿がないだと？」

「はい。宿舎にお姿がありません」

ソン国家保衛部長は直立した姿勢のままにいった。

「兄貴が、俺を置いて逃げるはずがない」

キム委員長は会議室をうろつきはじめた。

「ピョンヤンでなくても、どこかにいるはずだ。もしかして、秘密の保養所かも知れない。捜せ」

「はい。心当たりをすべて捜しました。ですが、おられないのです」

ソン国家保衛部長は言い淀んだ。

「担当の護衛総局はどうした？」

「護衛総局も必死に捜しているのですが、見つかりません」

「護衛総局も分からないだと?」

「はい。ただ気になることが」

「何だ?」

「秘密保養所の喜び組の女によると、ジョンチョル様は、数日前まで白世峰特別補佐官様やホランイ様とご一緒に滞在なさっていたそうです」

「なに、白世峰特別補佐官やホランイと一緒にいたと?」

「はい。それで、白世峰特別補佐官の秘書や女に尋ねたところ、数日前、白世峰特別補佐官は地方に行くといって出たそうです」

「兄貴も一緒か」

「おそらく、ご一緒だと思われます」

「兄貴は何をしているのだ?　その地方というのは、どこだ?」

「北の方角としか分かっていません」

「北だと?」

「首都警備司令部から国家保衛部所属のヘリが一機、ピョンヤンから北へ向かって飛行したとの報告が来ています」

「なに。兄はヘリに乗ったというのか?」

「おそらく、そうだと思われます」

キム・ジョンウンは、以前、兄ジョンチョルがアメリカや日本と直接に和平交渉する秘策がある、といっていたのを思い出した。

李容浩外交部長に命じ、ロシアや中国を介し、アメリカや日本に対して、即時停戦の提案をしたが、これまでのところ、何の返事もなかった。

それを知った兄のジョンチョルが、白世峰特別補佐官やホランイと一緒に、秘策を開始したのか？

「ホランイ様も一緒か？」

「いえ。ホランイ様は別れて、自宅に戻られたそうです」

「国家保衛部に、ヘリの乗員や搭乗者の記録はあるのだろう？」

「それが、その記録は紛失されていました。誰が搭乗していたかは不明です」

「そのヘリは、いまどこにいる」

「戻っておりません。行方不明です」

キム委員長は唸った。

「ホランイ様に問い合せたか？」

「ホランイ様のご自宅というのが国家秘密になっておりまして、探しようがありません」

「国家秘密だと？　俺も知らぬぞ」

「申し訳ありません」

「誰か、ホランイ様の自宅を知っている者はいないのか？」

「亡くなった偉大なる金正日首領様や、白世峰特別補佐官はご存じなのですが」

「ううむ」

キム委員長は腕組みをして考え込んだ。

会議室の入り口から、ヨジョンと金英哲副委員長が姿を見せた。二人は足早に部屋に入って来た。

キム委員長がヨジョンにいった。

「ヨジョン、おまえ、ジョンチョル兄貴の行方を知っているか？」

「ええ。ジョンチョル兄さんは、和平交渉をしようと、白世峰特別補佐官と一緒にピョンヤンを脱出したのです。ジョンウン兄さんに前にお話ししたでしょう。ジョンチョル兄さんはホランイ様の力をお借りして、私たちキム一族と共和国を助けるために、密かに工作をはじめた、と」

「やはりそうか。兄貴は本気で何か秘密工作をやっていのだな」

「ええ。きっとジョンチョル兄さんから、いい便りがあると思います」

「ならば、いいが」

キム委員長は憮然とした表情でうなずいた。

うまく行けばいいが、と内心で思うのだった。

8

北朝鮮奥地　7月21日　午前七時

まだ朝靄が棚引いていた。

早朝の暗いうちから帰還準備がはじまった。

天気晴朗。南からの風10メートル。

絶好の飛行日和だ。

秋山3佐は、猪木2佐と一緒に立って、駐機場の空き地を眺めていた。

空き地に集められた拉致被害者とその家族が、陸自自衛隊員の指図で、三集団に分かれ、C130H大型輸送機に続々と乗り込んでいた。拉致被害者や家族は、いよいよ日本に帰ることが出来るという喜びと解放感とで、みんな一様に興奮し騒めいていた。

拉致被害者とその家族の中には、病人や負傷者が少なからずいた。そのため、日本から来た医師や看護士は、昨夜以来、不眠不休で病人や負傷者の応急手当てや手術にあたっていた。幸い命にかかわるような重傷者や重病患者はいなかった。

その病人や患者たちを担架に載せた一団が、真っ先に一番機に収容された。その後に、拉致被害者やその家族が乗り込んで行く。

猪木隊長が秋山を振り向いた。

「秋山3佐、貴官たちはほんとうに、我々と一緒に帰らず、ここに残るのかね」

「はい。まだ、こちらでやることがあります」

「そうか。ご苦労さんだな」

猪木2佐は気の毒そうに秋山を見た。

秋山も拉致被害者たちと一緒に日本へ帰りたかったが、しかし、自分にはまだこちらでやるべき任務が残っていた。

戦争はまだ終わっていない。軍人として戦争が終わるまでは、命令がでない限り、戦場を離れるわけにはいかない。

「しかし、これで一つ任務は終わったな」

「はい」

猪木2佐がピース・インフィニティの箱を差し出した。秋山は礼をいい、たばこを一本引き抜き、口に銜えた。ポケットからジッポを出し、火をつけた。

秋山はたばこを喫いながら、三機の大型輸送機の様子を眺めた。

一番機には、拉致被害者たちと医療班員など九十二人が搭乗する。

二番機には、拉致被害者たちと救援隊の自衛隊員たち合計九十人が乗り込む。

三番機には、残りの拉致被害者たちと猪木隊長ら隊員たち合計八十人が搭乗する。

滑走路の先では、百人ほどの国家保衛部員たちが、丈の高い樹木を伐採したり、滑走路の整地をしている。ジョン・ミンギ少佐率いる国家保衛部隊員だ。

彼らに混じり、秋山隊の自衛隊員たちの姿もあった。

C130H大型輸送機が離陸するには、2500メートルでは短い。そのため、少しでも滑走路を長くしようとしていた。

携帯無線機を耳にあてていた隊員が、猪木2佐に叫んだ。

「隊長、一番機、収容終りました。出発準備オーケーです」

「よし。出発してよし」

猪木隊長はゴーサインを出した。

「二番機も収容完了です」

「三番機も出発してよし」

猪木隊長はうなずいた。

一番機がプロペラエンジンを始動させた。轟音とともに、辺りの草が風圧になびいた。

　ついで二番機もエンジンを始動させた。一番機が空き地から動きはじめた。

「隊長、三番機も収容終りです。あとは隊長の搭乗で、出発準備完了です」

「よし。分かった。すぐに行こう」

　猪木2佐は煙草の吸い差しを地面に落とし、軍靴で火を踏み消した。

「では、秋山3佐、任務の成功を祈る」

「ありがとうございます。無事拉致被害者たちを日本に送り届けてください」

　秋山は猪木2佐に挙手の敬礼をした。猪木隊長も挙手の答礼をした。

「分かった。無事、彼らを連れて帰還する」

　猪木隊長は部下たちと一緒に急ぎ足で三番機へと向かった。

　三番機もエンジンを始動させた。

　エンジン音を聞き付けたのか、管理棟から数人が現われた。牧原や辛島たちは、金正哲や白世峰と談笑している。

　呼び子が鳴り響いた。

　ソン・ホジン上尉が大声で「作業止め！」「滑走路を空けろ」と叫んでいた。滑走路の先や周辺で、伐採や路面の整備していた隊員たちが作業を止め、ぞろぞろと滑走路から離れはじめた。

「いよいよ、出立ですな」

ジョン・ミンギ少佐が秋山にゆっくりと歩み寄った。

「少佐、ありがとう。貴官のおかげで、こうして、大勢の拉致被害者が帰国することができた。感謝する」

「いや、これはせめてもの罪滅ぼしです。拉致被害者たちを長年、収容施設に入れたのは、我々国家保衛部の同僚たちでしたからな。せめて、このくらいは協力しないと、日本のみなさんに申し訳が立たないでしょう」

小沼1尉と河合2尉が秋山のところに駆けて来た。

「隊長、出発ですね」

「うむ」

一番機のC130H大型輸送機が猛然と滑走路を滑り出した。

滑走路の端ぎりぎりまで走ると、一番機は機首をゆっくりと引き上げ、虚空に向かって上昇を開始した。

続いて二番機が駐機場から滑走路に走り出た。滑走路の端に来てから向きを変え、一気に加速し、滑走路を走り出した。

二番機は滑走路が切れる手前で機首を上げ、あっと言う間に空中に飛び立った。

猪木隊長の搭乗した三番機のC130H大型輸送機は、ゆっくりとタキシングして、空き地から出て、滑走路の端に移動した。くるりと機首を回し、滑走路に向かった。

プロペラの轟音を立てながら滑走路を走り出した。

舷窓に手を振る猪木隊長の顔が見えた。それも一瞬で、C130H大型輸送機は轟音を残して、離陸して行った。

上空では、先発の二機が大きく旋回して、三番機が合流するのを待っていた。

護衛のF―15イーグル戦闘機が、大型輸送機の周りを哨戒していた。

秋山は離陸していくC130H大型輸送機に挙手の敬礼をした。小沼1尉たちも整列し、大型輸送機に帽子を振っていた。

これから三機のC130H大型輸送機は、元山上空を迂回して日本海に出て、一路日本へ飛行するのだ。

三機の大型輸送機は編隊を組み、東の空をめざして飛び去った。

護衛のF―15イーグルが、執拗に周辺空域を旋回し、対空ミサイルや対空火砲がないのを確かめていた。

「行ってしまいましたね」

小沼1尉が呟くようにいった。

ジョン・ミンギ少佐がソン上尉を呼んだ。

「隊員たちに作業止めといい、解散させろ」

「了解」

ソン上尉は滑走路付近に集まった隊員たちに駆出した。

小沼1尉も河合2尉に向いた。

「うちの隊員たちも、作業中止だ」

河合2尉はうなずき、ソン上尉を追うように滑走路に向かって走りだした。

管理棟のドアが開き、通信士が顔を出して声をかけた。金正哲と白世峰、牧原、辛島、赤星があいついで部屋に入った。

何か動きがあったな、と秋山は思った。

しばらくしてドアが開き、牧原が顔を出し、秋山を手招きした。

「行こう」

秋山は小沼1尉を連れ、管理棟に向かった。

秋山と小沼1尉が管理棟に入ると、牧原が真剣な表情で白世峰と話をしていた。

「何かあったのですか？」

白世峰が秋山に答えた。

「ホランイ様から暗号通信で、核についての極秘な情報が二つ入ったのです」

「どのような情報ですか？」

「一つは、日本への核攻撃作戦が決行されたという情報です」

「核ミサイルでの攻撃？」

「いや。小型潜水艇に原爆を搭載させ、東京湾に潜行させて爆発する計画です。すでに小型潜水艇を載せた潜水艦が太平洋に出て、東京湾に向かっているとのこと」

「それはたいへんだ。緊急に日本に情報を上げなければいかん」

「大丈夫です」

牧原は頬に笑みを浮かべながらうなずいた。

「秋山3佐、そこは抜かりはありません。私がたったいま東京の中央情報本部に衛星回線で通報したところです」

秋山はほっとして白世峰を見た。

「それはよかった。それで、もう一つの核情報というのは？」

「北朝鮮は、もう一個核兵器を隠し持っているのですが、その核兵器の隠し場所が分かったのです」

「どこにあるというのです？」

「ピョンヤンの主席宮の地下でした」

「主席宮の地下？　よく、そんな危険なものを主席宮の地下に隠したものだな」

秋山は牧原と顔を見合わせた。

白世峰は顔に薄ら笑いを浮かべた。

「灯台下暗し。実はキム委員長も知らなかったようなのです」

「誰が、そんなところに隠したというのだ？」

「シン・ボクナン科学顧問です。彼は核弾頭と大陸間弾道ミサイル開発責任者で、共和国の核開発の責任者でもある。彼はキム委員長の信頼が篤く、アメリカの核戦略に対抗する核戦略をキム委員長に説いた人物です」

牧原が秋山に向いていった。

「シン・ボクナンは要注意人物です。我々防衛省情報本部も、彼の動向には注意していた。シン・ボクナンは、人工衛星千里馬に核を搭載した火星ロケットを打ち上げた男です。そして、開戦と同時に、その千里馬を爆発させ、電離層を破壊した。おかげで、緒戦では、ＧＰＳは使えなくなり、アメリカ軍も韓国軍も近代兵器システムがダウン。アナログ兵器で戦わなくてはならず、苦戦させられた」

「そんな人物がいたのか」

「最近、キム委員長の周辺から姿を消していたので、どこにいるのか、分からなかったのですが、どうやら、シン・ボクナンはキム委員長から最終兵器の使用について管理を任されていたようなのです」

白世峰がうなずいた。

「ホランイ様は、それと気付き、密かにシン・ボクナンの所在を調べ、最終兵器の核を隠しているのが分かった。それも、とんでもない核兵器で」

「何だというのだ？」

「水爆です。水爆を隠しているのです」

秋山は牧原と顔を見合わせた。

白世峰は続けた。

「もし、水爆を爆発させたら、ピョンヤンの主席宮から半径１００キロメートルは、跡形もなく蒸発してしまうでしょう。さらに、２００～３００キロの範囲は爆風で吹き飛ばされ、強力な放射能で汚染され、死の地帯となるでしょう」

「北朝鮮は、壊滅してしまうではないか」

「共和国が消滅するだけでは済まないかもしれません。シン・ボクナンが開発した水爆は、これまでの水爆の威力よりもはるかに強力なものらしい。それを爆発させたら、もしかして、地球を破壊しかねない」

「地球を破壊しかねない？」

「キム委員長は、日頃から、共和国のない地球などいらないといっています。だから、いよいよ共和国が負けるとなったら、水爆を爆発させ、ピョンヤンを攻めようとしているアメリカ、日本、国連ＰＫＦ、すべての国を道連れにして、自ら消滅しようというのです」

「なんてことだ」

秋山はショックで言葉を失った。

牧原はいった。

「これは、大至急に本国に報告し、安易にピョンヤン攻略をしないよう、アメリカや韓国、国連に通報せねばなりません」

金正哲が口を開いた。

「弟ジョンウンは、本当に死に物狂いで戦うでしょう。ですから、なんとしても、戦争を終結させねばなりません。ですから、私が必死に和平工作をしているのです」

「分かりました。それで、どうしたら、いいのですか？」

秋山は金正哲に尋ねた。

白世峰が金正哲に代わって話した。

「我々を中国に運んでほしいのです。北京で和平のための方策を教えます」

秋山は牧原を見た。牧原は大きくうなずいた。

「秋山3佐、やりましょう。なんとか、世界を救うために、金正哲氏の工作を援助しましょう」

9

ソウル　7月22日　午後9時

米韓連合軍の大型ヘリコプターチヌークが着陸態勢に入った。ヘリポートから明るいサーチライトが上空に伸びている。

萠は舷窓から灯火管制が敷かれているソウルの真暗な街を見下ろした。ソウルの無血開城から一日目。釜山でくすぶっていた萠は、本社に必死に懇請し、ソウル取材を許可して貰った。

機上には、各紙の特派員たちが同床異夢の状態で乗り合わせていた。

上空から見たソウルは、すでに解放の興奮は終り、市民は平静を取り戻していた。街角で騒いでいる人だかりもない。

それでも、まだ戦時下である。道路を走る車のヘッドライトは片方だけで、残るヘッドライトには青い塗料が塗られて光量が落とされている。

上空から敵に車が見えないようにしているのだ。

各国から従軍記者として派遣されたジャーナリストが、ようやく戦場の緊張が解けて、みんな冗舌になっていた。

チヌークは、ソウル市内の龍山基地のヘリポートにゆっくりと舞い降りた。ローターが次第に揺るやかになり、胴体後ろの扉が開いた。

従軍記者たちは、全員、戦場にいた時、そのままに防弾チョッキを着込み、迷彩野戦服姿で、軍用ザックを肩に地上に降り立った。

まるで、全員が休暇で遊びに来たGIのように見えた。自分もきっと外見には、疲れた顔のあばずれ女兵士のようなのだろう。

戦場に居る間、シャワーは一週間に一度か二度程度で、朝顔も洗うこともない。髪の毛は適当に手で均しただけで、寝癖はついたまま、化粧もしない素っピンだった。

ホテルに落ち着いたら、まず真っ先にシャワーを浴びて戦場の汚れを落とす。そう心に決めて、みんなが向かうビルへ足を進めた。

「おおい、杉原萠はいないか！」

ビルの出入り口で、男の人影が口に手をあててジャーナリストの群れに大声で呼びかけていた。

いったい誰だろう？

萠は歩きながら、手を上げた。

「…」

「おお、おまえが東京社会部の杉原か」

「はい」

萠は答えながら、この男が大田デスクがいっていたソウル支局長の竹本か、と思った。

「おれ、竹本。大田から聞いた。ソウルへ戻ったら、くれぐれも歓待してやってくれってな」

眼鏡をかけた中年太りの男だった。風呂に入っていないのか、汗の臭いがする。もっとも、自分のほうがもっと汗臭いに違いないのだが。

「ホテルは？」

「どこかにホテルはありますかね」

竹本支局長は、どこか抜けているように感じた。ソウルに来たばかり女に、ホテルはどこだなんて聞く人間がどこにいるというのか。

「だろう、と思ってな。安くてまあまあなビジネスホテルをとってある」

「ありがとうございます」

だったら、先にいえよ、と萠は内心いらいらしながら毒突いた。

「車を用意してある。駐車場まで歩けるか」

「…大丈夫です」

萠は肩のザックを右肩から左肩に移した。

「重そうだな。おれが持って上げようか」

「いえ。大丈夫です。このくらい戦場では、いつも持って歩いていたので」

嘘だったが、萠は腹立ち紛れにいった。

「そうか。えらいな。男勝りだな」

竹本はのっそりと歩き、駐車場の一番端に止めてあったワーゲンに歩み寄った。古そう。夜目にも、塗装が剝げているのが分かる。竹本はどんとホルクスワーゲンの屋根を叩き、ドアを開けた。

「適当に後ろの座席に荷物を入れてくれ」

「はい」

萠は後部座席に何かがらくたが突っ込んであるのを見て躊躇した。シャツや下着、週刊誌や猥雑な写真雑誌や新聞紙の束が置いてあった。

「面倒だから片づけてないが、みんなろくでもないもので、どうせ、あとで捨てるものだから気にしないでいい」

萠は遠慮するのも面倒になり、ザックをがらくたの上に載せた。

竹本は大柄な体を丸めるようにして、小さな座席に座り込んだ。萠が助手席に座ろ

うとしたら、

「ちょい待ちぐさのやるせえなさあ」

と駄じゃれをいいながら、助手席のＣＤやら地図帳や。カバンの類を後ろの席のザックの上に載せた。

「はいはい、どうぞ」

萠は乗り込んだ。座席はどこか壊れているらしく、窓側に傾いでいた。座り心地の悪いことおびただしい。

「なんせ、五十年以上も前のボロクソワーゲンだからな。他人もあまり乗せたことのない車だから、ま、我慢してくれ。それでも、こいつは、いまでもよう走ってくれるんだ」

竹本は車を発進させた。たしかに見かけよりも、エンジンははるかによさそうだった。馬力はないが、町中を走るには支障がなさそうだ。

竹本は暗くて、あまり見えない道路を制限速度以上で走らせた。

対向車線をヘッドライトを消して、サイドのライトだけで走る車とか、青色の塗料を塗ったので、青白い光に見える車ばかりで、萠は乗っていても命が縮まる思いだった。しっかり物に摑まっていないと、カーブの時など車外に投げ出されそうだった。

街の通りの両サイドは、瓦礫の山山が続いていた。まだ半分焼け残った家屋も見える。みんな爆撃を受けた戦災だった。

漢江にかかった古い大橋を渡った。萠は以前ソウルに来た時にも渡ったのを思い出した。橋を渡ると庶民の民家が拡がる街になる。

そこは戦災を免れた様子だった。

車は大通りから左に入り、五階建てのビルの前に車体を軋ませながら玄関先に止まった。

漢江リバーサイドホテルというネオンの看板が架かっていた。ネオンの光は消してある。ネオンた点いている光景を思うと、どう見てもラブホテルのようだった。

これが安くて手頃ないいビジネスホテルねえ。萠はいくら社の費用で払ってくれるとはいえ、もう少しましな宿舎はないのか、と毒突いた。

「さあ、降りた降りた」

竹本は今度は気づいたらしく、後部座席から萠のザックを取り上げ、肩に担いでホテルのロビーに入って行った。

電灯を消した薄暗いロビーには、驚いたことに大勢が屯して、テレビを見ていた。

フロントの女主人は竹本と、昔からの知り合いらしく、何事かを韓国語でからかった。

竹本は照れ笑いをしながら、萠に宿帳に名前を記入するようにいい、部屋のキイを渡した。

　萠が名前を記入し、新聞社名を記すと、女主人はなおも意味深な笑みを浮かべ、竹本と萠を見比べた。

「じゃあ、竹本支局長、今夜はここで」

「あ、いいよ。部屋までザックを運んでやるよ。いまエレベーターが壊れているそうだ。部屋は最上階の五階だからな。見晴らしがいい、このホテル最高の部屋だ」

　竹本はザックを背負うとのっしのっしと狭い階段を登り出した。

　萠は疲れて重い足を引き摺りながら、竹本の後について階段を登った。

　重いザックを持って、五階のフロアまで登るのは、さすがにうんざりしていたから、その点は竹本に感謝の気持ちが湧いた。

　五階の部屋は廊下を挟んで二室ずつ向かい合うようにして並んでいた。

「ここだ」

　502号室のドアを指差した。萠はドアの鍵穴にキイを差し込んで回した。

　部屋の中は煙草の匂いがした。前に泊まった人が部屋の中で煙草を吸ったのだろう。

　竹本はザックを床に下ろした。

　壁のスウィッチを点けると、ピンクの照明が点き、ダブルベッドが浮かび上がった。

　やっぱり、と萠は思った。

「ちょっと部屋の趣味は悪いが、眠るには差し支えないだろう。今夜はゆっくり休んでくれ。壁の防音もちゃんとしてあって、隣の騒ぎも聞こえて来ない」

なぜ、この部屋のことをよく知っているのだ、と思いながらも、疲れて、一刻も早く体を横にしたかったので、文句はいわなかった。

「じゃあ。明日。昼ごろに迎えに来るから、ゆっくり休んでいてくれ」

竹本は手を上げ、部屋を出て行こうとした。ドアを閉じかけた時、

「ああ、そうそう。これ読んでおいてくれ。大田から聞いた。あんたの関心事とどこかで繋がっているだろう。こちらで拾った記事を翻訳しておいたものだ」

竹本はジャケットのポケットに無造作に突っ込んであった封筒を応接セットのテーブルに載せた。

「ありがとうございました」

萠は少々嫌みもこめて礼をいった。竹本はまったく気にもせず、ドアを閉めて出ていった。

萠はシャワーを浴びたかったが、それよりも眠りのほうが勝った。ドアの鍵をかけ、窓の戸締まりをした後、下着姿だけになって、ベッドに倒れ込んだ。そして、泥沼のような眠りの深みに、自ら溺れこんで行った。

10

翌朝、目を覚ました時には、カーテンの隙間から明るい陽光が差し込んでいた。飛び起きると、お昼近かった。萠は全裸になって浴室に飛び込んだ。

頭からぬるま湯のようなシャワーを浴び、シャンプーや石鹸の泡を立てて、頭から足の爪先まで丹念に洗った。

バスタオルに包まって、ベッドに戻り、使っていなかった下着やブラを身に付け、Tシャツを着込んだ。

山のようになった洗濯物をランドリーバッグに入れ、出掛けにコインランドリーにでもよって洗濯しようと思った。

テレビを点けた。地上波の放送は映らず、衛星放送しか入らなかった。

すでに夏に入っている。窓辺のクーラーが静かな音を立てて冷えた空気を吐き出していた。

体の節々が妙に痛むのは、昨夜クーラーを点けたまま寝込んだためかもしれない。いや、待てよ。クーラーは点いていなかったような気もする。

テーブルの上に置いてあった封筒に気づいた。竹本が昨夜置いていったものだと思い出した。

　萠は歯磨きブラシを銜えながら、封筒の中身を抜いた。記事の翻訳だといっていたのを思い出した。

　韓国の新聞記事の切り抜きと、日本語の本訳文が下手くそな字で書いてある。竹本の筆跡かもしれない、と萠は思った。

「アメリカ軍は、北朝鮮領内で細菌戦を行なっている！」

　萠は歯磨きをする手を休めて、翻訳文に見入った。

「韓国軍猛虎師団に従軍した本紙ムン・ヨンホ記者は部隊とともに非武装地帯を越えて、北韓領内深くに入った。そこで山間を行く街道筋の寒村で、防護服に身を固めたアメリカ軍部隊と遭遇した。

　アメリカ軍部隊のMPが、そこから先は北韓軍が細菌戦を行なった恐れがあるので、別の道を韓国軍に迂回するようにというので、引き返し、別の道に入った。

　しかし、北韓軍が細菌戦を行なったという情報は初耳であったので、本紙ムン記者は密かに道を逆戻りし、交通禁止となっている街道に入った。

　まだアメリカ軍防疫部隊が除染作業を行なっているので、山中の細道を辿り、先にある寒村に行ってみた。

　そこには大勢の防疫部隊と医師団がまだ残っていて、村人たちの診療や村の消毒をおこなっていた。

広場にはいくつものテントが張られ、そこに感染患者の村人たちが収容されていた。

ムン記者は勇を奮い、そのテントの一つに忍び込んだ。そこで患者たちから切れ切れに聞き込んだ話では、村に駐屯していた北韓軍兵士たちが、ある朝村のあちらこちらにばらまかれた食糧や衣類に気づいた。それらはいずれもアメリカ製や日本製、韓国製とあったので、何かの偽装爆弾とか仕掛け爆弾かもしれないと用心して回収したところ、半日も経たぬうちに、兵士も村人も風邪に似た症状と体中に発疹が出はじめ、さらに高熱を発して、大勢がばたばたと倒れた。

そして、倒れた人たちの多くが、そのまま亡くなった。これは変だと死んだ人を焼却したりしているうちに、その人たちも感染して倒れてしまった。

そこへ白衣に防護服姿の大勢のアメリカ人が現れ、病人たちを集めて、テントに収容して診療をはじめた。だが、いったん病気にかかった人々で助かった人はほとんどいない。

ムン記者は、北韓軍が細菌をばらまいたのではなく、アメリカ軍ではないか、という確証を得た。証拠として、フラッシュを焚かずに撮影した写真を添付する。(写真には防護服姿のアメリカ軍人たちの作業する様子。死亡した患者の死体は、穴に入れられ、焼却処分にされている)」

萠は歯磨きも忘れて、もう一度読み返した。ムン・ヨンホは東亜新報記者とあった。日付は開戦して、まもなく韓国軍の反攻作戦が開始された七月十二日となっていた。もう一枚の記事は、それよりも前の六月二十五日付の朝鮮日報の記事であった。

「新型鳥インフルエンザＨ７Ｎ９型、北韓領内の各地で流行の兆し。鶏が少ない北韓の町村で、何を媒介にして流行しているのかが謎？　一部に韓国軍かアメリカ軍が細菌戦の実験を行なっているのではという観測が流れている」

萠は歯を洗い、顔を洗って、久しぶりに化粧をした。

だが、化粧しながらも、頭から鳥インフルエンザのことが離れなかった。

ベッドサイドの電話機が鳴った。喧しい呼び出し音だった。

受話器を取ると、竹本が下に迎えに来ていると告げた。

「すぐに降ります」といい、萠は受話器を戻した。

髪を梳かし、薄くルージュを引き、身仕度を整えてから、部屋を出た。

うれしいことにエレベーターが動いていた。

萠はエレベーターに飛び乗った。

支局近くのマックで、ハンバーガーにぱくつきながら、萠は新聞記事と翻訳文を出した。

「竹本さん、この記事、私も東京で似たような事実を追いかけていたんです」

「うん、大田から聞いた。やつも、非常に関心を抱いていて、アメリカ軍がもし実験するとしたら北だ、と俺に教えてくれたんだ」

「え、大田デスクが？　大田さんは、あまり真剣に私の書いた記事を読んでいなかったし、誉めてもくれなかった」

「そこが大田らしいところだ。大田はあんたのことをえらく評価していた。美形の女なのに、男勝りで、じゃじゃ馬だって」

「それって、誉め言葉じゃないでしょ。でもいいわ、美形の点を除けば、まったくその通りだから」

竹本は目を細めて笑った。

昨夜見た時は、不細工な、腹でぶの中年男と思っていたが、今日、昼間見ると、それほど悪い性格の男ではなかった。

昨夜は、疲れ過ぎて、最悪の女になっていたのだろう。

「この東亜新報社のムン・ヨンホ記者に会いたいんだけれど。会って話が聞きたい」

「おれも、じつはそう来ると思って、一応、友達に頼んで、会えないかと打診して貰っているんだ」

竹本はケータイのボタンを押した。

「こいつは、昔の東亜の同僚でね。最近は会っていないらしいんだけど、話せばツーカーの仲だということだった」

相手が出たらしい。

竹本は韓国語でムン・ヨンホの名を出した。そして、何事かを話していた。

竹本の顔が変わった。相手と少しばかり言い合い、頭を傾げた。

ケータイの通話を終えた。

「どうしたっていうの？」

「それが、あんなに仲がいい友達だったといっていたのに、今日になったら、そんなムン・ヨンホなんてやつは知らないっていうんだ」

「おかしいわね」

「それで、前に、ムン・ヨンホに世話になっていたという話をしたら、相手は怒って、知らないといったら知らないと言い出した。それればかりか、おまえはおれを脅すのかって。なんでおれがあいつを脅かす必要があるんだ？」

萠は東京でアメリカのプレパン・ワクチンに使用されている株のＤＮＡを調べて貰った研究所が、アメリカ人によって焼き打ちされたのを思い出した。もしかして、こちらでも同じような妨害策動が行なわれいるのかもしれない。

「その人って何者なの？」

「いまは政府の役人。国家情報院の資料室で働いている」

「国家情報院って、昔のＫＣＩＡね」

「韓国の諜報機関だ」

「おかしいわね。こうなったら東亜新報へ行ってみない。直接乗り込んで、ムン・ヨンホさんに会ってみましょうよ」

「うん。そうするか。東亜新報は少し離れているが車で行ってみるか」

竹本は最後にダイエットコーラを飲み干すと、立ち上がった。


東亜新報の社屋はヨンド島のオフィス街にあった。

竹本は車を玄関前の身障者用の駐車スペースに入れた。

萠は頭を振った。

「まずいんじゃない？」

「いいんだよ。新聞記者は臨機応変。取材のためなら、少しばかり人の道を外れていい。もともと外れっぱなしの連中がブンヤなんだからね」

竹本は胸を張って、東亜新報の社屋に入って行った。

フロントの案内デスクの女性に、竹本は流暢な韓国語で、ムン・ヨンホ記者に面会したい、と告げた。

女性案内係は小首を傾げた。

心当たりのある名前だったらしい。

女性の案内係は電話の受話器を耳にあて、どこかに問い合わせてくれた。

女性の顔が急に曇った。そして、悲しげな顔になり、竹本と萠に告げた。

「ムン・ヨンホ記者は、先月に亡くなりましたとのことです」

「亡くなった？」

「はい」

「従軍取材の際にでも亡くなったのですか？」

「いえ、戦場からお帰りになってから、急に病気が発症して。たしか鳥インフルエンザに感染していたのですって。そういえば、衛生局や韓国軍の防疫部隊が大勢押しかけて来て、そこいら中を消毒した行きました。思い出しました。ムン・ヨンホさんが北韓で感染して、そのまま知らずに帰って発症したんです。それで社内は上へ下への大騒ぎになった」

萠は竹本と顔を見合わせた。

ロビーが慌ただしくなった。大勢の記者たちが階段を駆け降りて来た。さらにエレベーターで降りてきた一団も、急いで街へ飛び出していく。

「何が起こったのですかね？」

「さあ、私たちは、ただの受付ですから」

受付嬢たちはにこやかに笑みを浮かべた。

突然、竹本の手のケータイが震動した。竹本はケータイを耳にあてた。

今度は萠のケータイが震動した。

萠はケータイの画面を見た。本社の大田デスクの名前が点滅していた。

耳にケータイをあてると、大田の声が耳に飛び込んで来た。

『おおい、杉、悪いが、今度はピョンヤンへ行ってくれ』

「ええ？　ピョンヤンですか？　でも、どうやって？」

『それはおまえが考えろ。頭を使え。どんな手を使ってもいいから、ピョンヤンへ一番乗りするんだ。他社に負けるな。竹本が支援する』

「どういうことなんですか」

『電話ではまずい。あとでメールを送る。うちは他社よりも早く情報をキャッチした。だから抜かれるな』

「でも、何が何だか…」

『北京総局からも行くが、おまえのほうがピョンヤンに近い。わかったな』

通話は終わった。呆然としている萠に、竹本がいった。

「どうした？」

「ソウルに着いたばかりなのに、今度はピョンヤンに飛べだって。一番乗りしろだって」

「ピョンヤンだと？　まだ戦闘は終わってないぞ。杉、おまえ、相当本社から見込まれたな」

竹本は笑いながら頭を振った。

11

黄海空域　7月22日　午後3時

「乗れ、乗れ。ぐずぐずするな」

川西准尉が特戦隊の隊員たちに怒鳴った。

完全武装の隊員たちは、ＭＶ22オスプレイＪの昇降ランプの中に次々と乗り込んで行く。プロペラは回転し、空き地の小石を吹き飛ばしていた。

ジョン・ミンギ少佐率いる国家保衛部の隊員たち百数十名は、駐機場の前にきちんと整列している。

金正哲と白世峰特別補佐官がジョン・ミンギ少佐以下の隊員たちに見送られ、オスプレイに乗り込んで行った。

秋山と牧原、辛島は、ジョン・ミンギ少佐に礼をいった。

「少佐、いろいろお世話になった。感謝する」

「本当にお世話になりました。この御恩は決して忘れません」

秋山と牧原、辛島は、それぞれ、ジョン・ミンギ少佐と握手を交わした。

「貴官たちとは、平和な時にお会いしたかったですな」

「同感です」

「どうか、金正哲様を無事に中国に送り届けてください」

「分かりました。全力を尽くします。少佐の武運長久を祈ります」

秋山は姿勢を正し、挙手の敬礼をした。牧原と辛島も腰を折り、頭を下げた。

ジョン・ミンギ少佐も挙手の答礼で応えた。

小沼1尉も一緒に挙手の敬礼を送った。

副隊長のソン・ホジン上尉も、挙手の答礼をしている。

牧原と辛島は彼らに手を振りながら、オスプレイに乗り込んだ。

秋山と小沼1尉も敬礼を終えると、踵を返し、オスプレイの昇降ランプに入り込んだ。

ランプの床が上がり、扉が閉まった。外のジョン・ミンギ少佐や国家保衛部の隊員たちの姿が見えなくなった。

機内には、金正哲、白世峰をはじめ、特戦隊の隊員たちが整然と座席に着いていた。ロードマスターの陸曹が、秋山と小沼1尉が乗り込むのを確認した後、コックピットの曲田機長に告げた。

「全員、搭乗しました」

「出発する」

コックピットの曲田機長が座席から振り向き、秋山に親指を立てた。

プロペラ・エンジンの轟音が大きくなった。

秋山は座席に座り、舷窓から外を覗いた。

ジョン・ミンギ少佐たちが、吹き寄せる風に逆らいながら、滑走路の脇に立っていた。

オスプレイの機体が、ふわりと浮かび上がった。見る見るうちに地上が離れていく。

ジョン・ミンギ少佐の隊員たちが手や帽子を振っているのが見えた。

機内の隊員たちも、見えるはずがないのに、舷窓から手を振り、地上の隊員たちに別れを惜しんだ。

「あいつら、結構、いいやつらだったな」

「俺、記念に金日成バッチを貰ったぜ。交換にガソリンライターを上げたけどな」

「あいつらとは戦いたくないな」

隊員たちはエンジンの轟音の中で、大声で話をしている。

秋山は副操縦士の佐藤2尉から渡されたインカムを耳に装着した。すぐに曲田機長の声がイヤフォンに聞こえた。

『秋山隊長、既定方針通りのAルートで行きます』

「了解。艦隊司令部とは連絡取れたのだな?」

『取れました。許可が出ました』

「よし。では、行こう」

Aルートは、このまま西に針路を取り、西海岸から西朝鮮湾に抜ける。西朝鮮湾には、アメリカ海軍の空母艦隊や海上自衛隊のヘリ空母「かが」「いせ」護衛艦隊が洋上で上陸作戦を支援している。その味方の空域に入れば、ほぼ安全だ。

Bルートは、北西に飛び、中朝国境を越えて、新義州か丹東をめざす最短のプランだ。だが、現在、中朝国境付近は軍事衝突しているので、かなり危険だった。

秋山は、牧原や曲田機長と協議し、距離はあるが、安全なAルートを取ることに決めた。

西海岸のチャーリーポイントには、国連PKF派遣自衛隊の第七師団を中心とする部隊が上陸し、一躍ピョンヤンをめざして進撃していた。

いくら味方とはいえ、戦闘地域の上空を通過すれば、敵と誤認され、対空砲火されたり、ミサイル攻撃されかねない。北朝鮮軍も、オスプレイと見ればきっと攻撃して来るだろう。

そのため、曲田機長は戦闘空域を大きく北に迂回し、安全を確保するとともに、西朝鮮湾に機首を向けた。

西朝鮮湾に抜けたところで、アメリカ海軍空母フェラルド・R・フォード打撃群の防空域に入ったため、アメリカ海軍のF／A—18スーパーホーネットが飛んで来た。

同時に海上自衛隊の軽空母「かが」からも、F—35B戦闘機二機が上がって来た。すぐにオスプレイは味方機として、受け入れられた。

オスプレイはプロペラを垂直に戻し、着艦態勢に入った。舷窓から見えるヘリ空母「かが」の甲板は、アメリカ海軍の原子力空母に比べれば、非常に小さく感じる。

オスプレイは、輪形状に取り囲んだ護衛艦隊の中央にいるヘリ空母「かが」の上空に到達すると、プロペラを垂直に戻し、着艦態勢に入った。

オスプレイは飛行甲板に車輪を叩きつけるようにして着艦した。

秋山はほっと安堵した。金正哲と白世峰もほっとした顔になっている。

整備員たちが機体に駆け寄った。整備員たちは、曲田機長や佐藤副操縦士と話しながら、機体の整備をはじめた。

牧原は、金正哲と白世峰を連れ、艦内の食堂へ案内した。

特戦隊の隊員たちは、やれやれといった表情で甲板に降り立った。

秋山は整列した隊員たちにいった。

「ご苦労さん。よくやった。諸君は、ここで任務終了だ。日本に帰れ」

「隊長は？」小沼1尉が訊いた。

「私は、まだ任務がある」

「隊長、自分も隊長とご一緒します」

「自分も連れて行ってください」

河合2尉も進み出た。

「自分も」「俺も」

川西准尉をはじめ、隊員たちが秋山に迫った。

秋山はみんなを見回した。

「ありがとう。だが、これは私だけに与えられた任務だ。君たちを連れて行くわけにはいかない」

連絡員が秋山を呼びに来た。

「秋山3佐、至急、会議室へお越しください」

「すぐ行く。では、小沼、後は頼む」

「はい。分かりました」

小沼1尉はうなずいた。

秋山は連絡員の後について、艦橋の戸口に急いだ。

艦内の会議室には牧原も呼ばれていた。

正面のモニターには、法眼首相、中丸官房長官、陣内防衛大臣が顔を揃えていた。

さらに向井原統合幕僚長や防衛省中央情報本部の大貫情報局長、松代内閣情報調査室長らも映っていた。

法眼首相が秋山にいった。

『秋山3佐、ご苦労だった。牧原くんから報告を聞いた。まず、よく拉致被害者たちを奪還してくれた。全員、無事に帰国した。日本国民を代表して、私から礼をいう。ありがとう。拉致被害者を待っていた家族もみな、君に感謝している』

「私だけの力ではありません。ぜひ、中央即応連隊特戦隊の隊員たち全員を誉めていただきたい」

『うむ。分かった。全員を表彰しよう』

法眼首相は陣内防衛大臣とうなずきあった。

『ところで、牧原くんから、核についての重大な秘密情報を聞いた。北朝鮮は、小型潜水艦に原爆を搭載し、東京湾に潜行させ、爆発させようとしているそうだな』

「はい」

『それだけでなく、ピョンヤン主席宮の地下に水爆を隠し持ち、我が自衛隊の国連PKFや米韓連合軍がピョンヤン攻略をしようとしたら、降伏するのではなく、水爆を自爆させて、世界もろとも自滅しようとしているそうだな』

「はい。キム委員長は、そう覚悟していると思われます」

『絶対にキム委員長に水爆を爆発させ、自滅するような事態にしてはならない。貴官は大至急に金正哲氏を中国に送り届けてほしい。牧原くんは、中国に入ったら、中国政府と交渉し、金正哲氏の和平工作を支援することになっている。貴官も牧原くんとともに、金正哲氏を支援し、彼の行なう和平工作を支援してほしい』

「それは、総理のご命令ですか？」

『うむ。私の命令だ。やってくれるか』

「分かりました。やります」

『いま頼めるのは、貴官と牧原くんしかいない。日本の運命を左右する工作だ。よろしく頼む』

法眼首相はモニターの中で頭を下げた。

オスプレイは、ヘリのように垂直に発艦した。見る見るうちに、ヘリ空母「かが」は小さくなって行く。

機内には、秋山と牧原のほか、金正哲と白世峰、それに、辛島、赤星の姿しかなかった。

オスプレイは上空でプロペラを水平に戻して飛行をはじめた。

しばらくは、航空自衛隊のF―35Bが護衛に付いていたが、遼東半島に近付くと、オスプレイから離れて行った。入れ替わるようにして、中国空軍の殲10型戦闘機が二機現われた。

旅順は軍港だ。その空域に入れば、必ず中国軍機のスクランブルがかかり、出迎えてくれる。

『貴機は中国領空を侵犯している。直ちに領空から退去せよ。こちらはチャイニーズ、エアフォース』

牧原は無線マイクで中国空軍機に対し、日本の自衛隊機であることを名乗り、北朝鮮の特使金正哲氏が同乗していることを告げた。

「私が話をしよう」

白世峰が牧原に代わって無線マイクを握った。白世峰は流暢な北京語で殲10型のパイロットと話をした。

「パイロットが司令部と協議をしている」

白世峰がにやっと笑った。

やがて、殲10型機のパイロットは無線で告げた。

『貴機を大連空港へ誘導する。指示に従って、空港に着陸せよ』

「了解」

曲田機長はうなずいて、牧原を振り向いた。

「どうやら受け入れてくれそうですね」

オスプレイは翼を斜めに傾け、遼東半島西端の旅大に向けて飛行をはじめた。

秋山は牧原と顔を見合わせた。

なんとかなるさ。

牧原は秋山に片目をつむった。秋山も、度胸を決めてうなずいた。

第三章　ピョンヤン包囲戦

1

東京・総理官邸会議室　7月21日　午後9時10分

急遽、集められた国家安全保障会議のメンバーは、議長席の法眼首相を注目した。すでに議論は出尽くしていた。国家安全保障会議の意見は、ほぼ真っ二つに割れていた。北朝鮮が提案した即時停戦の申し入れを受け入れるべきだとする和平派と、あくまで拒否して、金体制崩壊まで戦争を続行させるべきだとする継戦派である。

「総理、いかがいたしましょうか?」

中丸官房長官が法眼首相に発言を促した。安全保障会議の採決は、単純な多数決ではない。あくまで政府が国家の方針を決めるのであり、その最終決定権は総理大臣にある。

法眼首相は丸眼鏡を外し、秘書官が運んできた熱い日本茶を啜《すす》った。

夜になって、ようやく昼の暑さも遠退《とおの》いて、開いた窓から涼しい微風が室内に流れこんでくる。どこからか救急車のサイレンの音が聞こえてきた。

「いまさら、そんな北の虫のいい提案を受け入れられると思っているのかね」

法眼首相はつまらなそうにいった。中丸官房長官は我が意を得たりという格好で、大きくうなずいた。和平派の急先鋒である戸塚国土交通大臣が気色ばんだ。

「総理、それは拒否するということですか？」

「そうではない。無視するということだ」

「それでは北朝鮮は日本へ核攻撃を仕掛けてきます。それでもいいというのですか？」

「いつ、わしがそんなことをいったか？」

法眼首相はじろりと戸塚国土交通相を睨んだ。戸塚国土交通相は睨み返した。

「しかし、提案を無視すれば、きっと日本は核攻撃されるでしょう」

「すでに北朝鮮は核を載せた潜水艦を東京湾に差し向けたという情報が入っている」

法眼首相は目を剝いた。

「そんな脅しに屈して停戦提案を受け入れろというのかね？　わしは御免だ」

「しかし、原爆を落とされるよりは停戦した方がましです。国民もそう思っているはずです」

「これまで、わが国は何のために戦ってきた？」

「そういわれても……」

「中途半端な和平や停戦は将来に必ず禍根を残す。これは、これまで人類が歴史的に何度も辛酸を舐《な》めてきた経験に拠《よ》った教訓だよ。わしは第二次世界大戦の際のチャーチルを見習いたい。一時的妥協をして却《かえ》って戦争を呼ぶことになったチェンバレン首相にはならない。かつての湾岸戦争でも、そうだ。中途半端に戦争を終了したために、独裁者フセインは生き残り、イラクの国民は圧政の辛酸を舐め続け、周辺諸国のみならず、世界はフセインの影に怯《おび》え続けた。そして世界はもう一度イラク戦争をすることになった。多大な犠牲を払って。はじめから、独裁者の息の根を止めるべきだった。今回の戦争も、最後まで、つまり金体制崩壊まで、手を抜かずに行うべきだ。

　もし、ここで停戦を受諾したとしてだ。北朝鮮政府が再び矛《ほこ》を収めたとしても、またいずれ軍事力を取り戻せば、武力統一を図るだろう。そうなったら、また日本のみならずアメリカも世界も戦争に巻き込まれる。もう朝鮮をめぐる戦争はごめんだ。なんとしても、いまの金体制を打倒し、国連の監視の下に、平和裡《り》に南北朝鮮の統一を果たさせる。それが恒久平和への道というものだ。朝鮮の平和と民主化は朝鮮の人々のためにもなる。同時に十分に日本の国益にもあう。違うかね」

「そのために、核兵器が使われても構わないというのですね」

　戸塚国土交通相は執拗に繰り返した。

「いまさら、以前の状態にどうやって引き返すことができるかね？　高浜の原発爆破はどうなる？　その結果、死んだ何千何万もの国民は生き返るというのかい？　放射能汚染で苦しむ何百万人もの国民はどうしてくれるのだ？　なによりも戦争で死んでいった人たちにはなんと申し訳がいえるのだね？　北朝鮮も北朝鮮だ。いまごろ戦争前の状態に復帰しようなんていう虫のいいことが、通用すると思っているとすれば、なんのために国民を戦争に駆り立てたのか？　はじめから戦争なんかすべきではなかったではないか？　そんなことは幼稚園の幼児にも分かることではないか？」

居並んだ関係閣僚をはじめ、安全保障会議のメンバーは黙って法眼首相の顔を見つめた。誰も反論しようとしなかった。

卓上の赤い電話機が肩を震わせた。秘書官が受話器を取った。英語で何事かを話し、直ぐさまに法眼首相に差し出した。

「ハリソン大統領です」

法眼首相はおもむろに受話器を取り上げ、耳に当てた。同時通訳の回線が開く音がした。

「ご機嫌いかがですかな？　大統領閣下」

『早速ですが、北朝鮮政府の停戦提案のことですが』

「いかがいたします？」

『わが国は既定方針通り、拒否することに変わりありません。国連安保理の議長国は北朝鮮の提案を受けて直ちに臨時の会議開催を要請してきましたが、わが国の立場は審議する価値もない提案だと安保理開催にも反対しています』

「同感です。わが国も貴国と足並みを揃《そろ》え、北朝鮮政府の提案を拒否することにします」

『正しい判断だと思います。ところで、ご存じだろうと思いますが、国連安保理は中国とロシアがＰＫＦ部隊を派遣したいという要望を受け入れました。両国が国連ＰＫＦ司令部の指揮下に北側から参戦してくれれば、北朝鮮の崩壊をより早めることで望ましいと考えたからです』

「知っています。わが国も、中ロのＰＫＦ参加は賛成しました」

『ところが、わがＣＩＡが入手した情報では、それをいいことに中国とロシアは密《ひそ》かに北朝鮮の金体制を救おうと動きだしています。それを何としても阻止せねばなりません』

「ほう？　中国とロシアは何をしようとしているのですか？」

法眼首相は奈良橋外相に目をやった。奈良橋外相も会話に聞き耳を立てた。

『中国もロシアも、密かに金正恩《キムジョンウン》を退陣させて、兄の金正哲を擁立し、自国の利益にかなう北朝鮮の再建を狙っています。両国とも戦争前のような南北分断の状態でも、よいと思っている様子なのです』

「それでは中国もロシアも安保理決議に反する行為ではないですか？」

『その通りです。だが、両国とも一五五五号決議を、北朝鮮同様に前段の現状復帰の部分に重点を置いて解釈しているのです。その後の一五五六号決議や一五五七号決議を無視しているのです』

「けしからんことです。そうした安保理決議違反を、わが国は容認できません」

法眼首相は大声でいった。

『同感です。わが国も、ここは安保理決議を実行するため、早期に北朝鮮の金体制を崩壊させるために、手を緩めず、引き続き「自由の女神作戦」続行に全力を上げたいと思います。もし万が一、「自由の女神作戦」を妨害する国があった場合には、わが国は断固とした決意をもって実力で排除するつもりです。その場合、貴国もわが国と同一歩調を取っていただけるのでしょうな』

「もちろんです。わが国は貴国と安保条約を結んでいる同盟国です。貴国の軍隊が第三国に攻撃された場合は、当然わが国の自衛隊を参戦させることはいうまでもありません。もちろん、あくまで防衛的対応ではありますが」

『それを聞いて安心しました。わが国も貴国の危機にあたっては、全力を挙げて防衛するつもりです。今回、北朝鮮の提案を拒否するに際して、生じるだろう危機に対しても、在日米軍は安保条約に基づき、全力を挙げて貴国を援助するでしょう』

「感謝します。それを聞いて、私も安心しました」

法眼首相はまた季節の挨拶《あいさつ》をして電話を切った。それを待ちかねたように奈良橋外相が口を開いた。

「総理、あのような口約束をしても、いいのですか？　下手をすれば、わが国はアメリカと中国、ロシアとの戦争に巻き込まれかねない危険がありましょう」

「すでに賽《さい》は投げられたのだよ。わが国はアメリカといまや一蓮托生《いちれんたくしょう》の運命にある。わが国だけに都合のいい方針は取れない。外相、きみは中国とロシアに働き掛け、金体制を救うようなことをしないように全力を挙げるんだ。両国が安保理決議に反しないように何としても説得したまえ。経済援助でも、技術援助でもなんでもいい。あらゆる手段を使って、両国にＵＮＴＡＫに協力するように働き掛けるんだ」

法眼首相は憮然《ぶぜん》とした表情でいった。奈良橋外相はうなずいた。

2

相模灘・伊豆大島沖　７月22日　０４００時

朝鮮民主主義人民共和国海軍東海艦隊第一潜水艦隊の旧ロメオ改級潜水艦『解放』

39号は、日本海溝を深く静かに潜航していた。

艦長の崔《チェ》少佐は額に吹き出した汗も拭わず、発令所に仁王立ちして、耐圧深度計を睨んでいた。

深度350。海水温摂氏10度。速力5ノット。

すでに限界深度を50メートルも越えている。巨大な水圧が船体を押し潰《つぶ》そうと万力《まんりき》のように締め付けている。そのため船体のあちらこちらで、悲鳴のような不気味な軋《きし》み音がたっていた。

崔少佐は発令所の床に待機している二人の特攻隊員にちらりと目をやった。二人は確実に訪れる死を前に、いったい何を考えているのか、じっと虚空を睨んでいた。政治委員の金《キム》少佐も二人の前に、手持ち無沙汰《ぶさた》な様子で、座り込んでいる。

数時間前に本国から受け取った暗号通信は、キム・ジョンウン最高司令官の命令として、特攻作戦「暁光」を決行せよ、というものだった。「暁光」作戦は、憎いウェノムへの核攻撃作戦だった。『解放』39号の任務は、できる限り東京湾に接近し、甲板に搭載してある小型特殊潜航艇『海竜』を発艦させることだった。『海竜』には、朝鮮民主主義人民共和国人民軍の必殺の最終兵器・原爆が搭載してある。小型特殊潜航艇『海竜』は母艦を発艦した後、自力で東京湾内に忍び込み、ウェノムの心臓部の東京湾内で、原爆を破裂させる。潜航艇の乗組員二人は二度と生きて帰れない特攻作戦である。

崔艦長は、若い二人の特攻隊員、柳《リュ》中尉と程《チョン》少尉の心中を思うと不憫《ふびん》でならなかった。艇長の柳中尉は二十歳、そして程《チョン》少尉はまだ十八歳になったばかりの若者だった。二人とも、戦争さえなければ、まだまだ未来のある青年たちだった。彼らは愛国心から特攻隊に志願し、そのため一兵卒から三階級も四階級も特進して将校に昇進した。だが、確実に死ぬ運命の者にとって、階級が上がったことがいったいどれほどの意味を持っているというのだろうか?

いったい何人の若者が亡くなれば、この戦争は満足するのか?

崔艦長は頭を振った。もう考えまい。考えれば考えるほど、虚《むな》しさだけが募るだけだった。自分は一介の共和国軍人にすぎず、軍人として最高司令官の命令を実行することだけを考えればいいのだ。余計なことは考えまい。

「艦長、ソナー音感知」

ソナー員が緊張した面持ちでいった。崔艦長はソナー員からレシーバーを受け取り、耳に押し当てた。ソナー特有の甲高い金属音が規則正しく艦の外壁を叩いている。

「気泡発生装置作動!」「気泡発生装置作動」

艦長の声に趙《チョ》副長が機敏に反応し、マスカーのレバーを引いた。艦の外壁を気泡が覆う気配がした。ソナーの欺瞞《ぎまん》装置だ。

「敵は駆逐艦。こちらに向かって来ます。高速接近」

ソナー員は補足した。

崔艦長は趙副長と顔を見合わせた。とうとう発見されたのか？

「方位？」

「０１２」

「距離？」

「10キロ」

海図を覗き込んだ。浦賀水道まで約50キロ。東京湾内までなら約80キロ。小型特殊潜航艇『海竜』の水中航続距離は80キロだ。なんとしても特攻潜水艇だけは発進させなければならない。しかし、こんな深さでは、小型特殊潜航艇は浮上できない。ある程度の深さまで、浮上しなければならない。崔艦長は決心した。

「対艦戦闘用意！」「対艦戦闘用意」

「急速浮上、上げ角30度」「浮上、上げ角30度」

いっぺんに艦内が緊張に包まれた。バラスト・タンクに圧搾空気の入る音が響いた。乗組員たちが船尾に走った。潜水艦はゆっくりと艦首を上げ、浮上しはじめる。

「特攻隊員は発進準備にかかれ」

崔艦長は怒鳴った。柳中尉と程少尉が弾《はじ》かれたように立ち上がった。

下士官が甲板上の小型特殊潜航艇への搭乗ハッチの梯子《はしご》を登り、ハッチのハンドルを回して開けた。

「柳《リュ》中尉、程《チョン》少尉、我々はここまでだ。ここから先は自力でいってほしい」

崔艦長は二人にいった。柳中尉と程少尉は海図を小脇に崔艦長に近寄り、挙手の敬礼をした。

「艦長、お世話になりました」「ありがとうございました」

「わが艦はできる限り、敵艦の注意を惹《ひ》く。その間に迂回して、敵の目をくらまし、無事東京湾に忍び込んでほしい」

崔艦長は挙手して答えた。

政治委員の金少佐がにこやかに近寄り、柳中尉と程少尉の手を握った。

「必ず、きみたちの英雄的行動は、偉大なるキム・ジョンウン最高司令官様にお伝えしておく」

「ありがとうございます」「ありがとうございます」

柳中尉と程少尉は満面に笑みを浮かべて答えた。

金少佐は目を潤ませながら、二人に挙手の敬礼を送った。二人も答礼した。

「偉大なるキム・ジョンウン首領様、万歳！」「朝鮮民主主義人民共和国、万歳！」

乗組員たちが大声で唱和した。柳中尉と程少尉は乗組員たちに手を挙げて別れを告げ、下士官に導かれて小型特殊潜航艇への昇降口の梯子を登りだした。

二人は小型特殊潜航艇の中に潜り込んだ。下士官はしっかりとハッチを閉めた。

「深度170」

操舵員が告げた。崔艦長はソナー員の方を見た。

「敵駆逐艦接近、距離8キロ」

「魚雷戦用意！」「魚雷戦用意」

趙副長が魚雷発射管制パネルのスウィッチを入れる。みどりのランプが点《つ》いた。四本の魚雷発射管に魚雷が装塡されている。

艦内スピーカーから、柳中尉の声が流れた。

『こちら「海竜」、電源を入れた。発進準備完了』

「深度130」

「よし、リュ艇長、直ちに発進せよ。作戦成功を祈る」

『了解。潜水艦「解放」39号、万歳！　交信終わり』

柳艇長と程少尉の声が聞こえた。崔艦長は副長に合図した。副長は切り離しレバーを押した。

「発進！」『発進！』

艦の甲板から船体を擦る音が響いた。ワイヤーと留め金の外れた音だった。通信線が千切れた。重しの取れた潜水艦は、急に浮上の速度が早まった。潜水艇はうまく離脱した様子だった。

「深度90」

「敵高速接近、距離7キロ」

ソナー員ががなった。崔艦長は怒鳴るようにいった。

「急速潜航、面舵《おもかじ》いっぱい」「急速潜航、面舵いっぱい」

「深度300まで潜る。全速前進！」「深度300。全速前進」

崔艦長は艦が斜めに傾きながら、海溝に突っ込んでいく様子を頭に描いた。

「気泡発生止め！」「気泡発生止め」

「ソナー音出せ」「ソナー出します」

副長が訝《いぶか》った。ソナー員が復唱した。

「いい。わが艦に敵の注意を惹く。海竜から敵の目を逸《そ》らすんだ」

「しかし、それでは我々が敵にやられるではないか！」

政治将校の金少佐が額に脂汗を浮かべながらいった。崔艦長は金少佐を冷笑した。

「彼らだけを犠牲にして、我々は生き延びようというのですかな？」

「しかし、私は、この盛挙を見届け、最高司令官閣下に報告する義務がある」

「原爆が東京湾で爆発すれば、少佐が伝えずとも最高司令官には十分にお知らせすることができますよ。心配しなさんな」

崔艦長は趙副長と顔を見合わせて笑った。

「深度２８０」

操舵員が艦長に告げた。

さあ、ついてこい、と崔艦長は見えない敵に向かっていった。

3

『一番アスロック発射！』『二番アスロック発射！』

対潜指揮室からの通報が艦橋に流れた。護衛艦「まつゆき」艦長の大川２佐は双眼鏡から目を離した。

中部甲板の七四式ロケット・ランチャーＭｋ１１２（Ｊ）Ｍｏｄ２Ｎから二発のアスロック弾体が轟然と音をたてて発射された。二発のアスロック弾体はブースター・ロケットの眩《まばゆ》い橙《だいだい》色の尾を曳きながら、まだ夜が明けきらない相模灘の空に飛翔していく。

主力の護衛艦は朝鮮半島海域にほとんど出撃しており、日本を守る護衛艦は退役艦寸前の老朽艦ばかりだった。だからといって、敵の思うままにはさせない。

敵の潜水艦は我々が撃沈するぞ。大川艦長をはじめ護衛艦「まつゆき」の乗組員たちは初めての実戦だけに、誰もが気負っていた。

国籍不明の潜水艦を最初に発見したのは、海底に設置してあった対潜聴音センサーだった。

東京湾の出入口に近い相模灘などの一定地域には、冷戦時代から海底に固定式ハイドロフォン（水中聴音器）が敷設してある。もともとは日米共同のASWセンターがロシアの攻撃型原子力潜水艦を発見・追尾するために設置した聴音センサーだ。

海底に設置された聴音センサーは近くを通過する潜水艦のスクリュー音やエンジン音、ソナー音、ギアなどを変換する際にたてる音などを拾い挙げ、神奈川県内にあるASWセンターに送ってくる。ASWセンターはコンピューターで、その音を解析して、日頃蓄積してある音紋や音のデータと比べ、瞬時にその不審な潜水艦の種類や型、国籍、艦名などを特定する。その情報は、直ちにASWセンターから横須賀の米第七艦隊司令部と自衛艦隊司令部に通報されるシステムになっている。

今回、ASWセンターが割り出した国籍不明潜水艦の正体は、北朝鮮海軍所属のロメオ改級潜水艦「登録ナンバー21」だった。第二次朝鮮戦争直前に、複数の北朝鮮海軍潜水艦が津軽海峡を通過して太平洋海域に出た。「ナンバー21」が、そのうちの一隻ということは判明しているが、その後の行方は杳《よう》として分からなかった。ただ南太平洋上には北朝鮮の支援艦と見られる複数の偽装貨物船が中立国や北朝鮮の友好国の港を出入りしており、北朝鮮海軍潜水艦は洋上で、それら偽装貨物船から物資・弾薬の補給や水の供給を受け、活動している模様だった。

その「ナンバー21」が日米艦隊の中枢・横須賀の喉元《のどもと》ともいうべき相模灘に現れたのだ。以前にも、一度相模灘には北朝鮮海軍の潜水艦「ナンバー4」が潜入し、横須賀にミサイルを撃ち込んできたことがあった。「ナンバー4」は、その音紋が日本海で何度も収集されており、北朝鮮海軍東海艦隊第一潜水艦隊所属の『解放』31号と判明していた。今回の「ナンバー21」は、同じ第一潜水艦隊所属の『解放』37号か、あるいは『解放』39号と見られるが、いずれも最近になって大規模な近代化改修を行い、電動機やスクリューの羽根まで取り換えたので、これまで収集した音紋からは特定できなくなっていた。

『艦長、どうも気になることがあるのですが』

対潜指揮室に詰めた作戦幕僚の春日井3佐の声が艦内スピーカーから流れた。

「なんだ？」

『目標が不審な動きをしているのです』

「よし、そちらに行く」

大川艦長は艦橋を副長の黒井1尉に任せ、ＣＩＣルームへの階段を降りた。対潜指揮室はCICルーム内にある。

「どうした？」

大川艦長は対潜指揮室に入ると、対潜要員の肩越しに、コンソールのディスプレイを覗いている春日井3佐に声をかけた。春日井3佐は浮かぬ顔で首を傾《かし》げた。

「目標はわが方が発見した際には、深度350メートルだった。それが発見された後、いったん浮上の動きを取り、深度100まで浮上したのに、また再潜航しはじめたのです」

「現在の深度は？」

「280。それまで、はっきりと浦賀水道の方角に向かっていたのに、再潜航した時には方角を急に東に変更して逃げようとしている。どうして、そんな不審な行動を取ったのかが気になるのです」

春日井3佐は海図の上に鉛筆で潜水艦の航跡を示す線を引いた。

「発見されたのを知らずに浮上しかけて、そこで我々に気付き、転進して逃げようとしたのではないかな？」

「それも、ナンバー21は近代化改修をして、マスカー装置を付けているはずなのに、使用しようともせず、わざわざソナー音まで出して騒々しく所在を知らせている。まるで、こちらにおいでといわんばかりに見える」

「おびき寄せているというのかね？」

大川艦長は眉根に縦皺《たてじわ》を作った。

「アスロック、一番、二番ともに着水し、目標の索敵航走を開始しました」

対潜要員がディスプレイを見ながら報告した。いまごろ二発のアスロックは、目標の位置を求めてスパイラル航走をしているはずだった。もう敵は逃げようにも逃げる方法はない。

「囮《おとり》かも知れないというのだな？　わざとわれわれの注意を惹いて、もう一艦を浦賀水道に突入させる」

大川艦長は唸った。春日井3佐も考え込んだ。

「かもしれませんね」

「目標以外に、近くに潜水艦はいないか？」

「味方潜水艦が、浦賀水道の出入口にいます。それ以外は、まだ発見していません」

「きっとどこかに、もう一艦、敵が潜んでいるはずだ。ソナー員、なんとしても、捜し出せ」

艦長は対潜指揮室の隣に並んだソナールームの要員に命じた。

「アスロック、目標発見！　突進してます」

対潜要員が告げた。

4

ずしーんという衝撃が艦底から伝わってきた。続いてもう一発。

「アスロック、全弾命中しました。推進音停止。目標撃沈しました」

対潜要員が告げた。対潜指揮室にほっとした空気が流れた。

「航空隊のソナーがキャッチ。データ・リンクさせます」

1等海曹がコンピューターのキイを叩いた。

「見てください。P―3Cが海中に不審物発見しました」

一等海曹が春日井3佐に画面を指した。春日井3佐は一目見るとすぐに大川艦長を呼んだ。大川艦長は急いでディスプレイを覗き込んだ。

ディスプレイには小さな影が映っていた。魚雷ほど速度は早くはない。潜水艦にしては小さなエコーだ。艦長は訝った。

「これは？　魚影ではないのかね？　クジラかもしれない」

「スクリュー音が途切れ途切れに聞こえます。深度80。速力3ノット」

大川艦長は顔色を変えた。

「現在の位置は？」

「北緯34度51分、東経139度36分付近」

急いで海図を覗いた。まだ沖ノ山の手前の位置だった。

「どこへ向かっている？」

「針路010。浦賀水道に直進しています」

「スクリュー音をASWセンターに送って、問い合わせろ」

「ただいま照会中です」

1等海曹は興奮した口調でいった。

「間違いありません。北朝鮮海軍の小型特殊潜航艇です」

大川艦長は目を細めた。

「どうして、こんなところに北朝鮮の小型潜航艇がいるんだ？　この種の小型潜航艇は、足が短いはずだ。近くに潜水母艦でもなければ……」

そこまでいって、大川艦長は春日井3佐と顔を見合わせた。

「そうか。ナンバー21が母艦になって、その小型特殊潜航艇を運んできたというのか？だが、何のために？」

「考えられるのは、特殊部隊を上陸させるためか、それとも何か重要なものを運んでいたのか……」

春日井3佐は、「重要なもの」といいながら途中で言葉を呑みこんだ。

「大変だ！」

大川艦長も顔色を変えた。春日井3佐は送話マイクに飛び付いた。

「もしかして」

「艦隊司令部！　緊急連絡！」

大川艦長は対潜要員に身を乗り出して訊《き》いた。

「目標までの距離？」

「四キロ」

近い。一刻も早く目標を撃沈しなければならない。大川艦長は通信士に命じた。

「航空隊司令に連絡。対潜哨戒機に、直ちに目標への短魚雷攻撃を命じるように要請しろ」

「了解」

通信士は復唱した。大川艦長はそれでも不安になり、対潜要員に命じた。

「短魚雷発射用意！」「短魚雷発射用意」

魚雷担当の2等海曹が復唱した。対潜要員がコンピューターのキイを叩き、目標の測的諸元を水中攻撃指揮装置に送った。水中攻撃指揮装置は短魚雷に指示を入力する。

甲板では三連装短魚雷発射管の旋回台が回り、前方外側45度に向いた。

2等海曹が叫んだ。

「短魚雷発射準備完了」

間髪を入れず、大川艦長は命じた。

「一番、二番、三番短魚雷連続発射！」

対潜要員は復唱しながら、発射ボタンをつぎつぎに押した。

鈍い圧搾空気の射出音が起こった。一発、二発、三発。三発の短魚雷が、つぎつぎに海面に水しぶきを上げて飛び込んでいった。

「艦隊司令部。敵潜水艇は核を搭載している可能性あり……」

春日井3佐の声は震えていた。対潜指揮室に緊張が走った。もし、ヒロシマ型程度の原爆であっても、浦賀水道付近で爆発したら、三浦半島はもちろん、横須賀、横浜の街を巻き込み、東京南部に大被害を与えるだろう。

大川艦長は対潜指揮室から艦橋に駆け戻った。艦橋の窓に駆け寄り、祈るような思いで魚雷の白い航跡を睨んだ。

間に合ってくれ！　何としても、敵潜水艇を沈めるんだ！

5

小型特殊潜航艇『海竜』は、暗い海中をのろのろと航行していた。

激しい爆発音が二度伝わってきた。少し遅れて後方から衝撃波が押し寄せ、『海竜』の小さな船体をもみくしゃにして通り過ぎた。『海竜』は、その爆発で、だいぶ針路を妨害された。

いまの爆発が何の爆発だったのか、柳中尉にはおおよそ見当がついた。『解放』39号が敵にやられたのだ。

この敵《かたき》は取ると心に誓った。崔艦長は自艦を犠牲にしてまで、我々を助けようとした。その恩に報いねばならない。

だが、肝心の『海竜』の船体の調子が悪かった。

柳中尉は必死に『海竜』の重い操縦桿を引き上げながら、艇のコントロールをしようとしていた。だが、右斜めに傾いた船体は、いくら操縦桿で姿勢を立て直そうとしても、駄目だった。深度計の針は350を指したまま、ぴくりとも動かない。母艦の『解放』39号が限界深度を越えて潜航した時に、小型特殊潜航艇はどこか重大な箇所を破損した様子だった。右舷のバラスト・タンクも、どこか損傷しているらしく、少しずつ圧搾空気が漏れていた。そのためタンクに水が浸入し、船体が右に傾斜しているのだ。排水ポンプが必死に働いているはずなのだが。

舵《かじ》が思うように利《き》かない。いくら針路を北に取ろうとしても、右に右に旋回してしまうのだ。

「艇長、機関部から浸水しています」

暗い艇内の後部座席に座った程少尉が震える声でいった。

「ポンプで排水しろ！」

「電動ポンプが作動しません。手動ポンプに切り換えます」

「よし。頑張れ」

程少尉は手動ポンプを動かし、艇の床に溜《た》まりつつあった海水の排出にかかった。

柳中尉は操縦パネルの計器に目をやった。どの計器も狂っていた。どれ一つとして正常に作動しているものはない。速度計もゼロを指したままだ。電動機の回転数も最大を示したまま動かない。コンパスだけは動いているが、果たして正確な方角を指しているかどうか怪しかった。蓄電池の電圧計の針は先刻よりも下がっている。

ソナー音を出したが、電圧が弱いせいか、反射音の受信が弱々しい。圧搾空気の圧力計も急速に圧力が低下しているのを示している。

「非常灯に切り換える」

柳中尉は艇内の電灯を消した。頭上の赤い電灯が一個点灯するだけになった。

「程少尉、現在地は？」

「……待ってください」

程少尉は膝《ひざ》の上の海図を覗き込んだ。

「コースからだいぶ外れています」

「分かっている。艇がいうことをきかないんだ」

「艇長、潜望鏡深度まで浮上しましょう。潜望鏡で目視すれば、東京湾の方角も分かるかもしれない」

「よし。浮上する」

柳中尉は圧搾空気のバルブを開いた。バラスト・タンクに空気の入る音が聞こえた。艦首がやや上がり、徐々に浮上を開始した。

「ソナー音！」

艦の外壁を敵のソナー音が叩いた。強烈に甲高いソナー音だった。

「敵魚雷接近しています」

後部座席の程少尉が手動ポンプを漕《こ》ぎながらいった。柳中尉は思い切って操縦桿を右に切った。艦首が一挙に右手に回りはじめた。傾きはなおのこと激しくなっていく。

不意に圧搾空気の圧力がゼロになった。柳中尉は何度も圧搾空気のバルブを回して開いた。空気は送られなかった。柳中尉は呆然とした。艦は浮上を止めた。止めたばかりか、徐々に艦は沈みそうになっている。非常灯の明かりも弱々しくなっていく。

蓄電池の電力もなくなりつつあるのだ。柳中尉は観念した。

敵のソナー音はますます大きくなってきた。このままでは魚雷で爆破される。

「程少尉、原爆の起爆装置にスウィッチを入れろ」

程少尉も艇の様子から観念した。非常灯の電灯もすでに消えかかっていた。

「安全装置外します」

程少尉は原爆の起爆装置の安全装置を一本ずつ外した。

「偉大なるキム・ジョンウン首領様、万歳！」「朝鮮民主主義人民共和国、万歳」

柳中尉と程少尉は声を限りに怒鳴った。

「点火！」

柳中尉は命じた。程少尉は目を瞑《つむ》り、起爆装置のスウィッチを入れた。だが、何も起こらなかった。

「どうした？」

柳中尉は後部座席を振り返った。ついに非常灯も消えた。真っ暗やみの中で、程少尉は焦って手探りし、何度も起爆装置のスウィッチを入れた。何の反応もなかった。

「アイゴ。駄目です！　爆発しません！」

「何ということだ！」

柳中尉はありったけの悪態を暗やみに向かってついた。電源の蓄電池の電気がなくなり、起爆装置も働かないのだ。外壁を叩く敵のソナー音がさらに大きくなった。操縦桿も重くなり、動かない。小型特殊潜航艇は静かに深海に向かって沈下していく。

柳中尉と程少尉は暗やみの中で魚雷が来るのを待つしかなかった。

「畜生！　ウェノムめ！」

いきなり白い閃光が走った。ついで巨大な圧力が二人に押し寄せた。

オモニ！　柳中尉は心の中で呟《つぶや》いた。爆発が艇もろとも、二人の体を切り裂き、一瞬のうちに四散させた。

二発の魚雷攻撃を受けた朝鮮民主主義人民共和国海軍小型特殊潜航艇『海竜』は、搭載した原子爆弾とともに、日本海溝の深みに沈んでいった。

6

威興湾《ハムフン》・興南《フンナム》秘密海軍基地　7月21日　0430時

東の空が白みだした。陽がまもなく昇ろうとしている。だが、朝鮮湾の海上は、まだどんよりと暗く、朝霧が立ち籠《こ》めていた。

沖合には、アメリカ空母艦隊と日英合同艦隊を中心とした国連ＰＫＦ海軍艦艇が集結していた。

東海艦隊司令官金元柱《キムウォンジュ》中将は、第一級正装に身を固め、司令室を出ると、島の断《だん》崖《がい》をくりぬいて造った秘密基地の埠頭《ふとう》に降り立った。金中将の後から、副司令官や参謀長、参謀将校たちがぞろぞろとついて移動した。

埠頭には、出撃の用意を整えたオーサI型ミサイル艇一隻とP—6型魚雷艇四隻が繋留《けいりゅう》されていた。いずれもエンジンがかけられている。青白い排気ガスが吹き上っているエンジンの音が洞窟《どうくつ》の天井にわんわんと響きわたっていた。

わずかに生き残ったミサイル艇一隻と魚雷艇四隻が、東海艦隊の最後の戦闘艦艇だった。

金司令官は白髪《しらが》が混じった頭の制帽を被《かぶ》り直した。金中将はゆっくりと閲兵台に立ち、苦渋の面持ちで艇の舷側に整列した乗組員たちの一人ひとりを眺めるように見渡し、長い長い挙手の敬礼を行った。

東海艦隊駆逐艦隊は、すでにほぼ全艦が撃沈されて壊滅していた。

東海艦隊の誇る第2潜水艦隊は、今朝までに特攻出撃し、主力のロメオ改級潜水艦三隻が未帰還。また小型潜水艦七隻、小型特殊潜航艇十三隻が敵艦隊に撃沈され、あるいは行方不明になっている。

第2、第3高速ミサイル艇戦隊四隻は、いずれも善戦したが、三隻が撃沈され、小破した一隻のみが生き残った。

第4雷撃戦隊は、二十一隻が敵艦隊に果敢な突撃を行ったが、四隻がかろうじて帰投しただけだった。

「勇敢なる兵士同志諸君。みな、祖国のために、よく戦ってくれた。私は東海艦隊司令官として、同志諸君を、そして戦死した英雄的兵士諸君を誇りに思う。祖国の国民も、必ずや我々の戦いを誇りに思ってくれるだろう。諸君たち、英雄を前に、私はもう多くはいわない。最後の出撃には、私も司令官として諸君たちの先頭に立って、敵に突撃する。兵士同志諸君！　私に諸君の命を預けてほしい！」

思わぬ金司令官の言葉に兵士たちは一瞬どよめいた。副司令官や参謀長たちは、慌てふためき、壇上の金中将に思い止《とど》まるよう説得しようとした。

「うろたえるな！　若い兵士や青年将校たちを大勢死なせて、わしのような老いぼれがのうのうと生き延びることができるか！」

金中将は参謀長ら高級将校たちを一喝した。

「それとも、私と一緒に出撃するか？」

高級将校たちは竦《すく》み上がり、誰も名乗りを上げようとはしなかった。

「ただいまから、東海艦隊の最期の出撃を行う。私は旗艦に乗る」

「司令官閣下、御供します」

高速ミサイル艇の艇長である青年士官の上尉が進み出て、敬礼した。金中将は答礼し、ゆったりとした足取りで、高速ミサイル艇の舷側に足をかけた。乗組員が駆け寄り、金司令官を艇内に引き上げた。

「金司令官閣下！」

副司令官や参謀長たちがミサイル艇に駆け寄った。

「最高司令官閣下には、なんと報告をしたら」

「私は兵士とともに、偉大なる……」といいかけて、じろりと乗組員たちを見回した。

「偉大なる朝鮮民族のために戦って死んだといってくれたまえ」

乗組員たちはウォーッと歓声を上げた。

「軍楽隊！　英雄行進曲を演奏しろ！」

金司令官は埠頭に控えた軍楽隊に命令した。軍楽隊の隊長は手を揮《ふる》った。軍楽隊は荘重な英雄行進曲を奏ではじめた。

金司令官は、埠頭に立った見送りの兵士たちに敬礼した。

「出航！」

艇長が乗組員に怒鳴った。もやい綱が外された。軍楽隊が勇壮なマーチを奏でる中、高速ミサイル艇はエンジン音も高く、洞窟の出口への水路を走りはじめた。その後を、つぎつぎに出港した魚雷艇が、縦列になって進み出した。先頭のミサイル艇のポールに急いで将官旗が掲げられた。並列して朝鮮民主主義人民共和国の国旗がへんぽんと翻《ひるがえ》った。

金司令官は帽子の顎紐《あごひも》をしっかりと結わえた。

「司令官閣下、指揮をお願いします」

艇長が敬礼し、艇長席に促した。

「私はここでいい。艇長同志、きみが艦隊の指揮を執り給《たま》え」

金司令官は狭い艦橋の窓の側《そば》に立ち、後続の魚雷艇に目をやった。やがて長い水路のトンネルを抜け、外洋に出た。

東の山端に朝の陽光がかかってきらめきだした。四隻の魚雷艇もトンネルから出て、ミサイル艇を中心に横隊陣形を作った。エンジンが高鳴った。

「司令官閣下、せめて突撃の合図を」

艇長が真剣な眼差《まなざ》しでいった。金将軍はうなずいた。

金中将はさっと手を高く上げた。その手を前方の日米艦隊に振り降ろした。突撃ラッパが朗々と鳴り響いた。

「突撃！　野郎ども、朝鮮民族のど根性を見せてやれ！」

艇長の上尉が叫んだ。乗組員たちが喚声《かんせい》を上げた。高速ミサイル艇は轟音《ごうおん》を上げて、突進を開始した。四隻の魚雷艇も波を蹴《け》立《た》てて猛然と突進しはじめた。

「ミサイル発射用意！」「ミサイル発射用意」

射撃要員が復唱した。

「ミサイル発射！」「発射！」

高速ミサイル艇から最後のミサイルが二発連続して前方に飛翔《ひしょう》した。

魚雷艇からも連続して魚雷が噴出した。海面に水柱が上がり、魚雷の航跡が艦隊を目指して疾走しはじめた。

金司令官は、夜明けの西海を眺めた。

美しい。祖国の海が、燃えている。そして敵艦隊の艦艇も朝日を浴びて、茜《あかね》色に燃えていた。

死ぬにはいい日和《ひより》だ、と金将軍は思った。

7

東朝鮮湾・元山《ウォンサン》沖　7月21日　1305時

ようやく、敵機の来襲が止んだ。空には一面に対空砲やＣＩＷＳが作った弾幕が残っていた。空のいたるところに無数の黒煙が残り、まるで空のキャンバスに描いた抽った。

象画を思わせた。黒煙の尾を曳いて海面に墜落していった敵機の名残だった。さらに太くて黒々とした煙を上げているのは敵機の捨て身の攻撃を受けて大破した護衛艦だった。

元村海将補は海自ＰＫＦ派遣合同機動護衛隊群旗艦軽空母「いずも」の艦橋に立ち、呆然として戦場の海を眺めていた。

大輪形陣型を造った日英合同の護衛艦隊の中心には、イギリス海軍攻撃型空母「クィーン・エリザベス」、軽空母「いずも」が航行していた。その周囲をイージス艦「こんごう」「あたご」を基幹とする護衛船八隻と、イギリス海軍最新鋭イージス艦やミサイルフリゲート艦隊十隻が二重三重に取り囲んでいた。

さらに三十キロと離れていない海域には、アメリカ海軍カールビンソン空母打撃群の戦闘艦十隻が展開していた。

「弾薬補給開始」

千田艦長が命令を出した。乗組員たちが慌ただしく甲板に急いだ。補給艦「はまな」がゆっくりと舷側に接近してくる。

その様子を見ながら、合同機動護衛隊群司令の元村海将補は作戦幕僚に命令した。

「各艦損害を報告！」

「はい。ただいま」

幕僚たちは急いで通信士の許《もと》に駆け寄って各艦に命令を伝えだした。

元村海将補は溜《た》め息をついた。

それにしても、一昨日の払暁から開始された敵空軍機と海軍小艦艇の波状攻撃はなんという凄まじいものだったか。数えただけでも、七波にものぼる攻撃だった。いや、全艦隊に対する攻撃をカウントしたら、恐らくその倍以上になるかもしれない。

はじめは対艦ミサイルが主体の攻撃だったが、そのミサイルがなくなると、今度は航空機に爆弾を抱えてのカミカゼ特攻になった。そのいずれもの攻撃が、強撃5型をはじめ、Su—7BMフィッターA、Su—25Kフロッグフットといった攻撃機、それに殲撃5型、殲撃6型、殲撃7型などの戦闘機、轟炸5型双発爆撃機など、北朝鮮空軍の持てる全機種を投入しての捨て身の攻撃だった。

敵機の編隊は、海面すれすれの超低空で、大挙して艦隊に突っ込んできた。その戦法の狙いは、たとえ劣性兵器でも一時に人海戦術のように大量投入すれば、こちらの防空態勢が飽和状態になるだろうという「飽和攻撃」だった。

空軍の攻撃と同時に行われた海軍の攻撃にしても、高速ミサイル艇や魚雷艇、潜水艦だけでなく、砲艦、沿岸哨戒艇、改造漁船まで動員しての人海飽和戦術攻撃だった。

次から次にウンカのように押し寄せる敵機や敵艦艇を、迎撃機やミサイルが叩き落とし、片っ端から撃沈する様子はまるで地獄の戦場絵図を見るようで、この世のものとは思えないほど壮絶だった。

はじめこそ、敵の必死の人海戦術も、我の鉄壁の護衛態勢を揺るがせることはなかった。だが、間断ない波状攻撃を繰り返されるうちに、次第に各艦とも対空ミサイルや弾薬の補給が間に合わなくなり、さらに対空ミサイル発射装置やＣＩＷＳの故障が重なって、個艦防衛だけでなく、艦隊防衛も間に合わなくなる事態が生じてしまった。

そのため、我が方にも損害が出始め、ついには、一時、日英合同艦隊は東朝鮮湾から後退せざるを得ない状態に追い込まれた。同様な事態は、アメリカ海軍空母戦闘群にも生じた模様だった。戦闘中は、損害の状況を把握するのが困難だったが、それでも護衛艦やフリゲート、ミサイル巡洋艦の何隻かが、体当たり攻撃の犠牲になり、炎上する姿が遠望できた。

「敵機はまだ来るか？」

千田艦長がＣＩＣルームに問い合わせた。

『敵機の影は、周囲三百キロの空域に、まったく見当たりません』

ＣＩＣルームからの応答が聞こえた。

「敵艦艇は？」

『十数隻の小型船舶が、引き揚げていきます。海岸までの海域に敵艦は見当たりません』

「潜水艦？」

『ソナーに反応なし』

千田艦長はほっとした表情を元村海将補に向けた。元村海将補はうなずき返した。さしもの北朝鮮軍も、動員する航空機や艦艇を大量に失い、もはや攻撃できなくなったのだろう。

「司令、損害状況の報告が上がりました」

幕僚の風見3佐が元村海将補の前に立った。

「どうだね？」

「わが合同護衛隊群では、護衛艦『あまぎり』、『はるさめ』の二隻が体当たりを受けて艦橋を大破、死傷者多数を出しています。『あまぎり』の秋元艦長戦死。『あまぎり』は炎上し、現在消火活動中です。『はるかぜ』は後部甲板を大破しましたが、炎上沈没は免れました」

「自力航行はできるか？」

「『あまぎり』は曳航《えいこう》が必要です。『はるかぜ』は自力航行できるとのことです。いま両艦には、『うみぎり』と『たかなみ』が救援に向かっています」

元村海将補は秋元艦長の端正な顔を思い浮かべた。秋元3佐はいかなる事態になっても、沈着さを失わない武人だった。惜しい男を亡くしたものだ、と思った。

補給艦「はまな」が、「みずほ」と舷を並べて航行しはじめた。クレーンが弾薬の積み降ろしを開始している。

「他に損害は?」

「イギリス艦隊は体当たり攻撃でフリゲート一隻撃沈され、一隻大破。大破はミサイルを受けた模様です。救援を求められたので、こちらには『むらさめ』が急行しています」

「空母は?」

「無事です」

元村海将補は胸を撫《な》で下ろした。国連PKF司令部から、空母クィーン・エリザベスの防衛には全力を上げるよう指示されていたところだった。

「オーストラリア海軍がフリゲート一隻撃沈。これは対艦ミサイルを受けたものです」

風見三佐は報告のメモをめくった。

「アメリカ艦隊については、まだ正確な損害状況は入っていませんが、ミサイル・フリゲート一隻が大破、一隻が中破した模様です。いずれも敵機の特攻攻撃でした。両艦とも沈没は免れています。空母には損害ありません」

「空母の艦載機の損害はどうか?」

「イギリス海軍機は、四機が未帰還です。アメリカ海軍機については、まだ連絡がありません」

「敵の損害はどうだ?」

「現在までの集計ですが、戦闘機、攻撃機合計百機以上を撃墜、高速ミサイル艇十六隻を含む小艦艇百隻以上、潜水艦四隻、小型潜水艦十二隻、潜水艇十八隻を撃沈、ないしは大破させました。これで敵空軍と海軍はほぼ壊滅です。わが国連PKFの大勝利といえます」

元村海将補は、静かに目を閉じた。確かに勝利かもしれない。だが、元村海将補は素直には喜べなかった。北朝鮮軍の攻撃の様子は、かつての日本が祖国の勝利を信じ、多くの若者を犠牲にした特攻作戦を思い出させたからだ。勝利は勝利でも、とてつもなく苦い勝利だった。

8

ピョンヤン第二地下司令部防空壕　7月21日　1400時

キム・ジョンウン委員長を乗せたベンツは、前後を側近の乗ったベンツや護衛隊の装輪装甲車に守られながら、暗くて長い避難用の地下トンネルを第二地下司令部に向かって驀進していた。

地下トンネルのところどころには警備兵が立ち、キム委員長一行を迎えた。

ベンツの中でキム・ジョンウンは不機嫌な表情でむっつりと押し黙ったまま、後部座席に座り込み、考え込んでいた。隣の席には金英哲副委員長が沈痛な面持ちで座っている。

回答期限の二十四時間はとっくに過ぎていた。だが、日本政府もアメリカ政府も折角のわが停戦提案にも乗ってこないばかりか、返事も寄越《よこ》さない。わずかに国連安保理議長が提案を検討しようとしたが、日米両国の強硬な反対で、会議の開催も行われないという。

その間、国連軍や日米カイライ軍の攻撃は一向に止《や》まないばかりか、かえって激しさを増すばかりだった。西海岸へ上陸した敵部隊に対して、人民軍は陸海空三軍の総力を挙げて攻撃したが、敵に橋頭堡を確保された。敵は橋頭堡をさらに拡大し、ピョンヤンを四方から包囲する勢いだった。

「金英哲副委員長同志、いったい、ウェノムへの核攻撃はどうなったというのか？」

キム・ジョンウン委員長は金英哲副委員長に爆発しそうな怒りを抑えながらきいた。

「遺憾ながら、失敗に終わりました」

金英哲はおずおずと答えた。

「失敗だと？」

「趙海軍司令官からの報告では、原子爆弾を積んだ特攻潜水艇が消息を断ちました。敵海軍に発見されて、東京湾に潜り込む前に、撃沈されたらしいとのことです」

「せめて撃沈される前に、どこでもいいから東京近海で原爆を爆発させることはできなかったのかね？　ウェノムどもに一泡ふかせる絶好の機会だったではないか」

「仰《おお》せの通りです。まったく、海軍の連中は何を考えているのか。東京湾内に進入させずとも、相模湾の東京湾の入り口付近で爆発させても十分に打撃を与えることができたはずです」

「ウェノムの連中は、沈めた潜水艦に原爆が搭載されていたことを知っていたのだろうか？」

「いえ、知らないと思います。情報部が傍受したウェノムの放送では、東京近海の相模灘で、わが潜水艦を撃沈したということを簡単に報じていましたが、原爆のことについては何も触れていなかったとのことです」

キム・ジョンウンは憮然とした顔で、ため息をついた。

前を行く装輪装甲車や護衛の車が停車した。ヘッドライトの中で護衛隊員たちがいっせいに車から降りて、整列するのが見えた。

「偉大なる首領様、着きました」

助手席の護衛官が告げた。護衛隊員たちが、ベンツの左右に駆け寄り、両側のドアを開けた。キム委員長と金英哲副委員長はゆったりとした足取りでベンツを降りた。

後続のベンツからは、リ・ヨンギル総参謀長やソン・グアンシク国家保衛部長ら軍事委員たちが降りて、急いでキム委員長の後ろに歩み寄った。

キム・ジョンウンは護衛隊員が整列して迎える中を歩き、煌々《こうこう》と蛍光灯がついている地下第二司令部の入り口に歩を進めた。ロビーに敷かれた赤い絨毯は真っ直ぐエレベーターまで続いている。キム委員長をはじめとする軍首脳の一行は、無言のままエレベーターに乗り込んだ。

作戦指揮所の会議室に居並んだ軍事委員たちは声もなく、椅子に座っていた。

キム委員長は苛々《いらいら》した表情で、絨毯が敷き詰められた室内を歩き回っていた。ロスマンズを絶え間なく吸っているので、室内は煙草の煙で充満している。

大机の上には朝鮮半島全図を描いた状況指示板が拡げられ、地図には彼我の状況を示す赤や黒、白、青などの小旗や駒が展開されていた。人民軍の位置を示す赤い小旗や駒は、各所で日米カイライ軍の黒い小旗や駒と、国連軍の青い小旗や駒に囲まれていた。

隣接した通信指令室や参謀部作戦室から、盛んに下士官たちが出入りして、状況指示板の上の小旗や駒を動かし、刻々と戦況を伝えていた。

戦況は予想以上に悪いものだった。

リ・ヨンギル総参謀長は青ざめた顔で手元の報告書を見ながらいった。

「いま入った情報では東海岸防衛軍から回した特殊軍団主力の機械化部隊が大同江《テドンガン》手前で、敵に壊滅的打撃を受けて敗退したということです」

軍事委員たちはどよめいた。

「信じられん」「嘘《うそ》じゃないだろうな」

「壊滅的打撃というのは、どういうことだね？　総参謀長同志」

金英哲副委員長が堪《たま》り兼ねて口を開いた。

「特殊軍団の四個旅団がピョンヤンに向かっていたのですが、江東《カンドン》を過ぎた大同江の河岸で、敵の遠戦火力と空爆によって、ほぼ全滅したとのことです。背後にいた二個歩兵師団は、急遽正面攻撃を避け、山中を徒歩で江東付近を迂回し、さらに南で渡河する作戦に切り換えました」

「損害の程度は？」

「歩兵戦闘車や装甲兵員輸送車など三、四百輌以上を破壊され、兵員も約三千人以上が死傷しているとのことです」

また室内はどよめいた。キム委員長がきいた。

「敵はアメリカ軍か？」

「いえ。日本軍です」

「なんだと？　ウェノム軍が、そんなところまで進出しているというのか？」

「はい。ウェノム軍空挺部隊が江東とピョンヤンを結ぶ国道の大同江に架かった橋付近に降下した模様です。さらに西海岸に上陸した日本軍機甲師団や砲兵部隊、機械化部隊が、日米空軍の支援の下、空挺が占領した地域に駆け付けつつあるのです」

「なんとか阻止できんのか？」

「なにしろ、敵に圧倒的な航空優勢があり、わが地上部隊だけでは、如何《いかん》ともしがたいのです」

リ総参謀長は額に浮かんだ汗を拭おうともしなかった。室内には沈黙が訪れた。

最強最精鋭の特殊軍団主力部隊敗退の知らせは居並ぶ軍事委員たちに深刻な衝撃を与えていた。相手が日本軍の機甲部隊や砲兵部隊だったことが、二重の衝撃になっていた。

リ総参謀長は続けた。

「東海岸第二防衛線から転進させた第９１０機械化軍団も、高速道路を使用して、ピョンヤンに向かう途中、敵の猛烈な空爆に遭い、かなりの打撃を受けました。ピョンヤンの南に位置する要衝・沙里院《サリウォン》には、アメリカ軍空挺部隊が降下してます。沙里院には第2機甲軍団の留守部隊がおりましたが、敵の空爆で壊滅。その沙里院へは、南浦《ナムポ》湾に侵攻してきたアメリカ海兵隊を主力とする敵上陸部隊と機械化部隊が、迫りつつあります。

夜の闇をついて、山中を転進した第2軍団主力の三個歩兵師団は、ようやくピョンヤン近郊の大同江河岸まで到達したものの、これまた敵空軍の空爆や敵砲兵部隊の砲撃を受けて、大同江を渡河できずに苦戦しています。

北から回した戦略予備の425機械化軍団も、ピョンヤンの北、順安《スナン》付近で敵空軍に支援を受けた日米機械化歩兵部隊に進撃を阻まれ、これまた壊滅的な損害を出したとの報告です。

東海岸第一防衛線に配置されていた第2機甲軍団は、東朝鮮湾の敵空母艦隊や敵空軍の集中攻撃を受けており、海岸線に釘づけになったまま、すでに半数の戦車、装甲車輛を失っているとのことです」

キム・ジョンウンは苛立った声を張り上げた。

「わが空軍はいったいどうしたのか？　朴《パク》司令官は全力を挙げて、敵を叩くといっていたではないか」

軍事委員たちは静まり返った。キム・ジョンウンは初めて朴空軍司令官が席にいないことに気が付いた。

「朴司令官は、どうした？　なぜ、ここにいない？　けしからん」

リ総参謀長も、驚いて空席になった朴司令官の席に目をやった。

「秘書官、空軍司令部に電話をして、すぐに朴司令官を呼んで来い」

秘書官が急いで立ち上がり、会議室から出ていった。

「海軍は何をしている？　海軍も空軍と協同して、東西朝鮮湾の敵艦隊に総攻撃をかけ、大打撃を与えるといっていたではないか？　海軍司令官同志」

金一哲司令官の席も空いていた。傍らの海軍副司令官の韓《ハン》少将が汗を拭きながら、おどおどと立ち上がった。

「畏《おそ》れ多くも、最高司令官閣下。趙海軍司令官同志が、今朝から、行方が分からなくなっております」

「なに？　行方が分からないだと」

キム・ジョンウンは目を剝《む》いた。

「はい。一昨日以来、趙司令官同志は海軍司令部において陣頭指揮を執っていたのですが、今朝、こちらの第二司令部に行くといって出たままなのです」

「もしや、途中で爆撃にあったのでは？」

ソン国家保衛部長が心配顔でいった。

「韓副司令官同志、きみでもいい。戦況はどうなっているか？」

「は、はい」

韓少将は手元のメモを持ちながらいった。

「今日払暁、わが海軍東海艦隊、および西海艦隊は、残った全艦艇百隻以上を動員して、敵空母艦隊に対して自爆覚悟の特攻攻撃をかけました。その結果、空軍機とわが艦艇の捨て身の攻撃で東朝鮮湾の日米英艦隊の駆逐艦五隻、フリゲート七隻以上を撃沈ないし大破させました。西朝鮮湾の空母艦隊にも、甚大な損害を与えた模様です。しかし、わが海軍艦艇は善戦空しく、全滅。東海艦隊司令官金元柱中将も戦死。わが海軍は壊滅しました」

「ううむ？」キム・ジョンウンは唸ったまま何もいわなかった。

「はい。残念ながら。もはや戦闘艦艇は数えるほどしか残っていません。申し訳ありません」

韓副司令官はキム・ジョンウンに頭を下げた。軍事委員たちは、黙りこくった。

「最高司令官閣下」

通信室から秘書官が青ざめた顔で慌ただしく戻って来た。

「朴空軍司令官同志が……」

「どうした？　すぐ来るようにいったか？」

「司令官は自決しました」

「自決だと？」

キム・ジョンウンは驚いて立ち止まった。

「今朝、空軍の全航空機が東朝鮮湾海上の敵空母艦隊と、西海岸の敵上陸部隊への総攻撃を行いました。特に空母艦隊へは、かつての日本軍のようなカミカゼ特攻を行ったそうです。その結果、敵艦隊に多大な打撃を与えたものの、朴司令官閣下は、大勢の祖国空軍パイロットを死地に送り出した責任を取って、最高司令官閣下に合わせる顔がないとして、司令官室に一人籠《こ》もり、ピストル自殺したとのことです」

キム・ジョンウンは朴上将を深く信頼していただけに言葉を失った。

朴司令官の自死に、誰もが言葉を慎み沈黙をした。

「なんて早まったことをしてくれたのだ！」

キム・ジョンウンは沈痛な声でいった。信頼できる人間は、一人ずつ自分から離れていってしまい、ろくな人間しか、周りにいなくなる。そんな気がしてならなかった。

参謀幕僚が慌ただしく会議室に入ってきた。参謀はリ総参謀長に近寄り、耳打ちした。リ総参謀長の顔色がさっと変わった。

「最高司令官閣下、お知らせがあります。中国軍が先程新義州《シンウィジュ》の川を渡って進撃を開始しました。現地第9軍司令官からの問い合わせです。降伏するか、それとも徹底抗戦するのか、最高司令官の命令をお聞かせくださいとのことです」

「中国軍が国境を越えたというのか？」

キム・ジョンウンはどんと机を叩いた。リ総参謀長はメモを見ながらハンカチで汗を拭った。

「ロシア軍機械化部隊も同時に豆満江《トゥマンガン》を越えたとのことです。国境警備隊を武装解除して、海岸沿いに南下を開始しました」

「徹底抗戦だ！　徹底抗戦しろと前線司令官に命令しろ！」

キム・ジョンウンは大声を張り上げた。会議室はしーんと静まり返った。

9

西平壌《ピョンヤン》・万景台《マンギョンデ》地区　7月23日　1525時

平壌に近付くにつれ、敵の遅滞工作はさらに激しさを増した。高速道路に架かった橋はいたるところで爆破されていた。道路には対戦車障害が設置され、対戦車地雷や対人地雷が敷設されていた。敵は必死に韓国第101師団の進撃を食い止めようとしていた。

「出ろ出ろ、急げ」

金《キム》軍曹が小声で命じた。尹喜植《ユンヒシク》たち第1分隊の面々は、M113装甲兵員輸送車から飛び出し、高速道路脇の瓦礫《がれき》になった建物に向かって走った。

上空からの偵察情報で、また高速道路の前方に対戦車壕や対戦車障害があり、周辺に規模数不明の戦車と歩兵部隊が待ち伏せているとのことだった。

尹は車《チャ》一兵と黄《ファン》一兵を伴い、瓦礫になった廃墟《はいきょ》の壁の陰に転がり込んだ。直ぐさま、M16小銃を構え、瓦礫の廃墟の中に敵兵が隠れていないかどうかを確かめた。車一兵と黄一兵も銃を構え、援護した。敵はいない。尹はほっとして、後方の草叢で援護射撃についている金軍曹たちに大きく銃を振った。

尹のいる韓国陸軍第101歩兵師団はピョンヤン攻略第2集団軍正面攻撃軍の先鋒として、南浦《ナムポ》平壌高速道路沿いにピョンヤンの市街まで五キロメートル地点に到達していた。第101師団の後には第2集団軍主力の第1師団と第6師団が続いている。

同じベロウ・ビーチ（B地点）に上陸したライバルの第2集団軍側面攻撃軍の第1海兵師団は江西《カンソ》で分かれて、万景台の南側に回りこみ、幹線道路沿いに進撃しており、現在大宝山《テポサン》（標高372メートル）の麓付近で、敵部隊と激戦中だった。第1海兵師団の行く手は、万景台革命学院や金日成総合大学などのある地区だ。

いずれの部隊も、ピョンヤン一番乗りを期して、敵を蹴散《けち》らしながら、遮二無二《しゃにむに》進撃している。

ピョンヤン一番乗りは第１０１師団がやる！　海兵隊のオカマどもに負けてたまるか！　まして日本軍やアメリカ軍に先を越されたとあっては、韓国軍の名折れになる。一秒でも早く、一歩でもいい。第１０１師団が真っ先にピョンヤン市街に突入し、革命広場の金日成の大銅像に砲弾を見舞わせてやる。

否《いや》でも応でも、尹たちの意気は上がっていた。

第１０１師団の中でも、とりわけ尹たちの中隊が先遣中隊として前方深くに突出していた。

「前方警戒しろ」

尹は銃を構え、前方を窺った。車一兵も急いで眼鏡を押し上げ、銃の狙いをつけた。

黄一兵はＭ16の擲弾《てきだん》発射装置のスライドを引いた。

高速道路は、尹たちのいる付近から、ゆるいカーブを作って右手に曲がり、疎《まば》らな木立の陰に隠れていた。そのカーブ付近に道路の路面を引き剝《は》がして造った盛り土がある。対戦車障害だ。

双眼鏡で周囲を見回した。

右手にはなだらかな万景台の丘陵地帯が拡がっていた。ごつごつした岩山の頂が海抜292メートルの龍岳山《ヨンアクサン》だ。敵は、そこに観測所を造っている。まもなく、ヘリが観測所を叩く手筈《てはず》になっていた。その龍岳山の岩や石が露出した斜面には、緑の葉が生い茂った低い灌木《かんぼく》の林が点在している。疎らな木立の中には、北韓《プッカン》政府関係の建物や軍の建物の屋上が見え隠れしていた。いずれも空爆で、瓦礫の山と化しているはずだった。

尹は双眼鏡で道路に造られた盛り土を調べた。土の色も真新しい。盛り土の向こう側は対戦車壕だ。地雷も敷設されているに違いない。

尹は対戦車障害の先の草叢に双眼鏡を向けた。

「T72戦車だ」

尹は低い声で呻《うめ》いた。戦車は木の葉や草木で偽装し、地中に車体を半分近く埋めて、ハルダウンの姿勢をとっていた。ちょっと見する限りは、生い茂った葉陰に戦車が隠れていると分からないが、草地にキャタピラに踏み荒らされた跡があった。敵兵たちは尹たちの進撃が早かったので、草地が乱れた跡を消す余裕もなく身を隠したのに違いなかった。

金軍曹が陳《チン》一兵を引き連れて、尹の傍らに駆け込み、煉瓦《れんが》壁の陰に転がった。

「どうだ?」

「一時の方角の灌木付近に戦車がいる」

金軍曹は双眼鏡でキャタピラで踏み荒らされた草地の背後の茂みを丹念に調べた。対戦車兵の陳一兵がカール・グスタフを茂みに向けて構えた。安全装置を外し、いつでも発射できるようにした。

「軍曹、一発かましてみますか？」

陳一兵がカール・グスタフをぽんと叩いた。金軍曹は頭を左右に振った。

「待て、まだだ。隊長が来る」

後ろの茂みから、小隊長の崔《チェ》曹長が通信兵と一緒に駆けこんだ。

金軍曹は状況を説明した。崔小隊長はうなずいた。

「いま、大隊本部から連絡が入った。どうやら、我々の正面に展開している部隊は、敵首都防衛部隊主力だと分かった。しかし、これを突破すれば、後はピョンヤンまで一本道だそうだ。敵の抵抗はないに等しい」

「そうなりゃ、俺たちが一番乗りってわけか？」

尹はにやりとした。車一兵も、陳一兵も顔を見合わせて喜び合った。

「まだ喜ぶのは早いぞ」

金軍曹は陳一兵のヘルメットをこつんと叩いた。

「まもなく、味方の対戦車ヘリと戦車隊が支援に来る。ヘリの攻撃が開始されたら、戦車隊と一緒に前進だ。その前にやっておかなければならないことがあるな」

崔曹長は通信兵の無線電話機から受話器を外し、中隊本部を呼び出した。

「対戦車壕がある。大隊本部にかけあって、ブルドーザを寄越《よこ》してほしい。どうやら地雷原処理が必要だ。戦闘工兵を前に出してくれ」

「おい、ヘリと戦車隊が来るってよ。俺たちの出番がなくなるじゃないか」

車一兵が陳一兵に不満げにいった。

「待て」

尹は緊張した。前方の草叢が動いたように見えた。

「隊長！」尹は崔曹長にいった。

「どうした？」

「敵戦車の砲塔が動いたように見えたが」

今度は草叢が動いた。大きな戦車砲の砲口がこちらに向いていた。次の瞬間、砲口から炎が一閃して迸《ほとばし》り出た。辺りの空気がふっと揺れた。耳を聾《ろう》する発射音が轟いた。尹は反射的に瓦礫の陰に身を伏せた。頭上を砲弾が空気を切り裂いて飛んだ。

背後の木立の陰に隠れていたシェリダン軽戦車の砲塔が爆発して、吹き飛んだ。

「陳、ドラゴン発射しろ！」

金軍曹ががなった。陳一兵は慌てて、カール・グスタフを肩にかけ、照準器を覗き込んだ。

ついで隣の茂みから、もう一発の砲声が轟いた。砲弾は尹たち分隊のM113装甲兵員輸送車に命中した。装甲兵員輸送車は車体正面を直撃されて、一瞬浮き上がったかと思うと黒煙を吹いて爆発した。

「射て！」金軍曹が命じた。

陳一兵の肩からバック・ブラストを吹いて、弾頭が噴出した。白煙の尾を曳いた弾頭は、緩やかな弧を描いて、茂みに隠れた戦車に突進した。茂みに見事命中した。爆発音を響かせ、木の葉のカモフラージュが吹き飛んだ。戦車の砲塔が露《あらわ》になった。短冊状の増着装甲板をいっぱい砲塔に張り巡らしている。対戦車砲弾は命中したものの、増着装甲板を誘爆させただけで、砲塔にはほとんどダメージを与えていなかった。

身震いをして、戦車は動き出した。埋まっていた窪《くぼ》みからキャタピラの音をたてて這いずり出した。120ミリ滑腔砲が持ち上がった。

「畜生！　コリアン・タイガーだ！」

尹は怒鳴るようにいった。T72改KT戦車は勝ち誇ったように、壕の向かい側に姿を現した。土や砂を跳ね退《の》け、何輌ものT72改KT戦車が姿を現した。T72改KT戦車の120ミリ滑腔砲が一斉に発射された。何百もの雷が落ちたような轟音が起こった。

後方でも発射音が響いた。尹たちの頭上を越えてコリアン・タイガーに向かって、何発もの白煙が飛翔した。Ｍ１１３搭載のＴＯＷやシェリダン軽戦車のシレーラ対戦車ミサイルが一斉射されたのだ。一台のコリアン・タイガーの砲塔に白煙が集中した。さすがのコリアン・タイガーも、ＴＯＷミサイルやシレーラ・ミサイルの集中攻撃を受けて爆発し、動かなくなった。

背後でも爆発があいついだ。後方の疎林に散開していたＭ１１３装甲兵員輸送車やシェリダン軽戦車が何台も爆発炎上している。

またコリアン・タイガーの１２０ミリ滑腔砲が一斉に吠えた。回避のため後退しようとしていたＭ１１３ＡＰＣを粉砕した。

「……支援、頼む!」

瓦礫の陰に身をひそめた崔曹長は無線送話器に顔を伏せるようにして、中隊本部に怒鳴っていた。

尹たちの隠れる瓦礫の山にも１２０ミリ砲弾が着弾した。耳をつんざく爆発が起こり、瓦礫の壁が粉砕された。破片や石が宙に舞い上がって、尹のヘルメットや体に降り掛かった。尹たちはいっせいにヘルメットを両手で押さえ身を伏せた。

李《イ》一兵が顔面を朱に染めて転がっていた。車一兵が這い寄り李一兵を抱え起こした。

「しっかりしろ」

李一兵は顔面に破片を受けていた。防弾チョッキにも無数の砲弾の破片が突き刺さっている。

「衛生兵！　来てくれ！」

尹は後方に怒鳴った。

コリアン・タイガーの機関銃弾が瓦礫の山を削って飛んだ。尹は地面に身を投げ出して逃れた。

「応戦しろ！」

崔曹長は起き上がり、M16自動小銃を敵側に射ちまくった。尹たちも瓦礫の陰から、応戦を開始した。コリアン・タイガーの陰に敵兵の姿が見え隠れしていた。敵兵も自動小銃や機関銃を射ちだした。

いきなり、頭上越しに前方に白煙のミサイルが飛翔した。コリアン・タイガーの何台かにミサイルが命中し、大爆発を起こした。黒煙が吹き上がった。ついで機関砲弾が唸りを上げて前方の草叢や木立の間を襲い、隠れていた敵兵たちを薙《な》ぎ倒した。

「アパッチだ！」

尹は上空を仰いだ。背後の木立の陰から、低いローターの唸りをたてながら、攻撃ヘリＡＨ―64アパッチがずんぐりとした姿を現した。一機、また一機。アパッチは巧みに地形の起伏に合わせて、樹木の陰や岩陰を縫いながら超低空で移動する。かと思うと、一気に梢《こずえ》の上に上昇し、対戦車ミサイルＡＧＭ―１１４ヘルファイアを発射しては、また物陰に隠れてしまう。その度にヘルファイアは、目にも止まらぬ早さで飛翔し、正確にT72改KT戦車を一発で爆破していく。

アパッチのヘルファイア攻撃に、敵は慌てふためいた。コリアン・タイガーは煙幕弾を射ち出し、黒煙を吹き出した。エンジン音が高鳴った。煙幕に隠れて、コリアン・タイガーは後退を開始した。

アパッチは引っきりなしにヘルファイアを煙幕の中の戦車に叩きこんだ。煙幕の中で爆発が起こり、黒煙が吹き上がった。その度にあちらこちらで砲塔や車体の一部が吹き飛んだ。

アパッチの30ミリチェーン・ガンも唸りを上げる。機関砲弾は煙幕の中に吸い込まれ、後退する敵兵たちに追い打ちをかけた。

後方の上空には数十機のアパッチがホバリングをしながら姿を現した。アパッチの編隊は、ヘルファイアを一斉射した。ヘルファイアの白煙は、何条もの筋を曳いて敵戦車隊に襲いかかった。黒煙の中で、連続して爆発が起こり、土砂や車体の破片を周辺にばら撒《ま》いた。

「やった！　やった！」

尹たちは歓声を上げた。

ローター音をたてて、アパッチの灰色の迷彩をかけた機体が頭上を飛び越えていく。

強烈な風圧が尹たちの隠れている周辺の土砂を舞い上がらせ、草や樹の葉をなびかせる。胴体にくっきりとアメリカ軍の標識が浮かんでいた。

背後にキャタピラ音が聞こえた。轟々とエンジン音も近付いてくる。

尹はヘルメットを風圧で飛ばされないように押さえて、後ろを振り向いた。

先頭に現れたのは、地雷原処理ローターを押し立てた何台もの八八《パルパル》戦車とブルドーザだった。その後ろから何十台もの八八戦車が、縦列隊形を作り、地響きをたてて行進してくる。並行して戦闘工兵隊のブルドーザや自走戦車橋が走ってくる。

「おいおい、あれは101の戦車隊じゃないぜ。第1師団のK1戦車隊じゃないか」

陳一兵が大声を上げた。車一兵が答えた。

「パルパルじゃない。わが軍の誇るK1A1戦車だぜ。戦車砲が違うぜ」

K1A1戦車は、韓国のMBT八八（パルパル）戦車で知られるK1戦車の向上化型だ。

外見は米軍のM1A1戦車エイブラムズにそっくりだった。

「援護しろ！」

崔曹長が命じた。尹たちはまた銃を構えた。

傍らを戦闘工兵隊が地雷爆破筒を抱えて、駆け抜けていった。迷彩をかけたブルドーザ数台と自走戦車橋が突進していった。後続のK1A1戦車七、八台が横列を作り、戦闘工兵隊を援護した。

横列になったK1A1戦車は、120ミリ滑腔砲をやや上方に向けると、一斉射を放った。凄まじい発射音が辺りを聾した。一呼吸の後、向かい側の敵陣に連続して着弾する爆発音が起こった。

上空では、ヘルファイアを射ち尽くしたアパッチがホバリングしたまま、今度はロケット弾ポッドから70ミリロケット弾を発射している。唸りを上げてロケット弾が敵陣に飛翔していった。

数台のブルドーザは対戦車壕に辿り着くと、瓦礫や土砂を押しまくり、たちまちのうちに壕を埋めていく。数分もかからぬうちに、壕は半分ほど埋まった。自走戦車橋が戦闘工兵の誘導で壕に乗りこんだ。戦車橋が開きだし、壕に一本の鉄の橋を架けた。

後方の疎林の中から、中隊のM113装甲兵員輸送車やシェリダン軽戦車が続々と現れた。

「ようし、野郎ども乗車しろ！　乗車戦闘用意！」

崔小隊長が叫んだ。M113APCが傍らに何台も走りこみ、急停車した。APCの後部扉が次々に開いた。

「さあ、第1小隊、乗れ乗れ！　ぐずぐずするな」

金軍曹ががなった。周囲に散開していた小隊員たちがAPCに駆け寄り、車内に分乗して乗り込んだ。尹も銃を構え、近くのAPCに飛び込んだ。

「おう、尹《ユン》兵長！　無事だったか」

第2分隊の卞《ピョン》兵長が尹の体を摑んで車内に引きこんだ。続いて崔曹長や金軍曹、陳たちが車内に走りこんだ。

M113APCは乱暴に発進した。すでに周囲のK1A1戦車は、次々と対戦車壕にかかった戦車橋を渡り出していた。M113は戦車の隊列に割り込み、轟音をたてて戦車橋を渡った。

「さあ、中隊、ピョンヤンに突撃だ！」

崔隊長が怒鳴った。M113装甲兵員輸送車は、驀進するK1A1戦車と併進して突撃を開始した。前方にはピョンヤンの黒い街並が拡がっていた。

尹は銃をきつく握り締めた。いよいよピョンヤンに乗り込むのだ。車内にいる小隊員たちは緊張に顔をひきつらせていた。金軍曹がにやつきながら怒鳴った。

「さあ、キム・ジョンウンに逢いに行こうぜ！」

10

釜山《プサン》・国連ＰＫＦ前線指揮所　７月23日　２３３０時

前線指揮所の作戦会議室は、和やかな空気に満ちていた。ジェンキンズＰＫＦ司令官をはじめ、参謀幕僚たちはコーヒーを啜《すす》ったり、煙草を燻《くゆ》らせながら、くつろいだ表情で談笑していた。

クーラーがかすかなハミング音をたてながら、涼しい風を吐き出していた。海原空将補は釜山の街の夜の気配に耳を傾けた。黒いカーテンを閉めきった窓からは、爆発音も砲声の音も、いまは聞こえない。聞こえるのは戦車や装甲車など軍事車輌や武器弾薬など物資を運ぶトレーラーの重々しいエンジン音やタイヤの音だけだった。

窓のカーテンの隙間《すきま》から、暗い外の様子を窺った。

灯火管制のために、街は灯の光を落とし、真っ暗な闇に閉ざされている。道路を走る軍事車輌だけが、青いフィルムをかけたヘッドライトの光をきらめかせていた。十一時からの夜間外出禁止令で、一般人は外出が禁じられており、昼間は賑《にぎ》やかな闇市マーケットが開かれているメインストリートも、人気がぱったりと消え、パトロールのMPや警官の姿しかない。

「ガニマール参謀長、どうやら、チェック（王手）だな。キム・ジョンウンも、これで逃げ場がなくて、お手上げではないかね」

ジェンキンズPKF司令官は椅子の背にもたれ、葉巻を燻らせながら、電子状況表示板を見上げた。ガニマール参謀長も腕組みをしながら満足気に状況表示板を見上げた。

自由の女神作戦は最終段階を迎えていた。

海原空将補は作戦を反芻《はんすう》しながら、状況表示板を見やった。

第一段階の航空撃滅戦は、国連PKF、米韓連合軍側のほぼ完全な勝利に終わった。北朝鮮空軍の航空兵力は、ほとんど壊滅した。いまでは国連PKFと米韓連合軍側が、完全に航空優勢を保持している。北朝鮮軍の対空ミサイル基地や秘密航空基地の60％以上を破壊し、沈黙させた。

第二段階の航空優勢獲得に続く航空戦力による北朝鮮防御部隊や防御陣地破壊制圧作戦も、ほぼ成功裏に終わった。連日連夜の空爆と遠戦火力による砲撃で、北朝鮮のミサイル基地、防空陣地、レーダー通信施設、武器・化学工場、原子力関連施設、発電所・変電所、造船所、軍需工場、石油貯蔵所など重要施設の80％を破壊し、通信網や交通網をずたずたに切断した。

第三段階の東朝鮮湾元山《ウォンサン》沖に派遣した国連ＰＫＦ日英合同空母戦闘群とアメリカ空母打撃群に、北朝鮮軍の目を引き寄せ、西海岸への上陸作戦を勝利に導いた。

上陸作戦は、平壌《ピョンヤン》に近い西海岸ＡＢＣの三地点に敢行された。

アメリカ海兵隊とアメリカ陸軍、空挺部隊を主体とした平壌攻略第1集団軍は、南《ナム》浦《ポ》湾から温泉《オンチョン》地区にかけてのアロハ・ビーチ（Ａ海岸）と内陸部に強襲着上陸した。第75レインジャー連隊が敵温泉航空基地を強襲し、海岸に上陸した第三海兵遠征軍が駆け付けて、温泉航空基地を平壌攻撃の前線補給基地として確保。ついで、第18空挺軍団の第75レインジャー連隊と第１０１空中突撃師団が平壌の南の要衝・沙里院《サリウォン》に進出して、ソウル防衛軍と平壌防衛軍の間を分断した。南浦湾深く進攻した第一海兵遠征軍の四個海兵旅団と、陸軍の第2機甲騎兵連隊と第1騎兵師団、第24機械化歩兵師団が松林《ソンニム》地区に進出し、沙里院の友軍を支援するとともに、元山平壌間の高速道路を制圧した。そこで、東海岸から転進してきた敵第2機甲軍団を阻止撃滅した。現在、第1集団軍は第24機械化歩兵師団を先頭に北上し、敵の抵抗を排除しながら、東平壌地区へ進撃中だ。

韓国第1、第2海兵師団と第１０１歩兵師団などを主力とする韓国軍の第2集団軍は、平壌の真西の方角にあたるベロウ・ビーチ（Ｂ海岸）に強襲上陸を敢行した。この第２集団軍は平壌攻略に最も重要な正面攻撃軍の役割を担っている。第２集団軍は、いま三手に分かれて平壌市街に進撃しており、いずれも敵の猛烈な抵抗に遭遇している。主攻の第１０１歩兵師団、第１機械化歩兵師団が南浦平壌高速道路沿いに平壌へ五キロにまで迫っているが、そこで敵首都防衛師団の戦車隊と遭遇、アメリカ機甲騎兵中隊の支援を受けて敵を撃退追撃中という報が入っている。

　一番北のチャーリー・ビーチ（Ｃ海岸）に上陸した第３集団軍は、日本の陸自第七師団と連隊戦闘団十四個、空挺団一個、イギリス陸軍機械化旅団二個、フランス陸軍機械化旅団三個、同歩兵師団一個などを主力とする国連ＰＫＦ部隊、さらにアメリカ陸軍第３軍団の第２機甲師団、第３機甲騎兵連隊、第６航空騎兵旅団などの集団軍である。第３集団軍は強襲上陸後、二手に分かれ、日英仏など国連ＰＫＦ部隊は平壌北の順安《スナン》地区に進撃、順安、平城《ピョンソン》など衛星都市を制圧した。さらに陸自第一空挺団が、江東《カンドン》の西に位置する大同江《テドンガン》河岸に降下、元山平壌を結ぶ幹線道路を押さえた。そこで、第一空挺団は米海軍の航空支援や陸自ＭＬＲＳ砲兵隊、第七師団、第二師団の支援を受けて、東海岸から西進してきた敵特殊軍団自動車化部隊を撃破している。現在、日英仏を基幹とする国連ＰＫＦ部隊は平壌に北部地区から敵の抵抗を排除しながら進撃中だった。

　さらにアメリカ軍部隊は、国連ＰＫＦ部隊と順安地区の敵４２５機械化部隊を駆逐した後、逃げる425を追って北進を開始し、粛川《スクチョン》、安州《アンジュ》、順川《スンチョン》などを攻略、清川《チョンチョンガン》江の線まで進出している。すでに寧辺《ヨンピョン》の原子力施設は、第3機甲騎兵連隊が制圧している。この第3集団軍アメリカ部隊は、中国軍PKF部隊やロシア軍PKF部隊への牽制《けんせい》の意味もある。

他方、中国軍PKF部隊は、朝鮮国境の十数か所を越境し、幹線道路沿いに南下中だった。新義州《シンウィジュ》で鴨緑江《アムノッカン》を越えた中国第1軍は、現在、先遣部隊が早くも定州《チョンジュ》市に到達している。

満浦《マンポ》で鴨緑江を越えた中国第2軍は江界《カング》、城干《ソンガン》、前川《チョンチョン》を押さえ、分遣部隊は熙川《ヒチョン》に入った。しかし、第2軍主力は咸興《ハムフン》を目指している模様で、先遣部隊は狼林《ランリム》山脈の麓の長津《チャンジン》に到達している。

恵山《ヘサン》で国境を越えた中国第3軍は普天《ポチョン》、三水《サムス》を押さえた後、二手に分かれて、主力は咸鏡南道《ハムギョンナムド》の徳城《トクソン》、北青《ブクチョン》を目指している。もう一方の別働隊は咸鏡北道の金策《キムチェク》を目指して進撃中だ。いずれの部隊に対しても、北朝鮮軍の抵抗は弱く、進撃は快調だった。

さらにロシア軍PKF部隊は、ハサンから豆満江《トウマンガン》を越え、雄基《ウンギ》、羅津《ナジン》を制圧、海岸沿いに南下を開始している。こちらでは北朝鮮軍の抵抗があり、進撃は遅滞している。現在、ロシア軍PKF部隊は、清津《チョンジン》の手前十キロ付近で止まっている。清津には会《フェ》寧《リョン》から豆満江を越えた中国軍第3軍支隊が北から迫っており、両軍先遣隊が睨み合っているという情報が入っている。

中部戦線については、アメリカ第2歩兵師団を主力とする米韓連合軍が敵南部防衛軍を各所で撃破し、金化《キムフワ》、葛末《カルマル》まで戦線を押し上げている。米韓連合軍の一部は、抱《ポ》川《チョン》に矛先を向けて進撃中だった。

東海岸の戦線は、国連ＰＫＦ自衛隊と韓国軍が襄陽《ヤンヤン》の敵防衛線を撃破、束草《ソクチョ》、杆城《カンソン》を奪還し、旧軍事境界線を越えて進撃している。すでに陸自第2師団は元山近郊に迫った。

こうした状況に対して、北朝鮮軍は戦線が各所で分断されたため、各部隊は各戦線ごとに孤立した戦いを強いられている。現在、かなり打撃を受けているものの、なお戦力を保持している部隊は、第3軍団、第4軍団、第5軍団、それに第815機械化軍団、第1機甲軍団ぐらいなものだった。中部戦線の南部防衛軍の北朝鮮軍第7軍団、再編第10機械化軍団は半減し、第8軍団にいたっては、これまでに壊滅的な損害を出している。

北朝鮮東海岸防衛軍は、なお第1軍団主力と第2機甲軍団が残っているが、度重なる空爆で、これまた壊滅的な打撃を受けている。第2軍団と第9機械化軍団、そして特殊軍団主力は転進して、西海岸防衛軍に合流しようとしたが、国連ＰＫＦ部隊と米韓連合軍の前に、大打撃を受けて敗走した。それでも、第2軍団、特殊軍団の一部はピョンヤンに入り、西海岸防衛軍に合流している。その他の敗走した部隊は各小部隊単位で、山中に入り、ゲリラ戦を行っている。

中国との国境地帯に張りついていた第9軍団は、中国PKF軍の破竹の勢いにほとんど無抵抗の様子だった。ロシアPKF軍も進攻しはじめたいま、もはや彼らがピョンヤンを目指して逆襲してくる可能性は皆無に等しかった。

ピョンヤンには、首都防衛軍三個師団と西海岸防衛軍の第2軍団二、三個師団がいる模様だが、すでに国連PKF軍と米韓連合軍がピョンヤンを包囲しており、補給もままならない状態に追い込んでいる。その包囲網も刻々と狭められている。

たしかに王手の状態だった。海原空将補はほぼ勝利を手中に入れたのを確信した。

ガニマール参謀長が腕組みをしながら頭を振った。

「問題は、最高司令官のキム委員長がどこにいるかです。その彼を捕まえなければ、恐らく人民軍は戦争を止めようとはしないでしょうからな」

「捕まえなくても、こうしてもいいではないか?」

ジェンキンズPKF司令官は、手を喉にあてて切る真似をした。

「いや、それはまずい。殺してしまっては、彼を民族的英雄にしてしまう。絶対に生きたまま捕らえ、戦犯として国際裁判にかけるべきです。人道に反する罪、平和に反する罪で、裁かれるべきでしょう」

ガニマール参謀長は力説した。ジェンキンズPKF司令官は笑った。

「しかし、もうピョンヤンは袋の鼠だ。逃げようにも逃げられないじゃないか？」

「韓国情報部の情報では、主席宮には脱出用の秘密の地下トンネルがピョンヤン郊外にまで延びているそうです。だから、すでに地下司令部には、彼はいないかもしれない」

海原空将補は壁に掛けられた状況表示板を見上げながらいった。ジェンキンズPKF司令官は葉巻の煙を高い天井に向けて吹き上げた。

「誇り高いキム・ジョンウンともあろう人物が、こそこそと逃げ出すとは思えないがな」

「私も、そう願ってます。人民が必死に戦っているのに、最高司令官が逃げ隠れしては、それこそ人民を裏切る行為になるでしょう。最高指導者として、みっともないことはしないと思います」

「しかし、フセインもそうだが、独裁者という連中は、自分の権力を守るためなら、何でもする。国民を平気で裏切る。スターリンも毛沢東も、みなそうだったからな」

ジェンキンズPKF司令官は葉巻を噛みながら顔をしかめた。

連絡将校が勢い良く会議室に入ってきた。参謀幕僚たちがさっと緊張した。

「司令官、前線から入電。２３０７時、第2軍韓国部隊１０１師団がピョンヤン市街に突入しました。現在、敵防衛軍と激戦中です」

「よし。いよいよ始まったぞ」

ジエンキンズＰＫＦ司令官は葉巻を灰皿にごしごしと押しつけて消した。参謀幕僚たちはどよめき、一斉に拍手をした。

「もう一息だ。後は、いつキム・ジョンウンが白旗を上げるかだな」

ジェンキンズＰＫＦ司令官は大声で吠えた。

海原空将補は状況表示板に第2集団軍の韓国軍がピョンヤン市内に突入したという青い印が点《つ》くのを、複雑な思いで見上げていた。

11

ピョンヤン・主席宮地下司令部　７月24日　１８００時

作戦会議室は沈痛な空気で包まれていた。

「ソウルから転進した第１機甲軍団と８１５機械化は、沙里院手前で、アメリカ空軍と機械化部隊の猛攻を受けて、前進を阻まれ、大打撃を受けています。攻撃ヘリによって、わが軍の戦車400台以上が擱座破壊されたとの知らせです。航空支援もなく、ピョンヤンに戻るなどというのは無謀な転進です」

副参謀長梁東吉《ヤンドンギル》中将は状況表示板の上に置いた第1機甲軍団と第815機械化軍団の駒《こま》を倒した。梁中将の顔は憤怒で真っ赤だった。西海岸防衛軍司令官許錫萬《ホソンマン》次帥は苦々しく口を開いた。

「それが最高司令官のご命令なのだ」

「馬鹿な！　まったく軍事作戦のイロハも分かっていない命令だ」

梁東吉中将は激怒を露《あらわ》にしていった。

「それを許可した金永祚《キムヨンジョ》司令官も司令官だ。これでは敵の砲火の中に裸で飛び込めというようなものだ。たとえ最高司令官の命令であれ、拒否すべきだった」

「金永祚司令官は反対したそうだ。そのため、彼は今朝司令官を解任され、国家保衛部の要員に逮捕された」

「なんですって！　戦争の最中のこんな大事な時に。逮捕の理由は？」

「国家反逆罪だそうだ」

許錫萬司令官は溜め息をついた。通信室から若い中尉が入ってきた。

「司令官、前線から報告。西城《ソソン》地区と三石《サムソク》地区に日本軍部隊が突入しました。東平壌にもアメリカ軍部隊が突入しているとのことです」

第2軍団参謀長の文康国《ムカングク》中将は身を起こし、状況表示板の上に国連軍の青い駒とアメリカ軍の黒い駒を進めた。これで平壌中心部は、東から侵攻してきた南朝鮮カイライ軍と合わせて、四方を取り囲まれたことになる。

それまで黙っていた黄卓在《ファンタクチェ》将軍が重々しく口を開いた。

「最早これまでですな、許錫萬司令官」

許司令官もうなずいた。

「もはや全滅するまで戦うしかない」

梁東吉中将は許錫萬司令官に向き直った。

「最高司令官のご命令ですか？　平壌を死守せよという」

「うむ。祖国に殉じる。たとえ最高司令官にいわれなくても、私はそうするつもりだ」

「死守せよと命令した最高司令官は、この平壌の司令部から安全な避難場所に逃げ出すつもりなのです。部下たちには死ねと命じて、のうのうと生き延びようというのですぞ」

「キム委員長にはキム委員長の考えがあるのだろう。キム委員長は絶対に降伏することなく、白頭山《ベクトウサン》に戻ってパルチザン闘争からやりなおすおつもりなのだ」

許錫萬司令官は憮然《ぶぜん》としていった。

「祖国はキム委員長だけのものではありません。われら朝鮮民族全員の祖国のはずです。このままでは祖国は敵に徹底的に破壊され滅亡する。それでもいいのですか？」

許錫萬司令官はゆっくりと頭を左右に振った。文参謀長も目をしばたいた。

「しかし、我々にはどうすることもできないではないか？」

「ひとつだけ、祖国を救う方法があります」

梁東吉中将は黄卓在将軍と顔を見合わせながらいった。文参謀長が驚いて梁東吉中将の顔を見た。黄卓在将軍はきっと許錫萬司令官を見つめた。

「我々がキム委員長に代わって、政権の座に就く。クーデターを起こす。キム委員長を倒す。それしかない」

「なんということをいうのだ？」

許錫萬司令官と文参謀長は周囲を見回した。会議室に詰めた参謀たちも固唾《かたず》を呑《の》んで黄卓在将軍を見守っていた。

「キム委員長に代わって臨時政府を作り、国連軍に停戦を申し入れる。そうすれば、これ以上、部下たちを死なすことなしに戦争を止めることができる。それが祖国を、朝鮮民族を救う唯一の道だ」

許錫萬司令官は文参謀長と顔を見合わせた。

「もし国連軍が停戦を受け入れなかったら？」

「必ず国連軍は受け入れる」

黄卓在将軍は断言した。許錫萬司令官は半信半疑で訊いた。

「その保証はあるのかね？」

「あります。それが相手の条件です。キム委員長さえ除けば、停戦する約束になっている。もし国連が約束を無視した場合、我々は残った唯一の水爆を爆発させ、平壌を取り囲んだ国連軍もろともに自爆する」

梁東吉中将は周囲の参謀たちを見回していった。

文参謀長は息を呑んだ。

「原爆はどこにあるのですか？」

「こういう事態になることを予想して、核開発責任者のシン・ボクナム顧問が、ピョンヤン某所に密かに原爆を運びこませたのです。我々にとって、その水爆が最後の切札です」

参謀たちがどよめいた。

「許錫萬司令官、ご決断下さい」

梁東吉中将は許錫萬司令官に向き直った。

12

ピョンヤン司令官地下第二司令部　7月24日　1930時

　会議室には、金英哲副委員長、ソン・グアンシク国家保衛部長をはじめ、リ・ヨンギル総参謀長やキム外交部長といった軍事委員会の重要メンバーたちが詰め掛けていた。

「わざわざ許錫萬司令官が来たというのかね？」

　キム・ジョンウンはリ総参謀長にきいた。

「はい。重大な問題があり、ご決断をお願いしたいとのことです。許司令官の権限では決定できない、祖国の運命がかかっている重大問題だとのことなのです」

　金英哲副委員長が腹だたしげにいった。

「けしからんですな。この非常時に、西海岸防衛の最高指揮官が持ち場を離れて、のこのこと逃れて来たとは言語道断ではないか！」

「うむ」キム・ジョンウンも不快な顔を隠さなかった。

「はい。しかし、なにしろ、護衛総局の桂正植《ケ》局長も同行して、どうしても緊急のお願いだと申していましたので」

「なに？　桂正植《ケ》司令官も一緒に首を揃えて来たというのか？」

キム・ジョンウンは訝《いぶか》った。桂局長は首都防衛司令部司令官でもある。

ピョンヤンが国連軍や日米カイライ軍に包囲され、窮地に陥っているというのに、現場の指揮官が二人とも揃って来るとはいったいどういうことだというのか？

「よろしい。通しなさい」

キム・ジョンウンは気分を落ち着かせるためにロスマンズに手を伸ばした。一本をくわえた。すかさず、ソン国家保衛部長がガスライターで火を点けた。

ドアが開き、桂局長を先頭に許司令官、ついで黄卓在大将、梁東吉中将が入ってきた。その背後から、護衛隊の隊員たちが銃を手に入ってきた。会議室の警備にあたっている護衛隊の隊員たちが戸惑いの表情を見せている。

キム・ジョンウンはリ総参謀長の顔を見た。ソン国家保衛部長は声を荒らげた。

「黄卓在大将と梁東吉中将の両名が来るという話は聞いていないぞ」

リ総参謀長も不快な顔をした。キム・ジョンウンはソン国家保衛部長を手で制した。

「まあ、いい。何事だね？　桂局長同志、その緊急の重大問題というのは？」

キム・ジョンウンは桂局長と許司令官の顔を交互に見た。桂局長は緊張で青ざめ、額に脂汗をかいていた。桂総局長の側には、護衛隊の大尉と下士官長の二人が、ぴったりと寄り添っていた。許司令官が落ち着いた声でいった。

「申し上げます。金委員長同志、お願いがあります」

キム・ジョンウンは、許錫萬司令官が自分のことを最高司令官とか、偉大なる首領様と呼ばなかったことに、不快感を覚えた。

「いいたまえ」

「委員長の座を降りていただきたいのです」

「なんだと？」

キム・ジョンウンは、何を言い出したのかと、許錫萬次帥の顔をまじまじと見つめた。

「最高司令官と委員長の座も降りていただきたい。そして、すべての党、軍、国家政府の権限を、我々臨時革命委員会に委譲していただきたい」

「なにを戯言《たわごと》をいっているのか！」

金英哲副委員長が怒鳴った。

「桂局長、こいつらを国家反逆罪で逮捕したまえ」

桂局長は忌ま忌ましげに許次帥や梁東吉中将を睨んだ。

キム・ジョンウンは笑った。

「私が権力を委譲するだと？　桂局長同志、きみもその臨時革命委員会のメンバーなのかね？」

「委員長閣下様、私は違います。この者どもがクーデターを起こそうとしている張本人でした」

「だったら、なぜ護衛隊に逮捕させないんだ？」

ソン国家保衛部長は怒鳴りつけ、はっとして桂局長の傍らの大尉と下士官長に目をやった。

彼らは隠し持った銃を、桂局長に突きつけた。

「貴様らは」

ソン国家保衛部長は腰の拳銃を探した。キム・ジョンウンの前では、警護の護衛隊員以外は銃の携帯は許されていない。

桂局長に寄り添っていた下士官長が隠し持っていた拳銃をすっとソン国家保衛部長に向けた。

「最高司令官閣下、おとなしくしていただきます」

梁東吉中将は、さっと手を振った。後から入ってきた護衛隊員たちは、いっせいに会議室の警備にあたっていた護衛隊員たちに銃を向けた。

「武装解除しろ。抵抗したら射殺してよし！」

梁東吉中将は鋭い声で命令した。後から入ってきた護衛隊員は、会議室警備の護衛隊員たちの銃を奪って、床に伏せるように命じた。警備の護衛隊員たちは銃を向け、抵抗の姿勢を見せた。

桂局長の傍らに立った大尉が桂局長の脇腹に突き付けた拳銃をぐいっと押した。

「部下たちに、いう通りにしろといえ。そうしないとキム委員長の命はないぞ」

桂局長は顔を怒りで真っ赤にしながら、怒鳴った。

「いわれた通りにしろ！」

警備の護衛隊員たちはしぶしぶと銃を相手に渡し、床に寝そべった。後から入って来た護衛隊員たちは、銃を奪うと、みんな護衛隊員の上着を脱ぎ捨てた。下から野戦迷彩服が現れた。いずれも黄卓在将軍の腹心の部下たちだった。

「これはどういうことだ？　許司令官」

「キム委員長閣下、あなたは引退し、党、軍、政府の権限をすべて臨時革命委員会に委譲していただけますか？」

許錫萬次帥は書類をキム・ジョンウンの前に拡げた。

「断ったら？」

「ここで、自決していただきます」

黄卓在将軍が許次帥の代わりに答え、万年筆を差し出した。梁東吉中将が懐《ふところ》から小型拳銃を取り出し、スライドを引いて、弾丸を装填すると、キム・ジョンウンに銃把を向けて差し出した。

キム・ジョンウンは万年筆と拳銃を交互に見つめた。それからゆっくりと万年筆に手を伸ばした。

「そこにサインをして下さい」

梁東吉中将は書類の署名欄を指差した。キム・ジョンウンはすらすらと署名をした。

「では、金英哲副委員長、ソン国家保衛部長、リ総参謀長、キム外交部長、その他の軍事委員全員も辞任の署名をお願いします」

梁東吉中将は書類をソン国家保衛部長に突き付けた。ソン国家保衛部長をはじめ、軍事委員たちは、銃を前にして仕方なさそうに、一人ずつ署名をはじめた。

「こんな茶番が通用すると思うのかね？」

キム・ジョンウンは怒りを抑えて、許司令官や黄卓在大将を睨んだ。許司令官も黄卓在将軍も答えなかった。梁東吉中将が宣言した。

「キム・ジョンウン同志、臨時革命委員会は、あなたを祖国を破滅の危険にさらした国家反逆罪として、逮捕拘留《こうりゅう》します。大尉、キム・ジョンウン同志の身柄を確保したまえ」

桂局長に拳銃を突き付けていた大尉が、一歩進み出てキム・ジョンウンに敬礼した。

「閣下、逮捕させていただきます。ご同行をお願いします」

キム・ジョンウンは憮然として立ち上がった。梁東吉中将はソン国家保衛部長や桂局長たちを見回した。

「閣下たちも、全員逮捕します。逮捕して連行しろ！　従わない者はこの場で射殺してよろしい」

野戦迷彩服の隊員たちは、軍事委員たちに銃を向けた。

13

徳川《トクチョン》・特殊軍団司令部　7月25日　1715時

頭上を灰色の迷彩色を塗ったジェット戦闘機の編隊が鋭い爆音を残して低空を飛び抜けていった。鋭角的な主翼が傾いた時、ちらりと赤い日の丸が見えた。戦闘機の編隊は北西の方角に飛び去っていった。

鮮于《ソヌ》はぺっと唾《つば》を傍らの草叢《くさむら》に吐いた。戦闘機の姿が見えなくなり、金属音のジェット・エンジン音も聞こえなくなると、鮮于は身を潜めていた草叢から這《は》い出て、鉄路の上を歩きだした。鮮于と同じように草叢や木立の陰に隠れていた敗残兵たちが、再びぞろぞろと鉄路の土手に現れ、のろのろとした足取りで歩きだした。

誰の戦闘服もぼろぼろで、階級章も何もついていない。目は虚《うつ》ろで、焦点の定まらない者もいる。体もシャツもズボンも血や汗にまみれ、土に汚れていた。負傷して汚れた包帯を頭に巻いた男、杖《つえ》をつき血だらけのを足を引き摺《ず》っている男、仲間の肩にすがりつき、いまにも倒れそうになりながら歩いている男もいる。誰も一様に喋《しゃべ》らなかった。

鮮于も一昨日からほとんど食べ物らしい食べ物を口にしていなかった。山野を彷徨《さまよ》っている時に、捕まえて食べた蛇や草の根、雑草の葉ぐらいなものだった。途中、村の農家を見付けて立ち寄ったが、住人の姿はなく、先に誰かが食べ物を探して荒らした跡しかなかった。

太陽は西に傾いていた。暑かった陽射しもだいぶ和らぎ、山からそよいでくる風が鮮于の汗ばんだ体を冷やしてくれた。その風の中にも、死体の放つ腐臭が漂っていた。周囲の山や谷にはいたるところに爆撃の跡があり、蠅《はえ》が真っ黒にたかった死体や腐敗して体がぱんぱんに膨れ上がった死体が放置されていた。兵士たちだけの死体ではない。爆撃や戦闘の巻き添えになったらしい老婆や小さな子供の死体も線路端に転がっていた。

鮮于は顔を背けて歩いた。はじめこそ、そうした死体の何体かを、穴を掘って埋めたりしたが、行く先々に無数の死体が散乱しており、ブルドーザーででもなければ、片付けることも不可能なほどだった。

北へ行くといっても、ほとんどの敗残兵たちにはあてがあるわけではなかった。北には無傷の人民軍部隊がおり、そこへ行けば戦場の南よりは安全で、温かい飯も食えるし、寝る場所もあるという噂《うわさ》があり、それを信じて、みなひたすら北を目指しているのだ。

もっとも、鮮于にはまだ北へ行く理由があった。徳川には特殊軍団第702旅団766連隊本部の留守部隊がいる。ともかく基地に戻れば、原隊の様子も分かるし、再編部隊に参加することもできる。

本隊の766連隊は江東《カンドン》付近の戦場でほぼ全滅し、かろうじて生き残った隊員たちもばらばらになってしまった。鮮于も原隊を求めて、だいぶ戦場を彷徨ったが、第八特殊軍団のいずれの旅団も壊滅しており、生き残った敗残兵がうろついているだけだった。全滅を免れた部隊は、鮮于たち敗残兵や負傷兵を収容しようともせず、早々に北部山岳地帯や東海岸方面に撤退していた。時折、撤退する無蓋《むがい》トラックや装甲兵員輸送車がいたが、いずれも敗残兵や負傷兵を満載していて、鮮于たちを乗せる余裕はなかった。残された鮮于たちは自力で、彼らの後を追うしかなかったのだ。

鮮于は銃を肩に担ぎ直し、線路の脇の小道をとぼとぼと歩いた。川の水しか飲んでいない腹は、しきりに音をたてて、空腹であることを訴えていた。考えることといったら、食べることばかりで、頭が働かなかった。どのくらい歩いたというのだろうか？それすら考えるのが億劫だった。鮮于は線路端に生えた車前草《おおばこ》を引き千切り、口にくわえて噛《か》みだした。馬や牛が食べられるなら、人間が食べられないことはない。青臭い草汁が口内に拡《ひろ》がった。その草の固まりを無理矢理に胃の中に飲み込んだ。

西南の方角から遠雷のような轟《とどろ》きが聞こえる。巨大なドラムを叩くような音は、連続して爆弾が炸裂する音だ。あるいは敵の新型多連装ロケット弾がばらまかれる爆発音かもしれない。

ようやく見覚えのある山々が見えてきた。鮮于は線路から外れ、岩が露出した低い山の斜面を登りはじめた。そこから山を二つほど越えれば基地に着く。山中訓練で、うろつき回ったことのある地帯だった。

基地に辿《たど》り着いたのは夕暮だった。第八特殊軍団の広い基地は見る影もなく荒れ果てていた。鮮于はある程度、予期はしていたものの、実際に基地の様子を見て、呆然《ぼうぜん》とした。基地の建物という建物は爆撃の跡も生々しく、瓦礫《がれき》の廃墟となっている。防空陣地の土嚢《どのう》は四散し、いたるところに黒焦げになった装甲車輌の残骸があった。弾薬庫のあったあたりは、無残にも吹き飛んで、巨大な擂《す》り鉢《ばち》状の穴になっていた。

滑走路にはあちらこちらに武装ヘリコプターやAn―2輸送機の残骸が散乱している。敷地には月面を思わせるようなクレーターが無数に空いていた。格納庫になっていた掩体壕《えんたいごう》は激しい爆撃のために掩体の土が崩れ、鉄骨が露出している。地下司令部のあった建物は、特に集中攻撃を受けた様子で、建物は跡形もなく破壊され、瓦礫の原に変わっていた。

木立の間には、まだ燻《くすぶ》って黒煙を上げている装甲兵員輸送車があった。辺りが次第に黄昏《たそが》れていく中、数人の兵士たちが死体を牛車の荷台に積んでいる姿が見えた。つい先刻も空爆があったらしい。

営門には厳しい警備隊員たちの姿はなく、代わりに年老いた兵隊が一人、壊れた椅子の脇に銃を抱えて座り込んでいるだけだ。バラ線を張った扉も、開いたままになっていた。鮮于は老兵に近寄った。老兵はぼんやりと鮮于を見上げたが、誰何《すいか》もせずに、黙りこんでいた。鮮于は老人が目をやられているのに気が付いた。

「702旅団司令部は、どこだ？」

「同務《トンム》は？」

「第766連隊の鮮于中尉だ」

老兵は慌てた様子で、のろのろと立ち上がった。銃を持って姿勢を正そうとしたが、老人の体は前後に揺れていた。

「失礼しました。し、司令部はあちらです」

老兵は震える手で、木立の先の築山《つきやま》を指差した。築山には防空地下壕がある。そこにいまは司令部が移っているのだと分かった。

鮮于は老兵に礼をいい、築山に歩き出した。爆弾の炎にあぶられ、ぼろぼろになった野戦迷彩シャツの襟《えり》や袖《そで》をいじり、ボタンをはめた。築山に歩きながら、空腹を訴える腹を黙らせ、鮮于は姿勢を正した。

地下壕の出入口には、警備兵の下戦士が立哨していた。下戦士は鮮于に銃を向けたが、汚れた戦闘服に第八特殊軍団の襟章と少尉の階級章を見て、敬礼した。鮮于は答礼した。

「ここは702旅団司令部だね？」

「そうであります」

下戦士は元気よく答えた。鮮于はほっとして、薄暗い地下への階段を降りていった。

地下室の廊下は閑散として人気がなかった。天井には豆電球が覚束《おぼつか》ない光を投げ掛けている。どこからか自家発電機の音が響いてくる。廊下の両脇にはドアのついた小部屋が並んでいた。開け放ったドアの部屋で、数人の下士官たちが土間に車座になり、大鍋に煮込んだトウモロコシ粥《がゆ》を食べていた。

一人の下士が鮮于を見付け、慌てて立ち上がった。他の中士や下士も、口をもぐもぐさせながら立ち上がり、鮮于に敬礼した。鮮于は唾を飲みながら、空腹を堪《こら》え、中士に訊《き》いた。いずれも見慣れない顔ばかりだった。どこからかの補充兵なのだろう。

「何か、ご用でしょうか？　中尉どの」

「766連隊鮮于中尉だ。上級将校はおられるか？」

「はっ、軍団参謀長がおられます」

「蘇雄《ソウン》参謀長が？　どちらに？」

鮮于は蘇参謀長の精悍《せいかん》な顔を思い浮かべて安堵《あんど》した。蘇参謀長がいるということは、軍団は健在ということだ。

「ご案内します」

下士は鮮于の先に立って、廊下の奥に進んだ。一番奥のドアを叩いた。

「参謀長、ソヌ中尉です」

「入れ」

鮮于は、その声に喜び勇んで、部屋に入った。部屋の中央の机に蘇参謀長が一人座っていた。左腕を三角巾で吊している。蘇少将は書き物の筆を休め、立ち上がった。

「766連隊第1大隊第2偵察中隊第3小隊長・ソヌ中尉、ただいま帰投しました」

鮮于は精一杯声を張り上げ、直立不動の姿勢を取って、挙手の敬礼をした。蘇少将は鷹揚《おうよう》にうなずき、答礼した。気のせいか、蘇少将の目がやや潤んでいるかのように見えた。

「ご苦労。よく無事で帰還した」

「参謀長どのも、よくご無事で」

蘇少将は机の前の椅子を勧めた。鮮于はふらつく体を椅子に座って押さえた。

「ここまで、どうやって戻ったのか？」

「徒歩で戻りました」

鮮于は机の上に粥の入った椀《わん》があるのを見て、生唾を飲み込んだ。キムチの切れ端が粥の上に載っている。

「そうか。大変だったろう。その様子では、ろくに食事もしていないのではないか？」

「いいえ、腹は空いていません」

蘇少将は机の上に載っている椀に入った粥に目をやった。

「無理せんでいい」

粥の匂いを嗅いだだけで、鮮于の腹は大きな音をたてて鳴った。蘇少将は、それを聞き付け、にこやかに笑いながら、粥の入った椀と大匙《おおさじ》を鮮于の方に押した。

「食いたまえ。わしは腹が空いていない」

「参謀長どの、私は大丈夫であります」

「命令だ。食べろ」

鮮于は椀を引き寄せた。蘇少将は笑いながらうなずいた。鮮于は大匙で椀の粥を掬《すく》い、口に運んだ。たちまちのうちに粥を平らげてしまった。蘇参謀長は、鮮于が食べるのを見ながら、しんみりとした口調でいった。

「ソヌ中尉、わが軍団は全滅した。幹部も兵士もほとんどが戦死した。生き残っているのは、きみとわしくらいなものだ」

鮮于は信じられない思いで、蘇少将を見た。

「軍団長どのもですか？」

「戦死だ」

「趙光一《チョングワンイル》大隊長どのもですか？」

「うむ。きみの大隊はほぼ全員が戦死している」

鮮于は唇を噛んだ。

「しかし、蘇参謀長どのが生きている限りは、まだわが特殊軍団は不滅です。これから、また特殊軍団を再建しましょう」

蘇少将は黙って頭を振った。

「この戦争は、もう終わる。わが国は負けた。わが特殊軍団の運命も、あの戦場で終わった。もう再建はできない」

「蘇参謀長どの、どうして、そんなに悲観的なのですか？　まだ共和国は負けていません。故金日成《キムイルソン》大首領のように山に籠《こ》もり、パルチザン闘争をしてでも、最後までがんばらねばいけません。特殊軍団の隊員は、そのための訓練をしてきました」

「ソヌ中尉、きみの気持ちは分からないでもないが、現実を見なければいけない。この戦争は負けたんだ。わしは大勢の部下たちを死なせてしまった。この責任は重い。わしは責任を取らねばならない」

「ソ参謀長一人の責任ではありません。もし負けたのなら、その責任は勝てなかった私たち一人ひとりの兵士にも責任があるはずです」

「慰めてくれるのは、有り難いが、きみたちには責任はない。戦争を始めたわしたちと、きみたちとは責任の重さが違うのだよ」

蘇参謀長は溜《た》め息混じりにいった。鮮于は、蘇少将がなぜ、そんなことを言い出すのか分からなかった。蘇少将はふっと顔を曇らせた。

「ソヌ中尉、ところできみの家族は確か管理所に入れられていたね？」

「はい」

「どこの管理所か分かっているかね？」

「いえ」

「以前、きみに頼まれていたのを思い出した。どこにご家族が収容されているのか、調べてほしいと。社会安全部の知り合いから返事が来ていた」

蘇参謀長は机の引き出しを開け、あちらこちらを探していた。やがて、一通の書類を取り出した。

「これだ。実はわしも読んだ。本当に気の毒に思う」

蘇参謀長は気の毒そうに顔をしかめながら書類を鮮于に渡した。鮮于は急いで書類を受け取ると頁《ページ》をめくった。

第15管理所。収容者の記録の抜粋だった。

収容者の項に、鮮于の父親、母親、祖母、弟の淳《スン》と妹の珠《チュ》の名前が順に並んでいた。名前の下の欄を見て、鮮于は思わず書類を握り締めた。

父親と祖母は、一月前に死亡、さらに、母親の欄には病気と記してあった。淳と珠の欄には何も記載はない。まだ働くには幼すぎる子供の二人は、病気の母親を抱えてどうやって暮らしているというのだろうか？

「第15管理所は、白山《ペクサン》の麓《ふもと》、寧遠《ニョンウォン》から谷の奥に入ったところにあると聞いた。この時期だ。管理所もきっと閉鎖になっているかもしれない。心配だろう？　すぐに行ってあげなさい」

蘇少将は優しい目を鮮于に向けた。

白山山麓でゲリラ訓練をしたことがある。徳川から東へ直線距離で四、五十キロほどのところにある。白山は狼林《ランリム》山脈に連なる海抜１４５２メートルの険しい岩山で、咸鏡南道《ハムギョンナムド》の山奥にそびえる嶺々では、狼林山につぐ高さになる。景観はいいが、山肌は草木が少なく、岩や石ばかりで、穀物を耕す土地もない場所だ。きっと母親も弟妹もひもじい思いをしているに違いない。鮮于は居ても立ってもいられない気持ちだったが、じっとそれを堪えて飲み込んだ。

「しかし、そんな個人的な目的のために、自分が部隊を離れてるわけにはいきません」

「どうせ、もし部隊を再編するにも時間がかかるだろう。パルチザンをやるにしても、地方の情勢が知りたい。これは命令だ。行きたまえ。わしが軍団の出張命令書に署名してやろう。役に立つかどうかは分からないが、ないよりはましだ。わしにできることは、この位のことだ」

蘇参謀長は、机の引き出しから出張命令書の書類を出し、出張目的や期間、目的地などを書き込み、この命令書の所持者に可能な限りの便宜をはかるように添え書きをした。ついで自分の名前と発行日付を記し、最後に特殊軍団の判を押した。

「これを持っていくがいい」

「しかし、自分は……」

「ここのことは心配せんでいい。いますぐにでも出発して、家族に逢いにいきなさい。きっと心細い思いで待っているだろう」

「有難うございます。自分は家族の様子を見たら、出来るかぎり早く戻ってきます」

「うむ」

蘇参謀長はうなずいた。鮮于は立ち上がり、敬礼した。

「ソヌ中尉、どんなことがあっても、死ぬなよ。生きのびるんだ。これは命令だ」

「はい」

蘇少将はゆっくりと手を額にあて答礼した。鮮于は敬礼を終えると、出張命令書を丸めてポケットにねじ込み、部屋を出た。

階段まで来ると先刻の下士官たちが、慌てて立ち上がり、鮮于に敬礼した。鮮于は答礼し、行き過ぎかけてから立ち止まった。

「弾丸はあるか？」

鮮于は肩にかけたＡＫ74自動小銃を見せた。

「あります。自分の弾倉をお持ちください」

中士は壁にかけてあった弾倉を鮮于に差し出した。鮮于は礼をいい、弾倉をＡＫ74に叩きこんだ。出口の階段を上がりかけた。その時、奥の部屋で一発の銃声が起こった。

鮮于ははっとした。下士官たちも何事が起こったのかと、参謀長の部屋を見た。

「参謀長！」

鮮于は身を翻《ひるがえ》して廊下を走った。奥のドアに飛び付いた。ドアは鍵がかかっていた。

鮮于はドアを蹴り破って部屋に飛び込んだ。後から下士官たちが駆け付けた。

鮮于は呆然として床に横たわった蘇参謀長を見下ろしていた。蘇少将は拳銃で自らの頭を撃ち抜いていた。真っ赤な鮮血と脳漿《のうしょう》が壁にまで飛び散っていた。

第四章　遙かなる平和への道

1

東京湾臨海副都心・生命保険ビル・朝鮮ＰＫＯ本部　７月25日　午後７時５分

国連・朝鮮半島問題特別代表クリスチャンソン博士は、暮れなずむ東京湾の風景を眺めながら、連絡が入るのを待ち受けていた。レインボー・ブリッジのイルミネーションが点灯し、迫る夕闇に備え始めている。

「遅いな。まだその北の友人とは連絡は取れないのかね？」

クリスチャンソン特別代表は苛立《いらだ》った顔を、ロシア軍ＰＫＦ派遣参謀のショーロホフ少将に向けた。

ロシアはＰＫＦの派遣を決めると、早速ショーロホフ少将をロシア側参謀スタッフとしてＰＫＦ総司令部に送り込んできた。ロシアは独自に北朝鮮軍首脳と密かな交渉チャンネルを持っており、昨夜遅くになって、突然ショーロホフ少将を介して、北朝鮮軍首脳から得たという重要な停戦申し入れがあったのだった。

ショーロホフ少将は大きくうなずいた。

「クリスチャンソン博士、なにしろ、すべてはウラジオストック―モスクワ経由で話が回ってくるのですから、多少は時間がかかる。ご存じの通り、ロシアの官僚主義と電話事情の悪さは社会主義体制が崩壊した後も、まったく変わりませんのでね」

ショーロホフ少将は太めの体を大儀そうにソファの上でもぞもぞと動かした。

「本当に貴官のいう北の友人の話は信用できるのだろうね」

ジェンキンズPKF司令官は焦燥しきった顔できいた。昨夜以来、ジェンキンズPKF司令官は、ショーロホフ少将からの思いも寄らぬ情報に、急遽《きゅうきょ》今朝東京に戻ってクリスチャンソン特別代表と協議しなければならなくなり、結局一睡もしていなかった。

「もちろんです。副参謀長の梁東吉《ヤンドンギル》中将は、わがロシアへ留学時代からの付き合いで、最も信頼できる同志でした。旧ソ連邦陸軍大学では一、二を争う優秀な男で、周囲の人たちから人望もあった。梁中将が帰国後、とんとん拍子に出世して、北朝鮮の人民軍副参謀長にまでなったのは、それだけ金正日《キムジョンイル》総書記や軍上層部からの信頼が厚かった証《あかし》でもあるでしょう。また梁中将は、わがモスクワの陸軍大学留学組の俊才で、北朝鮮の〝ジューコフ元帥〟と嘱望されていた逸材です。クーデターに同調した許錫《ホソン》萬《マン》将軍や金永祚《キムヨンジョ》将軍たちも、わが旧ソ連邦留学組の優秀な軍事官僚で、それだけ今回のクーデターは重要な意味がある、注目に値するということがいえましょう」

「その厚く信頼されていた梁中将たちが、首領のキム・ジョンウンを裏切って、クーデターを起こすことを条件に、停戦を申し入れてきたというのだね」

ガニマール参謀長は苦り切った顔で座っていた。

数時間前までは釜山《プサン》前線指揮所にいて、一刻も早くピョンヤンを陥落させることに全力を上げていたのに、東京に呼び戻されたいま、今度は全戦線に、総攻撃中止命令を出さざるを得なくなったのだ。その理由を明確に前線に伝えなかったので、前線からは問い合わせや攻撃再開の許可を求める要請が入り続けていた。

「そうです。わがロシア軍情報部は、きわめて優秀でしてね。これまで、間違った情報を入手したことはない」

「では、キム・ジョンウンが戦争を仕掛けることも、事前に知っていたというのですかな」

ガニマール参謀長は皮肉混じりにいった。ショーロホフ少将はむっとした表情になった。

「このまま前線の部隊に総攻撃を待てとしておく訳にはいかない。もし、八時まで待っても、何の連絡もなかったなら……」

ガニマール参謀長がそこまでいいかけたところで、突然電話機が鳴り響いた。ショーロホフ少将がにんまりとうなずき、みんなに待てという仕草をして受話器を取り上げた。

「……。ダーダー」大佐はロシア語で誰やらと話しはじめた。みんなはショーロホフ少将の話し振りを、息を殺して見守った。

「………」ショーロホフ少将はやがて大きくうなずくと、送話口を厚い掌《てのひら》で押さえ、クリスチャンソン博士にいった。

「クーデターは成功し、臨時革命委員会ができたそうです。彼らはキム・ジョンウンを国家元首の座から引きずり降ろしただけでなく、党の委員長、軍の最高司令官からも引きずり降ろしたといっています。革命委員会はキム・ジョンウンと側近たちの身柄を拘束しています」

「クーデターはうまくいったというのか？」

「やはり、わがロシア情報部の情報は正しかったですな。これからクリスチャンソン博士、ご自身で、わが友・梁中将と直接お話ししていただきたいのですが。梁中将はロシア語だけでなく、英語も話せます。私の方が語学の成績は良かったが」

ショーロホフ少将は上機嫌で受話器を差し出した。

「うむ。いいだろう」

クリスチャンソン博士は電話の受話器を受け取り、耳にあてた。ジェンキンズＰＫＦ司令官が電話機の子機を取り上げ、聞き耳を立てた。

「クリスチャンソン特別代表だが、国連安全保障理事会に何か緊急の提案があるそうだね？」

電話の話し声は遠く、ワンテンポ遅れるようで聞き取り難《にく》く、話し難かった。ショーロホフ少将がいうように、電話回線がピョンヤンからいったんウラジオストックを経由し、モスクワに出て、さらに衛星に乗ってから東京の局につながるためだ。その上、恐らく悪名高きロシア軍情報部が旧式の盗聴機器を使って密かに盗み聞きしているからに違いない。

『そうです。わが臨時革命委員会はキム委員長から朝鮮民主主義人民共和国の全権を委譲され、今後は我々臨時革命委員会が共和国政府と軍を代表する。わが臨時革命委員会は委譲された権限により、直ちに共和国憲法を停止する決定を下した。これにより金体制は本日をもって崩壊したことを宣言したい』

「つまり、今後は臨時革命委員会が共和国政府を代表するというのだね。では国連特別代表として貴政府に、こちらから提案しよう。もはや、貴国の敗北は避けられない。貴国も国民の惨状を思い、これ以上無駄な血を流すことがないようにするため、即時無条件降伏を勧告する」

クリスチャンソン博士は単刀直入に切り出した。回線の中で声が反響した。ややあってから梁東吉中将の声が返った。

『……無条件降伏は受け入れることができない。共和国は降伏はしないが、国連安保理と日米韓三国政府に即時停戦を提案したい。我々もこれ以上無駄な死を国民に強いるつもりはない。停戦を受け入れてくれれば、我々臨時革命政府は、ＵＮＴＡＫを含むすべての安保理決議を受け入れる用意がある』

　クリスチャンソンは溜め息を洩《も》らした。

「また停戦を提案するというのかね？　これまでも貴国は何度となく停戦を提案しているが、安保理も日米韓三国政府も、貴国の提案を拒否してきた。なぜなら、貴国は戦争当初において、再三再四にわたって安保理決議を無視してきたではないか？　即時停戦は、あくまで貴国の即時無条件降伏をおいてないことを通告する」

『安保理や日米韓三国の最終的目的は、わが共和国の崩壊にあるのではなく、金体制の打倒にあったと理解している。われわれは共和国人民自らの責任として、クーデターを起こし金体制を打倒した。これ以上、安保理や日米韓三国がわが共和国への攻撃を続行するのは、自ら安保理決議の範囲を逸脱し、事実上、南朝鮮の韓国による南北朝鮮武力統一を行うことになる。わが臨時革命委員会は、共和国臨時政府として、韓国による武力統一は絶対に容認できない』

　クリスチャンソンはジェンキンズＰＫＦ司令官と顔を見合わせた。

「私は国連から与えられた特別代表としての権限を行使して、安保理決議を執行するだけだ。韓国による北朝鮮武力統一にはならないことを保証する」

『臨時革命委員会としては、残念ながら、閣下の言葉をそのまま信じることはできない。わが臨時革命政府は、もし、我々の即時停戦提案が受け入れられない場合、そして、国連軍や日米韓三国軍による攻撃があくまで続けられる場合は、核爆弾を爆発させる』

「脅しだ。北朝鮮軍は核を持っていても、わが国に撃ち込むミサイルや運搬手段はない。なにも恐れることはない」

ジェンキンズPKF司令官はクリスチャンソンに囁《ささや》いた。

『これは脅しではない。わが臨時革命委員会は、わが停戦提案が拒否され、韓国に武力統一されるのなら、核爆弾を爆発させ、国連軍や日米韓三国の将兵もろともに自爆する。すでにピョンヤン市内中心部に水爆を運びこんであり、起爆装置がいつでも作動できるように用意してある。私の言葉が信用できないなら、専門家を派遣してくれれば、我々の水爆を公開してもいい』

「これは脅しではありませんぞ。梁東吉中将は決してブラフは使わない男です」

横からショーロホフ少将がいった。ジェンキンズPKF司令官はガニマール参謀長と顔を見合わせた。重苦しい沈黙の時が流れた。

「梁将軍閣下、これ以上無益な抵抗は止《や》めなさい。国連安保理は、そうした脅しには絶対に屈しないことを断言する。たとえ、どんなに犠牲を出しても、そうした脅迫は容認できない」

『では、我々の提案を拒否するというのですね？』

「そうはいっていない」

　クリスチャンソンは額に吹き出した脂汗を拭《ぬぐ》った。自分の返事ひとつに、何万何十万人もの国連軍や米韓連合軍の将兵や、何百万人ものピョンヤン市民の命がかかっていることを思うと、責任の重大さを感じたのだ。

「緊急に安保理で協議しなければならない問題だからだ。検討の時間がほしい」

『ぜひ検討していただきたい。結論が出るまでは、起爆装置にスウィッチを入れることはないことを保証する』

「もし停戦提案を受け入れたら、臨時革命政府は必ず責任を持って、安保理決議を受け入れる、ＵＮＴＡＫを受け入れるというのですな」

『受け入れる。責任をもって』

「返事は、いつまでの期限だね？」

『明後日、四十八時間、この時間までにお願いしたい。無用な引き延ばしは困りますので』

「分かった」

クリスチャンソンはちらりと時計に目をやった。電話回線は切れた。ジェンキンズPKF司令官やガニマール参謀長は、すぐさま立ち上がった。

「参謀委員会の非常呼集だ」

クリスチャンソンはワイシャツの腕を捲《ま》くって秘書官に命じた。

「至急にニューヨークに電話を入れろ。緊急安保理開催の手続きを取るんだ。それから、ワシントンと日本の総理官邸に電話をしろ」

2

東京・総理官邸総理執務室　7月25日　午後11時半

電話を終えた法眼首相は満面の笑みを浮かべ、ソファに座り直すと、息を飲んで身を乗り出している閣僚たちを一瞥《いちべつ》した。

「諸君、喜べ。朝鮮戦争は終わる。ハリソン大統領も、北朝鮮の停戦提案を飲む決断を下した。常任理事国の日米両国が、足並みを揃えて、北朝鮮の新たな提案を飲むと決めた以上、緊急安保理が停戦に反対することはない」

閣僚たちは、いっせいに拍手をして喜んだ。互いに肩を叩き合い、停戦を祝った。

「とうとう勝ちましたね。防衛大臣、おめでとう。ご苦労さん」

閣僚たちは陣内防衛大臣に歩み寄り、握手を求めた。陣内防衛大臣は感涙に目をこすりながら、閣僚たちに頭を下げた。

「これも前線に出て血と汗と涙を流した大勢の自衛隊員たちのお陰だ。そればかりではない。この日が来るまで、一致団結して、未曾有《みぞう》の国難に耐え、原発被害やミサイルの被害にも耐えて、頑張り通した国民の皆さんのお陰でもある。この朗報を、一刻も早く、マスコミで発表し、国民の皆さんに安心して貰《もら》うべきでしょう」

陣内防衛大臣は感極まった声でいった。法眼首相が丸坊主の頭を撫《な》でながらいった。

「気が早いな、陣内防衛大臣。停戦は、確かに決まったようなものではあるが、やはり最後の仕上げはちゃんとしないといかん。まもなく緊急安保理が開かれる。その決定が出るまでは、発表してはいかん。どこに妨害する国がいるか分からないからな」

奈良橋外相もうなずいた。

「総理のおっしゃる通りです。戦争は終わるが、これからが大変だ。北朝鮮はUNTAKを受け入れたが、韓国はUNTAKに不満を抱いていますからね」

「どうしてですか？」

ハト派の戸塚国土交通相が首を傾《かし》げた。奈良橋外相は頭を振った。

「韓国は、これで北朝鮮との戦争に勝ったわけですからね。勝った以上は、韓国主導で南北統一を果たしたい。韓国政府は必ずそう言い出すでしょう。韓国政府はこれまで安保理決議を受け入れては来たが、あくまで自国に都合のいい条項だけを承認していて、都合の悪い項目、UNTAKの統治には受諾を保留してきましたから。北朝鮮が韓国の武力統一に反発したのは、その点ですからね。韓国を説得するのが大変でしょうな」

「一難去って、また一難かね」

鎌倉法相が呟《つぶや》いた。若手の神戸官房副長官が口を挟んだ。

「それに韓国人の民族意識の問題もあるのではないですか？　いくらUNTAKを受け入れたとはいえ北朝鮮の人たちにも、韓国人にも民族の誇りがある。たとえ相手が国連であろうが、国連主導で、つまり他人の力で、民族統一はしたくない。南北朝鮮の統一問題はあくまで韓民族・朝鮮民族の手で解決したい。他国に余計なお節介はしてほしくない。そう考えるに決まっています。これまで彼らは歴史的にわが国をはじめとする外国に痛い目に遭わされていますからね」

「神戸くん、きみはわが国が朝鮮に何をやったというのかね？　たしかに日韓併合や創氏改名をやったり、植民地支配をしたかもしれないが、朝鮮のためになることもしたはずではないかね？　なんでも歴史を悪い方にねじ曲げて考え、マイナス面ばかりあげつらっていては、将来の日本人のためにいかん。いまの教科書が左翼の史観ばかり載せているのはけしからん」

鎌倉法相は神戸官房副長官に食って掛かった。熊本経済産業大臣が反発した。

「法相、大臣とも思えない発言ですな。そういう誤った歴史観を持っているから、韓国や近隣アジア諸国の反発を買うのですぞ」

「まったく。常識を疑う。右派の人間はまったく過去を反省していないから困る。そんな考えでいると、わが国は世界から総スカンを食うだけですぞ」

栗林厚生労働相も助太刀した。今度は陣内防衛大臣が色をなした。

「何をいうか！　鎌倉先生は正直に日本人の思いをいったまでではないか。これまでわが国は歴代の首相が韓国や中国に、過去に日本が犯した過ちに何度も謝罪をしてきた。しかし、一方的にわが国だけが悪いのではないことは、どんな歴史家も認めているではないか！　アメリカだって、西欧列強だって、アジアやアフリカ、さまざまなところに植民地を造り、現地の人たちをひどい目に遭わせた。日本だけが悪いわけではない……」

閣僚たちは侃々諤々《かんかんがくがく》の議論を始めた。中丸官房長官が大声を張り上げた。

「諸君！　静まれ。閣議不一致は困るな。いいかね。わが内閣は挙国一致内閣であることをお忘れなく。まだ朝鮮有事は終わったわけではない。種々の異論はあるのは承知の上で作った救国内閣なのだから、自説を他人に押しつけないように」

法眼首相はにやにや笑いながら、頭を叩いた。

「こんな議論がやれるというのは、わが国に平和が戻ったということだよ」

それまで黙っていた枕崎財相が口を開いた。

「ともかく、いま戦争が終わることを喜びましょう。誰もその点では異存はないでしょう？　これでわが国は助かった。若い人の貴重な命も、そして大切な国民の財産もこれ以上失わずに済む。それだけでも本当に有り難いことではないですか？」

閣僚たちは静まり返った。みんな財相のいう通りだとうなずき合った。

「これから難民問題やら原発被害の対策に本腰を入れねばならない。心してかかろう」

法眼首相は重々しい口調でいった。

3

ピョンヤン西城《ソソン》地区・国連ＰＫＦ部隊進駐地域　７月27日　１８１５時

散発的に銃声が反響していた。頭上を越えて、弾丸が空を切って飛んだ。

82式指揮通信車の車体の陰に隠れていた中央即応連隊戦闘団の橘連隊長は憮然として旅団司令部の命令を聞いていた。

『各部隊は現在位置において前進を中止し、即時停戦せよ。射ち方止《や》め。総司令部から全部隊に停戦命令が出た。繰り返す。前線部隊の全指揮官に告ぐ。わが軍は敵の停戦申し入れを受け入れ、停戦する。全部隊は直ちに、射ち方止め。戦争は終わった！』

無線通話が喧《やかま》しくがなりたてていた。

第2中隊長の大山1尉は不精《ぶしょう》髭《ひげ》を撫でながら、顔をしかめた。

「連隊長、敵が停戦を申し入れたということは、わが方が勝ったということですかね？」

「分からん。しかし、ともかく、停戦は停戦だ。銃を射つのを止めろということだ」

橘1佐は怒ったようにいい、通信兵の中田陸曹に前線司令部に無線電話を入れて、再度停戦命令を確認しろ、と命じた。

大山1尉は呆然として、目深《まぶか》に被《かぶ》ったヘルメットを押し上げた。

射ち方止め？　戦争が終わった？　停戦協定が発効したというのか？

大山1尉はまだ信じられない思いで、コンクリートの瓦礫の山陰から、夕闇に覆われ始めた広場に目をやった。広場中央にそそり立っていた巨大な金正日像は台座付近に命中した対戦車ミサイルの爆発で、階段の上に覆い被さるように倒れている。斜めに突き出していた銅像の腕は、コンクリートの床に倒れて激突した際に、肩の付け根からざっくりと裂けて折れ曲がっていた。

広場のあちらこちらに北朝鮮軍のT72戦車や歩兵戦闘車が五、六輛擱座し、黒焦げの残骸をさらしていた。味方のドラゴンが破壊した車輛だ。こちら側の路上には、反対に敵の対戦車ロケット弾を受けて撃破された味方の96式装輪装甲車や73式装甲車の残骸があった。

第3集団軍左翼攻撃隊の陸自中央即応連隊戦闘団、第5旅団三個連隊戦闘団は、イギリス軍機械化旅団やフランス軍機械化旅団などと共に、ピョンヤン北東部に進出していた。

中央即応連隊戦闘団は、第6連隊戦闘団、第27連隊戦闘団に先行して、ピョンヤン西城地区に突入し、小高い娥媚山《アミサン》の麓に位置した烽火《ポンファ》芸術劇場前の金正日総書記広場に到達したところだった。なお、27連戦闘団と6連戦闘団の第5旅団主力は、中即連戦闘団が迂回した、広場手前にあるキム・ジョンウン55号官邸と内務省社会安全部本部ビルを激戦の末に制圧し、同所を占拠している。

金正日広場に入って左手には烽火芸術劇場の建物があったが、連日の空爆で崩れ落ちていた。広場を挟んだ向かい側には、北朝鮮の秘密警察の本拠・国家保衛部本庁舎と、キム・ジョンウンの護衛隊である護衛総局のビルがあったが、その二つのビルも、これまでのアメリカ空軍の度重なるピンポイント爆撃で、ほぼ全壊して瓦礫の廃墟と化していた。

　中即連隊戦闘団は二度にわたって、広場の向こう側の建物に潜む敵軍に正面攻撃をしかけたが、敵軍もT72戦車や歩兵戦闘車BMP―1を繰り出して反撃してきたため、二度とも撃退された。敵も背後に故金日成主席の遺体が安置されている錦繡山《クムスサン》記念宮殿や地下戦闘指揮所があると見られる人民武力部の建物が控えていることもあって、必死なのだ。そのため、中即連隊戦闘団もなかなか広場を越えられずにいた。

　広場を挟んだ向かい側の三、四百メートル先には、爆撃でほぼ半壊したビルがあり、その建物の窓には、敵の優秀な狙撃兵が潜んでいた。ちょっと物陰から頭を出すだけで、敵狙撃兵が正確な射撃をしてくる。それも、敵兵は射った直後、すぐに移動してしまい、銃の噴射炎が見えた窓に集中砲火を浴びせても、狙撃兵を沈黙させることができずにいた。敵は歴戦の狙撃中隊と見られた。そのため、大山第2中隊は死傷者が続出していた。

　敵は対戦車ロケット弾や対戦車無反動砲も装備しており、うかつに戦車や装甲車を近付けるのも危険だった。

　そのため大山中隊長は、対戦車攻撃ヘリ部隊の支援を要請、空からの支援を受けながら、戦車、装甲車を出して、再度対面のビルにいる敵を攻撃掃討しようと企図していた。その矢先に、ＰＫＦ総司令部から「前進中止命令」が出たのだ。

それは「次の攻撃命令が出るまで、現在地で待機せよ」という命令だった。そのため、丸一日以上足止めを食った。攻撃を一時中断された部下たちの苛立ちは頂点に達していた。その待ちに待った「次の命令」がなんと「停戦命令」だとは、思いもよらなかった。

なんてことだ！　こうと判《わか》っていたなら、前進中止命令を無視してでも、もっと強引に攻撃を続けて、向かいの敵を叩いておくべきだった。

大山1尉はむざむざ殺されていった部下たちを思い、悔しさで、後悔の臍《ほぞ》を噛《か》んだ。

「連隊長、旅団本部、出ました」中田通信兵が告げた。

橘1佐は送話マイクを手に取った。

「こちら中即連隊、旅団長はおられるか？」

ややあって、旅団長の森本陸将補の声が聞こえた。

『連隊長、聞こえるか？』

「聞こえます。停戦というのは本当ですか？　送れ」

『本当だ。たしかに敵さんの方から停戦を申し入れてきたのだ』

傍らで2中隊の通信兵・斎藤陸士長や相馬陸曹たちが聞き耳をたてていた。2小隊長の小島3尉も固唾を呑んで身を乗り出した。

橘1佐は念を押すようにいった。

「では、わが方が勝利したのですね？　敵さんが手を上げたのだから」

『そうだ。事実上の勝利だ。敵さんは戦意を喪失した。だから、停戦を申し込んできた。国連安保理は北朝鮮の停戦提案を受け入れる決定をした。戦争は終わったよ。総司令部から全前線部隊に敵の停戦を受け入れて、一切の攻撃を停止せよといってきている。送れ』

森本旅団長の声もやや興奮気味で上擦《うわず》っていた。

「了解。我々も停戦します」

橘連隊長は無線電話を切ると、大山1尉に命じた。

「射ち方止め！　敵が射ってきても応戦するな！　即時停戦だ」

「分かりました。みな聞いたか？　射ち方止め！　停戦だ」

大山1尉は不満ではあったが、司令部命令とあってはなんともしがたく、部下たちに大声で怒鳴った。通信兵は無線で各中隊に命令を伝達しはじめる。

「戦争は終わった！」「勝ったぞ。敵に勝ったんだ」「万歳！」

夕闇の中で本管中隊の隊員たちは互いに肩を抱き合い、手を叩き合って、喜びの声を張り上げた。なかには、まだ停戦を信じられないような顔で、放心している者もいる。

周辺の物陰や装甲兵員輸送車の陰に隠れている他の小隊の隊員たちは、何事かとこちらを見ていたが、停戦命令が出たと知らされるにつれ、どっと歓声を上げた。

「射ち方止め！　停戦だ！」「現在位置にて停戦」「勝った勝った」

停戦命令を伝える声は、まるで燎原《りょうげん》の火が拡がるように、次から次へと建物の陰や瓦礫の廃墟、装甲車輛の陰に潜んでいる隊員たち全体に広まっていった。その度に隊員たちから歓声や万歳の声が上がる。隊員たちは誰彼と構わず、抱き合い、躍り上がって喜んだ。隊員たちのなかには感激に涙をこぼす者もいた。

右手や左手の味方の陣地からも、どよめくような歓声や花火代わりに空へ向けて射ち上げる銃声がそこかしこから聞こえてきた。だが、相変わらず敵の潜む陣地の側は、不気味に静まり返っていた。

通信兵の斎藤陸士長が頰《ほお》をゆるめて笑った。

「敵さんは、やけに静かだな」

「そりゃそうさ。負けたとあっては、こちとらみたいに意気が上がるはずがないじゃないか」

相馬陸曹が煙草をくわえ、ポケットのマッチを探しながら笑った。隊員たちは口々に喋りだした。

「敵さんには、まだ停戦の命令が出ていないのかもしれない」

「しかし、停戦は向こうからの申し入れだろう？　知ってるはずだ」

「だけど、戦争が終わって、よかった。これで四か月ぶりに、故郷で待っている女の顔を見ることができる」

「待っているかね。最近の女は、そんな甘くはないぜ」

「そうそう、帰ったら、きっと他の男にくっついているぜ。いまから覚悟しておいたがいい」

「もてない連中のひがみってもんだ。だけど、心配だな。最近手紙が来ないんだ」

「だろう？　若い女が四か月も待っているか？」

「いい女ならなおのこと、男が競って口説いているぜ」

「畜生！　おまえら、それで戦友か」

大山一尉は隊員たちのお喋りや談笑を聞き流しながら、銃撃されて戦死した部下の一人ひとりを思い浮かべた。負傷して後方の野戦病院に搬送された部下たちの容態を心配した。戦死した部下たちの遺族には、なんと報告したらいいのか？　帰ったら、まず部下たちの家を一軒ずつ訪れて、戦死した時の様子を悲しみにくれる遺族に告げなければなるまい。大山は、それを思うと気が重くなった。

いきなり、銃弾が装甲を叩いて跳んだ。対面の暗闇に乾いた銃声が轟いた。もう一発の銃弾が大山の肩を掠《かす》めて飛んだ。

「伏せろ！」

大山は怒鳴り、車体の陰に身を寄せた。みんなは一斉に物陰や車輛の陰に隠れた。

火のついたマッチを持った相馬陸曹が、がっくりと頭を垂らし、ゆっくり前のめりに崩れ落ちた。

「相馬陸曹！」

隊員たちが慌てて駆け寄り、相馬陸曹の体を物陰に引きずり込んだ。大山も駆け寄り、相馬の体を揺すった。相馬の指が握っていた燃え差しが指を焼いていた。

相馬陸曹は頭を撃ち抜かれて、即死していた。斎藤陸士長は泣きながら叫んだ。

「畜生！　何が停戦だ。敵の野郎、向こうから停戦を申し入れてきたってえのに。ふざけやがって！　殺してやる」

斎藤陸士長は八九式小銃を向かいの建物に向け、いきなり射ち出した。

「畜生！　畜生！　畜生！」

他の隊員たちも物陰や車体の陰から敵に銃を向け、喚《わめ》き声を上げながら、ばりばりと射ちまくった。橘連隊長が指揮通信車から飛び出した。

「待て！　射ち方止め！　大山1尉、止めろ」

「射ち方止め！　止めろ！」

大山1尉も隊員たちを怒鳴りつけ、バリケードや物陰から隊員たちの襟首《えりくび》を摑《つか》んでは、ひっぺがした。

「隊長！　相馬陸曹が可哀相《かわいそう》です！　戦争が終わったのに殺されるなんて」

涙をこぼした隊員が抗議して叫ぶ。大山は怒りを抑えながら大声で命令した。

「停戦になったからといって、油断するな！　まだ戦争は完全には終わっていないんだ。相馬陸曹のようになりたくなかったら、絶対に敵に気を許すな！」

ようやく銃声は止み、静けさが戻った。隊員たちの戦勝気分はすっかり吹き飛んでいた。敵陣からは射ち返してこなかった。

大山1尉は怒りを抑えこみ、相馬陸曹の首から認識票の鎖を引き千切った。ジュラルミン製のドッグ・タッグが、からからと乾いた音をたてた。それはまるで骨が鳴る音に聞こえた。

4

妙香《ミョヒャンサン》山山麓秘密別荘・地下防空避難所　7月27日　0900時

キム・ジョンウンは、部屋の中を見回した。

部屋には故金日成大首領と故金正日首領の肖像画が飾られ、大型のカラーテレビやビデオ・デッキ、豪華なステレオ・コンポなどが設置されてあった。そこは金正日首領様が生前に、万が一地方に出ている時、戦争になった場合のために用意した地下防空避難場所の一つだった。外から見る限りは、こんもりと茂った林に取り囲まれた一軒のひなびた山荘だったが、十年以上前から、その地下深くには核戦争にも耐えられる地下シェルターが造られていた。

かつて一度父の金正日首領と訪れたことがあるが、まさかその地下シェルターに連行され、側近たちと一緒に監禁されるとは思いもよらなかった。金英哲副委員長やソン・グアンシク国家保衛部長たちは、隣の高級幹部室に閉じこめられている。部屋の中にいる限りは、何をしていようが自由だが、ドアには厳重に鍵がかけられ、廊下には監視の兵士たちが常時立哨していた。

地下ということもあって、ほとんど外の気配は分からず、爆弾の爆発する地響きすら聞こえてこない。朝食を運んできた娘も、警備兵たちの厳しい監視もあって、何をきいても「はい」とか「いいえ」以外は、目を伏せたまま答えようとしなかった。

手持ち無沙汰もあって、部屋に保管されていた古いハリウッド映画のビデオから、ヒッチコックの『北北西に針路を取れ』を取り出し、ビデオ・デッキにかけた。お気にいりのロスマンズが切れたので、机の煙草入れにあったマールボロを抜き出し、何本かを立て続けに吸った。以前に何度も観た映画だったが、主人公のケーリー・グラントが広大なトウモロコシ畑の中で、飛行機に追われるシーンの時には、思わず自分が監禁されていることも忘れて見入っていた。

映画も終わって、ポットのお茶を湯呑みに注いでいた時、ドアの外が騒がしくなり、ドアが開かれた。銃を構えた警備兵や高級参謀将校たちを従えた梁東吉中将が現れた。梁中将は直立不動の姿勢を取り、きちんと敬礼した。

「お迎えに上がりました。キム・ジョンウン同志、ご同行をお願いします」

キム・ジョンウンは皮肉たっぷりにいった。

「ほう。私をどこで処刑しようというのかね。遠慮しないでいい。ここでピストル自殺を装って殺す方法もあるではないか?」

「金同志をチャウシェスクのような目には遭わせません。ご安心を」

「ほほう。有り難いことだな」キム・ジョンウンは冷やかにいった。

「臨時革命委員会は、停戦協定調印にあたり、国連軍やアメリカ軍が必ずや要求してくるだろうキム同志の引き渡しを拒否することを決定しました」

「何?　停戦協定だと?　敵に降伏するというのか!　腰抜けどもが」

「臨時革命委員会は、わが共和国を崩壊させる前に、国連と和睦することを決めたのです。決して敗北したわけではありません」

梁東吉中将は警備隊の隊長に「ご同行願え」と命じた。二人の下士官長が進み出て、敬礼してからキム・ジョンウンの両腕を取った。キム・ジョンウンは腕を払った。

「私は自分で歩ける。どこへでも連れていけ」

梁東吉中将はうなずいた。くるりと踵《きびす》を返し、先に立って廊下に出た。キム・ジョンウンは梁東吉中将の後に続いて廊下に出た。ぞろぞろと警備兵や参謀たちが背後から付き添った。

「梁中将、国家保衛部長たちは、連行しないのかね？」

「国家保衛部長や護衛総局長たちには、ここに残っていただきます。彼らはいずれ人民法廷にかけられることになりましょう」

「そして、どうなるのかね？」

「朝鮮民族を戦争に追いやった責任や、これまでに犯した重大犯罪について罪を問われましょう」

「きみたちだとて、戦争責任はあるはずだろうが。自分たちは無罪で、私や彼らにすべての責任を押しつけるつもりだろう。裏切り者のやりそうなことだ」

「我々もしかるべき時に、人民への責任を取るつもりです。キム・ジョンウン同志や彼らにだけ戦争責任を押しつけるつもりはありません」

梁東吉中将に導かれて、エレベーターに乗り込んだ。エレベーターは、ゆっくりと上昇して停止した。ドアが開き、梁東吉中将は先に立って螺旋《らせん》状の階段を登った。

外部の明かりは、さすがに眩《まぶ》しかった。キム・ジョンウンは目を手で蔽《おお》いながら、山荘の中の部屋に入った。どこかで爆音が轟いていた。

「こちらへ」

梁東吉中将はキム・ジョンウンを玄関の外に導いた。玉砂利を敷いた玄関先には、警備兵一個小隊が銃を手にして整列していた。キム・ジョンウンは、これから庭先にでも造られた処刑場に連行されて、銃殺されるのだと覚悟した。

号令がかかり、警備兵たちはキム・ジョンウンに捧《ささ》げ銃《つつ》をした。警備隊長の大尉は、緊張した面持ちでキム・ジョンウンに敬礼した。キム・ジョンウンは整列した警備兵に挙手の答礼をした。

「さて、どこで銃殺してくれるというのかね」

梁東吉中将は黙って、庭先に手を差した。キム・ジョンウンはうなずいて、両脇に警備兵を従え、梁東吉中将と一緒に歩き出した。背後から警備隊の隊列が軍靴を鳴らして行進してくるのが分かった。

「梁中将、ロスマンズはあるかね？　最期の願いとして、一服呑まして貰いたいのだが」

「残念ですが、私は煙草を吸いません。部下たちもロスマンズは持っていないと思います。国産の下級煙草はあるかもしれませんが」

キム・ジョンウンは前方の広い庭に、一機のずんぐりした胴体の中型ヘリコプターがローターを回しているのに気が付いた。AS332シュペルピューマ・ヘリコプターだった。ヘリコプターの胴体には、赤い星のマークが見えた。

ヘリの前に立っていた数人の中国軍高級将校たちが梁中将を迎え、にこやかに笑いながら抱擁《ハグ》し合った。彼らはキム・ジョンウンに対しては姿勢を正して敬礼した。いずれも中国陸軍、空軍の高級将校だった。

「お迎えに参りました。キム委員長同志」

一人の中国軍上将が丁寧な朝鮮語でいった。梁東吉中将はキム・ジョンウンに向き直った。

「キム・ジョンウン同志には、中国へ亡命していただきます」

「亡命だと？」

「はい。中国政府は、これまでのわが国との歴史的な長い友好同盟関係を考え、キム・ジョンウン同志の亡命受け入れを承諾しました」

梁東吉中将はうなずいた。

「もし、嫌だと拒否したら？」

「残念ながら、戦犯として国連軍に引き渡すことになります。仮にも国家元首だった同志を国際法廷にかけるような目に遭わせることはできません。ぜひ亡命をお願いします」

　キム・ジョンウンも、国際法廷にかけられる屈辱を受けるくらいなら、自決した方がましだと思った。だが、亡命先で、余生を送るつもりもなかった。この際は、起死回生を考えて、一旦は中国への亡命も悪くはない。いずれ、復活の可能性もある。

「よろしい。行こう」

「有難うございます」

　梁東吉中将は安堵した表情になった。中国軍上将がにこやかに笑みを浮かべた。

「中国政府と中国共産党は、心からキム委員長同志を熱烈歓迎いたします。すでに金正哲同志をはじめ李雪主《リソルジュ》夫人や金与正《ヨジョン》らご家族の皆さんが、用意した邸《やしき》でお待ちしています」

「家族？」

　キム・ジョンウンは中国軍の将軍たちに案内されて、ヘリコプターの機上に乗り込んだ。ヘリはＶＩＰ専用機で、機内にはゆったりとした上等な座席が用意してあった。将軍たちは梁東吉中将と握手を交わして機上に乗り込んできた。

　また指揮官の号令が聞こえた。ヘリコプターの傍らに並んだ警備兵たちが、機上のキム・ジョンウンにいっせいに銃を捧げた。梁東吉中将をはじめ、高級参謀たちがキム・ジョンウンに最後の敬礼をした。キム・ジョンウンは、ゆっくりと挙手の答礼をした。

タラップが引き上げられ、扉が閉じられた。ローターの音が高鳴った。巻き起こった風が樹木の枝や梢をしならせた。土埃を上げて機体がふわりと浮揚した。

キム・ジョンウンを乗せたヘリはゆっくりと北に向きを変え、飛行しはじめた。舷窓から下を見ると、梁東吉中将たちが風圧に煽《あお》られながらも、いつまでも見送っていた。キム・ジョンウンは座席に身を沈め、目を瞑《つむ》った。

ヘリは二機の中国空軍殲撃10型戦闘機に護衛されながら、中国国境に向かった。

5

板門店会議場　7月28日　午前11時0分

壇上に居並んだ朝鮮民主主義人民共和国臨時革命政府代表団の中から、首席代表の黄卓在《ファンタクチェ》革命委員会委員長が立ち上がり、おもむろに白いテーブルクロスのかかった中央の大机に歩み寄った。同時に国連特別代表のクリスチャンソン博士も神妙な顔で机に近付いた。ついで国連ＰＫＦ司令官ウィリアム・ジェンキンズ大将、アメリカ政府のジョン・ギブスン国務長官、韓国政府代表の金周泳《キムジュヨン》首相、日本政府の奈良橋外相、韓米連合軍司令官のトーマス・A・ホーナン大将が続いた。共和国側からは、人民軍の新最高司令官に就任した許錫萬次帥、ソウル防衛軍総司令官の金永祚大将、南朝鮮解放軍総司令官の金知浩《キムジホ》少将が立って歩み寄った。オブザーバーとして、中国政府、ロシア政府、フランス政府、イギリス政府など関係各国の外相が出席して、調印式に立ち合った。

先の代表二人は机の上に拡げてある何通もの停戦協定書や和平協定書に、用意された万年筆で、すらすらと署名の筆を走らせた。壇の下に陣取ったカメラマンたちが一斉に二人と彼らを取り巻く代表たちにフラッシュをたいた。テレビカメラが調印の一部始終を撮影している。続いて、ジェンキンズPKF司令官や金永祚司令官をはじめとする代表たちが次々と署名していった。

二人の代表は署名が終わると、互いに歩み寄り、握手を交わした。また一斉にフラッシュの光が会議場の壇上を照らした。会場に詰め掛けた各国代表や北朝鮮、韓国の代表たちが拍手をした。歓声が上がった。

雨崎は記者席から、停戦協定や和平協定の調印式を眺めながら、複雑な感慨に耽《ふけ》っていた。

これで正式に停戦協定と和平協定は発効し、明日から本格的な国連PKOが開始されるのだ。だが、停戦協定が発効しても、気が遠くなるような難問が山積みされていた。

停戦交渉でも冒頭から最も難航したのは、まず停戦後の兵力引き離しと相互撤退をどうするのかということだった。国連軍・韓米連合軍側と北朝鮮軍側は、冒頭からお互いに停戦協定違反をなじり合う非難の応酬から始まった。さらに停戦時の占領地を少しでも拡大しようと双方が停戦ラインの線引きで激しく対立した。互いに不信感をぶつけあっての交渉だったが、中国、ロシア両国とＡＳＥＡＮ諸国の必死の仲介で、双方は矛を収め、まずは停戦協定を結ぶことで合意した。

ようやく仕切り直して始まった和平会談で、北朝鮮側は国連ＰＫＦ軍と米韓連合軍、中国ＰＫＦ部隊、ロシアＰＫＦ部隊の北朝鮮地域からの即時撤退を要求した。それに対して、国連側は北朝鮮が保有している核兵器を引き渡せと要求し、さらにＰＫＯ実施のためにと撤退を拒否した。その一方で米韓連合軍はソウルからの北朝鮮軍即時撤退を要求している。

結局、撤退・兵力引き離し問題については、第一にピョンヤンとソウルから、南北両軍が同時相互撤退することになった。第二に国連ＰＫＦ軍の北朝鮮占領地域と韓国進駐地域については、韓国北朝鮮両国がそれぞれ受け入れを承認する第三国や中立国を中心に新たに編成される国連ＰＫＯ部隊が進駐し、漸次国連ＰＫＦ部隊と交代して撤退することで合意された。それまでの間は、国連兵力引き離し監視団が進駐し、停戦違反防止の監視にあたることも合意された。核兵器の引き渡しは北朝鮮がすぐには応じず、話し合いがつかず継続協議となった。

　ＵＮＴＡＫ設置問題でも、会談は決裂寸前まで行くほど大揉《おおも》めに揉めた。北朝鮮側は、ＵＮＴＡＫについて、事前に停戦条件として受け入れを承認していたこともあって、消極的ではあるが賛成した。だが、韓国代表が南北統一は自分たちでやるとして、猛烈に反対し、一時は席を蹴って退席する場面もあった。その韓国政府代表をなんとか説得して席に戻したのはアメリカ政府と日本政府だった。韓国は、経済破綻《はたん》をしている北朝鮮を、国連や日米の援助なしに抱え込んだら、かつての西ドイツ以上の経済打撃を受けてしまうだろう。それよりも、国連主導、国際社会の援助の下に、北朝鮮の経済を再建させつつ、南北格差を少なくして、統一をした方が、韓国の経済復興にもメリットになると説得したのが効を奏したのだった。

　ＵＮＴＡＫが活動を始めたら始めたで、次々と難問が出てくる。まず、最初に問題になるのは、ＵＮＴＡＫを進めるのに障害になる各派各勢力の武装解除をどうすすめるか？　北朝鮮軍を武装解除するには、韓国軍の武装解除をしなければ応じないだろうし、南朝鮮解放軍、韓国内民主化運動各派、南朝鮮労働党李延安《イヨナン》派、同慶東煥《キョンドンハン》派など各派各勢力も、容易には自ら進んでは武装解除しないだろう。国連ＰＫＦ部隊が撤退するにつれ、彼ら武装勢力の跳梁は避けられない。彼らを説得して、武力を使わずに、統一民主選挙で、民衆の支持を取り付けるようにするのは、容易なことではないだろう。

第二に、安保理でも決議された戦争犯罪裁判をどう行うのかも問題になる。国連側は北朝鮮臨時政府に、戦争犯罪人としてキム・ジョンウンの国際司法裁判所への身柄引き渡しを要求しているが、いまのところ北朝鮮政府はキム・ジョンウンの処遇について明確な回答をしていない。一方で、キム・ジョンウンは中国かロシアへの亡命が噂されている。

戦争中の虐殺や政治犯への人権侵害についての責任者追及裁判も、今後の課題だ。さらに、国連ＰＫＦ部隊と交代して進駐する国連ＰＫＯ部隊は、どこの国から派遣されるか？

中国とロシアは、それぞれの占領地域に、自国に都合のいい政治勢力を育てようとしていた。中国やロシアに後押しされた彼らが、放置すれば北朝鮮北部地域では侮れない武装勢力になりかねない。彼らをいかに統一民主選挙に参加させるかも、近い将来に必ず問題になる。

軍事的政治的問題だけでなく、すぐに問題になるのは、北朝鮮の食糧危機をどう解消するかである。戦争で破壊された田畑を回復し、農業をどう再建するのか？　田畑を回復するには、事前に全土にばらまかれた何十万何百万個もの地雷処理を誰がどう行うのか？　庶民の生活の建て直しも時間がかかるだろう。親兄弟を失って孤児になったり、浮浪者になって彷徨う子供たちの収容や彼らへの学校教育も焦眉《しょうび》の問題になる。

南北朝鮮の経済格差をどう少なくするか、いかに経済復興させるか、巨額な戦費借款をどう返済するか、日本や中国など周辺諸国に流れ出ていた大量の難民をいかにして本国に戻すか、日韓の拉致家族の捜索などなどまったく頭の痛い問題ばかりが揃っているのだ。

「おい、雨崎、どうした？　浮かない顔をして」

肩をどんと叩かれた。雨崎は振り向いた。サンケイ新聞の松田記者と読売新聞の小西記者がにやにやと笑っていた。少し離れた場所で、韓国人記者と話し込んでいる毎日新聞の女性記者杉原萠の姿があった。

「戦争は終わったけど、これからむつかしい問題が山積みされているなって考えていたんですよ」

「このまま反政府武装勢力各派が、大人しく国連のいうことを聞くとは思えないしな。北の方では、キム・ジョンウン派の残党がパルチザン闘争を開始するという情報が入っているしな」

雨崎のみならず、小西も松田も、朝鮮の将来を憂えていた。

「まあ、無責任な言い方になってしまうが、なるようになるとしかいいようがないな。人間は強いからな。朝鮮人は、しかも根性があるから、多少のことではへこたれない。それだけが希望だと思う」

「まったく。いまでこそ、日本人は軟弱になったが、かつては太平洋戦争で二度と立ち上がれないのではないか、と思われるほど手痛い打撃を受け、未曾有のどん底時代を通り過ぎたにもかかわらず、戦後十年くらいで見事に立ち直った。そればかりか、戦後日本は戦前よりも民主的で、経済的にも裕福な国になった。日本人にもできたのだから、他の国の人間にできないことはない」

「まあ、そういうこと。いま先のことをいくら心配してもどうにもならん。なるようになるって開き直った方が、むしろ事態は好転するものさ。心配するよりも産むは易《やす》しだ」

小西は、なおも続いている停戦協定・和平協定の調印式の様子を見ながらいった。

「そうなんでしょうね。それを聞いたら、少し気が楽になった」

雨崎は正直にいった。松田が向き直った。

「ところで、おまえの支局の金炳旭《キムビョンウク》助手、その後の消息は分かったのかい?」

「それが、坂東支局長も必死に探しているんですが、どこかの政治犯収容所に入れられたことは分かっているんですが、調べがつかないんです」

「俺のところの助手が、管理所から脱走してきた難民の一人から、金炳旭という囚人がいたのを覚えているといっていたのを聞いたそうだ」

「え？　本当ですか？」

雨崎は驚いて身を乗り出した。これまで片時も金炳旭助手のことは忘れていない。絶対に見付けだすつもりでいた。

「間違いないですか？」

「ああ。その難民は、金炳旭って男は、三十代後半の痩せた背の高い男で、新聞記者をしていたっていうから、きっとおまえのところの助手だと思うんだ」

「きっと、そうだ。で、どこに居たというのですか？」

「第15管理所ということだ。白山《ペクサン》の麓《ふもと》にある収容所で、寧遠《ヨンウォン》という町からそれほど遠くない山間《やまあい》にある収容所だということだ」

雨崎は急いでノートにメモをした。

「ソウルに帰ったら、早速、坂東支局長にかけあって、探しに行きます」

「気をつけろよ。白山付近は、キム・ジョンウン支持派のパルチザンがいるって話だからな。やつらは日本人に反感を抱いている。そんなところへ、容易には入れないぞ」

「そうですか。でも、金炳旭助手はなんとしても助けなければならない。まだ収容されているかも知れない」

雨崎は金炳旭助手の屈託ない笑顔を思い浮かべた。絶対に探しだす。雨崎はあらためて心に誓うのだった。

6

白山《ペクサン》山麓　7月28日　午後3時半

どのくらい眠っただろうか？　鮮于は草叢に横たわったまま、ふと目を覚ました。人の声を聞いたように思った。耳を澄ましたが、雲雀《ひばり》が天空で囀《さえず》る声が聞こえるだけだった。それから、西南の方角を飛ぶジェット機の爆音だ。

太陽の角度を目分量で計った。おおよそ午後の3時半と見当をつけた。このところ、ほとんど爆弾の炸裂する音や遠雷を思わせる遠い砲声が聞こえない。だいぶ戦場から遠くに離れたのか、それとも基地で聞いた噂通りに停戦になったのだろうか？

それでも用心に越したことはない。昼間動き回るのは、敵に見つかる公算が大きい。昼間は人目のつかぬところで休み、夜暗くなってから移動する。それが鉄則だった。

昼間、草叢や木陰に穴を掘り、草木で体を隠して潜んでいる。その時、どれほど敵の部隊を見かけたことだろうか。相手はさまざまだった。国連軍もいたし、南朝鮮カイライ軍の特殊部隊もいた。驚いたことに中国軍の偵察隊もいたし、味方の敗残兵の集団もいた。味方の敗残兵の時には、余程出ていこうと思ったが、止めにした。上級将校がいない場合は自分が彼らを安全な地帯まで連れていかなければならなくなる。上級将校がいたらいたで、命令を聞かなければならなくなり、白山の第15管理所を探すこともできなくなる。まずは母や幼い弟と妹たちを捜し出し、助けだしてからのことだった。特殊軍団に戻るにしても、尊敬する蘇参謀長はじめ、702旅団766連隊の上官たちは、全員戦死してしまった。そうだとすると自分には帰る場所がないということになる。帰っても、どうせ見知らぬ人間しかいない他の部隊に配属されるのがオチだろう。

766連隊は、いってみれば自分にとっては家と同じだった。隊員たちはみな家族だった。その懐かしい家族がいなくなってしまったのだ。

風がそよいだ。体を蔽った草や木の葉が風に揺れて、かさこそと音をたてた。鮮于は、そっと手を動かし、ポケットに入っている塩の袋を摘《つま》み出した。基地を出るときに、非常食として貰ったものだ。乾パンや干し肉はとっくに食べてしまった。手近の草の葉をくわえ、よく噛みしめた。青臭い苦汁が口に拡がる。塩を舐《な》めて、苦味を抑え、飢えをしのいだ。水気のものを取り、塩さえ舐めていれば、まず体力は続く。

かすかに悲鳴が聞こえた。息も絶え絶えの切羽詰まった若い女の声だった。鮮于は、ふと善愛《ソネ》の顔を思い浮かべた。そっと胸に下げた十字架に触った。また悲鳴だ。男たちの笑う声もする。子供の泣き声も聞こえた。赤ん坊の声に思えた。

鮮于は穴から、そっと起き上がった。草や木の葉を身に纏《まと》ったままの格好だった。草叢の中に潜んでいる限り、敵には見つかり難い。きっと近くに敵がいるに違いないと思った。噛んでいた草を吐き出した。代わりに小石を拾い、シャツに擦《こす》り付けて、土をよく落としてから口に頬張《ほおば》った。小石をしゃぶると唾液が出て、一時的にだが、渇きが止まる。

鮮于は銃を抱え、姿勢を低く構えて、声が聞こえた方角に向かって前進をはじめた。草叢から草叢に移り、木陰や木立の茂みを選んで動く。いつでも射てるようにAK74突撃銃のスライドを引いた。弾丸が装填される音が聞こえた。突撃銃の銃身に着いているプラスチック製の折り畳み式銃剣を引き出した。細身の銃剣には刃がついていないので、敵を刺殺するしかない。

東の方角には白山の頂きが見えた。白山の名前の通りに、頂き近くの岩肌は白く、遠目には、まるで雪を被ったかのように見える。石灰岩の岩山なのだろう。

鮮于は山の斜面を真横に突っ切った。斜面の先には小さな谷間がある。人の声は谷間の方角から聞こえていた。集落があると見当をつけていた山間だった。

斜面が切れた。荒れ果てた段々畑があった。わずかばかり生えているトウモロコシは倒され、実もほとんどついていない。畑は大勢の人間の靴で踏み荒らされている。長い葉は引き千切られ、茎の根元からへし折られている。畑の畔《あぜ》からは泥鰌髭《どじょうひげ》のような根が露出して、すっかり乾き切っていた。食べ散らかしたトウモロコシの実が小石混じりの土の上に散乱していた。

敵の兵隊どもが、さんざん食い散らしていった跡に違いない。鮮于は内心怒りで煮えくり返る思いだった。小川のせせらぎの音が聞こえた。

段々畑の中の小道を下った先に数軒の農家の荒《あば》ら家《や》が見えた。板張りの屋根には赤ん坊の頭ほどの石が重しに載せてある。貧しい集落だった。

農家の周りに防風林の木立があった。防風林と呼ぶにはお粗末な丈の低い雑木林だった。疎林になっているのは薪《まき》として乱伐したせいだ。鮮于は故郷の村を思い出した。自分の家と大差ない貧しい農家だった。焚火《たきび》の青い煙が立ち昇っていた。肉を焼く香ばしい匂いや煮物がたてる旨《うま》そうな匂いが漂ってくる。

家の中から、かすかだが女の泣き声が間断なく聞こえた。一軒の農家の庭先に男たちの姿があった。いずれも汚れた迷彩服をだらしなく着ている。ヘルメットを首に下げて、上半身裸の男もいた。みんなは庭先の木陰や葉陰にてんでんばらばらに座り、地べたに置いたヘルメットに入れた食べ物を箸《はし》や匙で口に運んでいた。

焚火には大鍋がかけられ、肉や野菜を煮込んでいる様子だった。木の枝に刺した肉が焚火の炎に焙《あぶ》られてジュージューと音をたてていた。庭の木には、皮を剝《む》かれた山羊の体の一部が吊されていた。その下の地面には黒い血溜《ちだま》りができ、切り離された山羊の頭部が杭の先に突き刺してある。

やがて家の中から、ズボンを引き上げながら、一人の男が出てくるのが見えた。外にいた男たちが、その男を卑猥《ひわい》な言葉を投げてからかった。出てきたばかりの男は、頭を掻《か》きながら、ズボンのベルトを締めた。その男が出てくるのを待っていたかのように、別の男が家に入って行った。

男たちは卑猥な笑い声をたてながら、家の方に目をやり、仲間を囃《はや》したてた。またかすかに女が泣き叫ぶ声が聞こえた。

鮮于はかっと血が頭に上るのを覚えた。口の中の小石を吐き出した。男たちが何をしているのか、おおよそ見当がついた。すぐにでも飛び出していきたくなる気持ちを無理遣り抑えこんだ。

やつらは何者か？　人数も数えるんだ。落ち着け。

鮮于は男たちの軍装や携帯している銃器に目をやった。

五八式突撃銃や軽機関銃、対戦車ロケット弾ＲＰＧ―7のランチャーが、庭の木の根元に乱雑に立て掛けてあった。枝に予備弾倉帯や手榴弾が架けてある。

鮮于は唇を噛んだ。敵の部隊ではなかった。野戦迷彩服やヘルメットの形から、味方の敗残兵の一団だった。おそらく行きずりの民家に押し込んで食糧を掠奪《りゃくだつ》し、欲望のおもむくままに女を犯しているのだ。鮮于はむらむらと怒りが込み上げた。

これが、たとえ敗北したとはいえ、人民軍兵士のやることか？　情けない。なんということだ。恥を知れ、恥を！

すぐにも飛び出していって、止めようと思った。だが、殺気立った連中が見も知らぬ、直属の上官でもない自分のいうことを聞くだろうか？

鮮于は銃器の数を数えた。五八式突撃銃が十挺とＰＫ機関銃一挺、それにＲＰＧ—7が一挺。庭にいる男たちの数は八人。家の中に三、四人はいることになる。他にも、どこかに見張りが一人か二人はいるはずだった。計十三、四人。ほぼ一個分隊相当の兵力だ。

こちらはたった一人。それに武器はＡＫ74自動小銃一挺と軍用ノリンコ五四式手槍（自動拳銃）一挺。それに軍用短剣一振り。弾丸は弾倉の30発と拳銃弾８発。

やめろといって、やめる連中ではなさそうだった。上官らしい男はいない。下士官上がりの力の強いやつが隊をまとめているのだろう。迂闊《うかつ》に出ていって、中尉の階級をひけらかし、無理に止めようとしたら、射ち合いになりかねない。敗残した兵士たちに上官の権威など通用しないに違いない。まともに戦ったら、多勢に無勢、いくら相手が敗残兵とはいえ、こちらに勝ち目はない。

それに、たとえ犯罪者だとはいえ、やはり味方の兵隊を殺すのは嫌だった。彼らもひもじさのあまり、押し入ったのに違いないからだ。自分にも覚えがある。どうしても空腹に耐えかねて、通りすがりの民家に忍び込んで、食物を盗んだことがある。いまだって、これ以上腹が減ったら、自分も彼らと同じような掠奪をやるかもしれない。女に飢えていれば、女に襲いかかるかもしれない。彼らと自分は五十歩百歩ではないか？　自分に彼らを責める資格はない。ここで時間を潰《つぶ》すつもりはなかった。自分にはやることがある。母さんや弟妹を無事助けなければならない。黙って見過ごすしかないではないか。いったい自分に何をやれというのか？　鮮于は自分の良心に耳栓《みみせん》をするように言い聞かせた。

ここで彼らの所業を見てみぬ振りをしているのも辛かった。居たたまれなかった。鮮于は段々畑の小道を外れ、集落を迂回することに決めた。山の斜面を登り、上流で沢を越えれば集落を通らずに済む。旨そうな匂いを嗅いだせいで、自分の意に反して腹の虫が鳴きだすのも情けなかった。

鮮于は草木が疎らに生えた斜面を進み、集落から離れた沢の上流に出た。岸辺に腹這いになり、渓流のせせらぎに顔をつけ、冷たい水を飲んだ。飲みながら血の臭いを嗅いだ。鮮于は身を起こし、あたりを見回した。対岸の水辺の草叢に裸足の足が並んでいた。

鮮于は身を屈《かが》めて渓流を渡り、対岸の水辺に移った。草叢に老人が俯《うつぶ》せになって倒れていた。地面に大量の血が流れ出した跡があった。鮮于は頸動脈《けいどうみゃく》に手を触れた。まだ脈があった。抱き起こした。胸や腹に何か所も刺し傷があり、そこから血が流れ出て、粗末な野良着が真っ赤に血で染まっていた。老人の顔面は蒼白だったが、まだ意識はあった。

「誰にやられた？　あの連中か？」

鮮于は集落に顎をしゃくった。

「……仲間……だな」

老人は顔を歪《ゆが》めた。目に憎しみの光があった。顔にまで迷彩塗料をつけた鮮于を彼らの仲間と思ったのだ。鮮于は迷彩服の襟に着いている中尉の階級章と胸の特殊軍団の部隊章を見せた。

「俺はやつらと違う。特殊軍団の将校だ。いったい何があった？」

「助けてください……やつらは……を襲った。パルチ……に協力しろと、食べ物を出せ……って。みな殺される……、娘や孫を助けて……」

老人は苦しげに息をついた。死相が現れていた。長くはないと鮮于は感じた。

「パルチ？　やつらはパルチザンだというのか？」

老人はかすかにうなずいた。目に涙が浮かんでいた。

「……孫を助けて……お願いだ」

老人は鮮于の手をしっかりと握り締めた。その力が急に抜けていった。老人の頭が鮮于の腕の中でがっくりと垂れた。老人の口から深い息が吐き出された。目はかっと開かれたままだった。鮮于は老人の目蓋《まぶた》を指で押さえて閉じた。

パルチザンだと？　あの連中が人民を解放するパルチザンだと！

鮮于は憤怒に腹の中が煮えくり返った。許せない。革命の軍隊が無辜《むこ》の人民を殺し、人民から掠奪をするのは許せない。やつらがパルチザンであるはずがない。やつらは偽パルチザンだ。

老人を静かに草叢に寝かせた。鮮于は銃を持ち直した。身を屈め、沢伝いに荒ら家の集落の方角に戻りだした。

かすかに煙草の臭いがする。鮮于は静かに沢の岸辺を移動する。敵に気配を気付かれずにじりじりと時間をかけて動く。木立の開けた岩の上に見張りが座っていた。そこからは小石だらけの荒れ果てたトウモロコシ畑や田圃《たんぼ》の中を通る小道が見下ろせた。幹線道路から集落に通じる小道だった。

鮮于は銃を置き、背中に括《くく》り付けた軍用短剣を抜いた。黒塗りの刃をくわえ、岩の背後に忍び寄る。見張りの兵士は、なにかの気配を感じたのか、不意に後ろを振り向いた。鮮于は傍らの草叢と同化し、気配を消した。草木で偽装し、草叢に隠れると、特殊訓練した兵士でない限り、ほとんど見破られることはない。

見張りは首筋を撫で、また辺りに目を向け、煙草をくゆらせた。鮮于は小石を掴み、兵士の斜め前の草叢にそっと投げた。見張りは物音がした方角に注意を向けた。鮮于はつつつっと走り寄り、背後から見張りに飛び掛かった。声をたてる前に短剣を喉元にあて、一気に頸動脈と気管支、食道を切り裂いた。喉元からどっと鮮血が宙に迸った。鮮于は見張りの男を後ろに引き倒した。男はほとんど声もたてずに絶命した。

鮮于は見張りの男の体を探った。人民軍第6軍団第22師団所属の下戦士の身分証を持っていた。男の胸に下げていた手榴弾を取り外し、自分の胸のポケットに括り付けた。男の死体は草叢に引きずり込み、草や木の枝を被せて隠した。岩の上にあった五八式突撃銃を持ち、自分のAK74自動小銃も拾って、集落裏手の防風林に走りこんだ。

荒ら家は全部で五棟ほどある。パルチザンたちは、その中でも一番大きな東側の家に集まっている様子だった。鮮于は北側の外れの家屋の裏に忍び寄った。裏手の戸が開いていた。鮮于は五八式を背中に背負い、手慣れたAK74を手に構え、戸口に近寄った。戸口に老婆が朱に染まって倒れていた。家の中を窺った。暗がりに生臭い血の臭いが充満していた。土間や上がり框《がまち》に、倒れている人影が見えた。ぴくりとも動く気配はない。

鮮于はやや離れた二軒目の荒ら家に進んだ。途中、堆肥を作る厠《かわや》兼用の肥溜《こえだ》めがある。その肥溜めにも、頭から汚物の中に放りこまれた子供の足が見えた。糞まみれになった中年女の体が肥溜めの縁から半身を出している。鮮于は汚物の臭いに嘔吐《おうと》しそうになるのをようやく我慢しながら、隣の家屋の土壁に身を寄せた。

こちらの家の裏手の扉も壊されて、開け放ったままになっている。納屋の扉も開いたままだ。鮮于はまず納屋の中を覗いた。がらんとした納屋の中に上半身を裸にされた上に、後ろ手に縛られた格好で、その家の主人らしい男が転がっていた。ナイフで掻き切られた喉が、大笑いした口のように開いていた。

母屋の農家の裏口に忍び寄った。その家の中も血の海だった。数人の男たちが土間に折り重なって倒れていた。いち早く死臭を嗅ぎ付けた金蠅《きんばえ》銀蠅が飛び回り、鮮于の顔にも纏《まと》わりついた。

表の方で、人の話し声が聞こえた。賑《にぎ》やかに笑いながら連中が引き揚げていく。

「出発！　急げ、日が暮れるまでに、基地に戻る」

「……、行くぞ」「……下戦士！　早く戻れ！」「ぐずぐずするな！　置いていくぞ」

仲間が見張りの男を呼ぶ声が聞こえた。

鮮于は農家の土壁に張りついて、銃を構えた。話し声がだんだん遠くなっていく。

鮮于は家の側面に回りこんだ。土塀に走りこみ、声の遠ざかる方角を窺った。十数人のパルチザンの一隊だった。彼らの何人かは銃器の他に、山羊の肉やトウモロコシなどの食糧を山のように積んだ籠《かご》を背負っていた。

一隊はやがて木立の中に消えていった。鮮于は銃を手に、彼らが焚火をしていた庭に移動した。焚火はまだ燻っていた。辺りには食べ散らかした跡があった。吊した山羊の肉や杭に刺した首は無くなっていた。彼らが食料として持ち去ったのだ。

鮮于は母屋の戸口に近寄った。先刻まで女の泣き声が聞こえた家だ。戸口から中を覗いた。家の中は静まり返っていた。ここも血の臭いが充満していた。暗がりに目が慣れてきた。鮮于は土間に足を踏み入れた。仕切り戸が外れて斜めになっていた。奥の部屋には、下半身を丸裸にされた娘が大股を開いた格好のまま転がっていた。娘の腹は裂かれて、内臓がはみ出していた。部屋の鴨居《かもい》に母親らしい女が全裸の姿で、首を吊っていた。

吊り下がった女は口を斜めに開き、恨めしそうに鮮于を見下ろしていた。その女の顔を見て、鮮于は不意に日本の対馬に攻め込んだ時の惨劇を思い出した。あの時、自分が殺した女も同じような顔をしていた。

鮮于は思わず後退した。口を押さえた。嘔吐が胸の奥から込み上げてくる。鮮于は土間に跪《ひざまず》いた。胃の中から胃液混じりの水を大量に吐き出した。吐いても吐いても嘔吐感が込み上げた。苦しくて涙がこぼれた。

その時、土間の隅にボロ布に包んだ物が転がっているのに気が付いた。白い肌の小さな足が捻《ねじ》れている。赤ん坊だった。鮮于は赤ん坊に触った。赤ん坊の頭はざっくりと割れて脳漿がはみ出していた。

鮮于は母屋から転がるように走り出た。涙が溢《あふ》れて仕方がなかった。

7

ソウル　7月28日　午後2時15分

雨崎はようやくの思いで、埃だらけの支局の掃除を終えた。戦争が始まってまもなく、追われるようにしてソウルを出て以来、ほぼ三か月ぶりの支局再開だった。不通になっていた電話回線も衛星経由の一本を確保したので、電子メールで原稿を送ることができる。留守の間に、北朝鮮の国家保衛部が書類や何やらを引っ掻き回した跡があったが、重要な書類は秘密のアジトに移してあったので、問題はなかった。一応、支局長の席も掃除してある。

坂東支局長はまもなくソウルに入ってくる国連停戦監視団やUNTAK先遣隊に同行して、空路釜山《プサン》から再開した金浦《キンポ》空港に到着することになっていた。

雨崎は支局のドアの鍵をかけ、急いでビルの階段を駆け降りた。ホテルの前には、チャーターした黒塗りのセダン「現代《ヒョンデ》」が待ち受けていた。闇のハイヤーで、チャーター料金はべらぼうに高かったが、さりとてタクシーもほとんど走っていない以上、足を確保するために止むを得ず雇った運転手付きの車だった。

「金浦空港ね。超スピードで着く。心配ない」

運転手はどこで覚えたのか、日本語でいった。崔《チェ》は、機転のきく要領のいい男だった。戦前は日本商社に専用運転手として雇われていたといい、北朝鮮軍の占領下にあったソウルでも、ホテルに出入りしていた北朝鮮軍高級幹部の専用運転手をして、結構稼いでいたというから、生活力がたくましい。

車は信号も点いていない通りを猛然と走りだした。崔は交差点に入っても速度を緩めようとせず、しょっちゅうクラクションを叩き、ヘッドライトをパッシングさせながら突破する。

ソウル市民は停戦発効の喜びに大いに沸き立っていた。繁華街の明洞《ミョンドン》では、早速気の早いブティック店や百貨店が停戦祝賀記念投げ売り大売り出しを始め、女性客が殺到して通りまで列をなしていた。

市内各所に設けられた北朝鮮軍の検問所や防空陣地は、部隊が武器を持って撤収したため、土嚢だけががらんとして残っていた。人々はどこに行くにも自由で、どこに隠れていたのか、北朝鮮軍の占領下にはほとんど見られなかった乗用車が大通りをわがもの顔に走り回っていた。

地下鉄やバスも動き出し、盛り場や市場には大勢の客が溢れていた。大通りにまで闇市の露店が並び、人の波が途切れることはない。ソウルは一日で昔の賑わいを取り戻しつつあった。

車はソウル中心部を抜け、漢江《ハンガン》の麻浦《マポ》大橋を渡って、爆撃の跡も生々しい汝矣島《ヨイド》を抜けて、金浦空港にひた走りに走った。漢江を渡る橋は、国連軍・米韓連合軍側が、ソウル市内に進攻する上で必要だったこともあって、敢えて爆撃しなかった。そのため橋だけはいずれも無事だったのだ。

空港に近付くにつれ、通りの両脇には黒焦げの装甲車輛や戦車が放置されていた。爆撃で破壊された対空陣地が、あちらこちらに目立つようになった。

爆撃で瓦礫の更地になった場所で、上半身裸になった兵士たちが、サッカーに興じていた。雨崎ははじめて兵士たちがくつろいでいる姿を見る思いだった。彼らも平和の訪れに、ほっとしているのだ。

空港は見る影もないほど、戦争前とは変貌していた。近代的なターミナル・ビルは、爆撃でほぼ全壊していた。駐車場は黒焦げに焼けた車輌で占められている。空港出入口を護《まも》る防空陣地は爆弾で吹き飛ばされ、敷地の中には装甲車や戦車の残骸が無数に転がっている。

さすがに空港の警備だけは、まだ解かれておらず、空港の入り口には銃を持った野戦迷彩服の韓国兵士が出入りする車の一台一台をチェックしていた。装甲兵員輸送車が門の内外に待機して、乗員が機関銃を通りに向けていた。

車は長い列を作っていた。雨崎は車窓から空港を見た。滑走路には、すでに何機ものC―130輸送機が着陸していた。国連停戦監視団やUNTAK要員を運ぶ国連軍の輸送機だった。予定よりも早い到着だった。

北朝鮮軍と韓国軍の同時相互撤退の準備のため、国連停戦監視団の第一陣が金浦空港に到着したのだ。国連停戦監視団と一緒にUNTAK本部設置のための職員も乗り込んでくることになっている。

「まずいな。飛行機がもう到着している」

「大丈夫、大丈夫。奥の手使うね」

崔はにんまりと笑うと、長蛇の列から脇に抜け出し、対向車線に入って強引に前方に走りだした。韓国軍の兵士が呼び子を鳴らし、駄目だと手を振った。崔は構わず車を入り口の前に乗り付けた。兵士が怒って、「駄目だ駄目だ」といいながら、崔に銃を向けて帰れという仕草をした。雨崎は心配になった。崔は少しも騒がず、ダッシユボードから一枚のステッカーを取り出してフロントガラスに貼った。韓国軍司令部の緊急通行許可証だった。高級将官の星のマークが並んでいる。

兵士は銃を捧げ、敬礼した。掌《てのひら》を返したように、他の車を止め、最優先で崔の車を通した。兵士は雨崎に敬礼した。韓国の高官と間違った様子だった。

「大丈夫ね」

崔はにんまりと笑い、車を空港の敷地内に乗り付けた。ターミナル・ビルは瓦礫の山になっているので、空き地に臨時のテントが並んでいた。軍用バスが駐車場に並んで待機していた。バスの胴体には、真新しい白いペンキで、UNの文字が鮮やかに描かれていた。雨崎はカメラを肩にかけて車を降りた。

ちょうど駐機場に着いた輸送機から、カーキ色のザックを担いだブルー・ベレーの将校たちが降り立って、こちらに歩いてくるところだった。北朝鮮軍将校たちが、硬い表情で出迎えている。敷地にはロープが張られ、北朝鮮軍兵士たちが銃を構えて警戒していた。

ロープの手前に報道陣のカメラマンやテレビ・クルー、新聞記者たちが集まって、カメラの放列を並べていた。松田記者や小西記者たちの顔も混じっている。雨崎も彼らの一団に加わった。

「おい、雨崎、あれはおまえんとこのボスじゃないか」

松田がブルー・ベレーの隊列の後ろを指差した。

エプロンに駐機した別のC―130輸送機から、私服姿の一団が降り、こちらに歩いてくる。UNTAKの国連職員たちの一団だった。白人や黒人のスタッフに混じって東洋人のスタッフの姿があった。その一団には、報道陣も随行しており、その中に坂東支局長の顔があった。坂東はしきりにUNTAKの職員の一人に質問し、話を聞いている。

「おいおい、またおまえんとこに抜かれるのかい？　嫌だねえ」

小西が鼻を鳴らした。

「同行した日本人記者はあいつだけだもんな。俺たちはロープの外。不公平だと思わないか？」

東京新聞の斎藤記者がぼやいた。雨崎は笑った。

「まあまあ。いつも、抜かれていましたから、今日ぐらいはバシッと頂いておかないと本社のデスクのご機嫌が悪いんですよ」

そういいながら、雨崎はUNTAK職員の一行に顔見知りの男を見付け、小躍りした。

「おおい、杉浦じゃないか！」

雨崎は近付いてくる一行に向かって激しく手を振った。杉浦弘は高校時代の同級生で、親友でもあった。恋人のあさみの兄でもある。

「おう、雨崎」

杉浦も笑顔で手を振った。雨崎は、杉浦と一緒に来る青年を見て驚いた。その青年も雨崎を認めて、ちょこんと頭を下げた。

「やあ、文基《ムンギ》くんじゃないか！」

「しばらくです！　雨崎さん」

朴文基は顔をくしゃくしゃにほころばせた。

8

用意されたテントや広場を使い、国連停戦監視団とＵＮＴＡＫ準備事務局一行に対する簡単なレセプション式が開かれた。

型通り韓国軍と北朝鮮軍のが歓迎挨拶した後、国連停戦監視団長のインド人将軍とＵＮＴＡＫ準備事務局のドイツ人代表がスピーチをして、国連が用意したＣレーションを食べながらの交歓会になった。

「なんだ、雨崎の知り合いだったのか」

坂東は雨崎が杉浦や文基と握手をして抱擁し合い、互いの無事を確かめ合っているのを見て、驚いた様子だった。

「文基、きみの彼女はどうなった？　逢えたのか？」

「あ、ジョンヒのこと、覚えていましたか？　逢いました。彼女も、まもなく釜山からこちらに派遣されると連絡してきました」

「今度、必ず紹介しろよ」雨崎は笑いながらいった。

「ええ。必ず」

「いい娘だった。俺は紹介してもらった。彼女は韓国海軍の軍属でアナウンサーをしている。美人だ。こいつの彼女でなければ、俺が口説いていたところだ」

杉浦が朴文基のことを小突いた。

「しかし、俺も驚いたな。文基君が、UNTAK要員になっていたとは」

「あれから、ぼくもいろいろ考えて、やはり戦争に行くよりも、UNTAKに参加して、韓国のために、いや朝鮮統一のために働きたい。それが自分には合っているって、そう思ったのです。だから、釜山で国連事務局がUNTAKの現地要員を募集していると聞いて、早速応募したんです」

「そうか。きみは確か弁護士志望だったね。光州《クワンジュ》で遇った時、きみは将来人権派の弁護士になるって宣言していたものな。UNTAKは、きみにぴったりの選択かもしれない」

雨崎は文基の肩を叩いた。杉浦が文基の背中を押した。

「文基君には、俺と一緒に働いて貰うことになったんだ。セクションは、選挙管理事務局の設営だ。統一民主選挙を、いかに平和裡《り》に実施するか、その準備をすることになっている。UNTAKでも、一番ハードな部署でね。朝鮮統一問題は我々の双肩にかかっている。ちょっとオーバーかな」

杉浦は文基と笑い合った。坂東が口を挟んだ。

「そんなことはない。選挙を実施するには、問題が山積みになっているからな。選挙をされると都合の悪い連中が各所にいる。きみらは、その連中をなんとか選挙に参加するように説得しなければならないのだから、一番大変な部署だよ」

杉浦は真顔になった。

「そこまではしませんが、いずれ関係者たちの間の意見調整などで似たようなことはしなければならないでしょうね。我々がやるのは、政党法の整備、選挙の法的裏付けの整理、選挙人の資格や条件、被選挙人の条件や立候補手続き、選挙資金、選挙区の区割り、民主的選挙運動の周知徹底方法、選挙違反の取締法の整備などなど、別の意味では大揉《おおも》めになりそうな問題ばかりですからね」

「それだけやり応《ごた》えのある仕事です。将来のための勉強にもなる」

文基は雨崎ににっと笑った。坂東は杉浦にきいた。

「ところで事務局次長にきいたが、一緒にＵＮ犯罪調査委員会が来ているんだって？」

「ええ。オーストラリア人のジョンが、その担当ですけど」

杉浦はすぐ後ろで国連停戦監視団の将校たちと談笑している銀髪の白人に目をやった。

「ＵＮ犯罪調査委員会というのは？」雨崎が訝った。

「戦争犯罪調査チームだよ。北朝鮮の政治犯収容所の調査をしている」

坂東は雨崎にうなずいた。坂東が金炳旭の消息を聞き出そうとしているのだと分かった。ジョンは精悍な顔つきの男だった。

「ジョンはオーストラリアの検事局から出向してきた人でしてね。長年、ボスニアやイラクなどの国の政治犯や戦犯の追及をしてきたベテランです」

「杉浦くん、そのジョンを紹介してくれないか？　うちの助手が北朝鮮の国家安全保衛部に逮捕されて、政治犯収容所に収容されているらしいんだ」

「ジョン！　ちょっと来てくれないか」

杉浦は振り返り、ジョンを呼んだ。ジョンは将校たちに「失礼」といって、こちらの話の輪に加わった。杉浦は坂東や雨崎を紹介した。ジョンは握手を交わすと、すぐに打ち解けた。坂東が金炳旭は第15管理所に入れられていたらしいと告げると、すぐに興味を示した。

「第15管理所に入れられているというのですか？　そこは知っている。白山《ペクサン》という山の麓にある管理所で、場所も衛星写真で特定している。現地からの情報では、まだ管理所は解放されていないということで、我々も重大な関心を抱いている管理所のひとつだ。それにまだ未確認の情報だが、日本人拉致家族も、そこに収容されているらしい」

「え？　拉致家族も？」雨崎は身を乗り出した。

「まだ確認がとれていない話ですよ」

「それでもいい。そこへ乗り込むことはできませんかね？」

「非常に危険だ。狼林山脈一帯では、停戦合意に反対した北朝鮮軍の一部キム・ジョンウン支持派がパルチザン闘争を始めている。北朝鮮軍当局もパルチザンには手を焼いている。もともと味方だった連中だしね。特に白山山麓地域では、パルチザンの活動が活発で、昨日にもパルチザンに一つの集落全員が虐殺される事件が起こっている」

ジョンの話に坂東は首を傾げ、雨崎に顔を向けた。

「そんな虐殺事件があったのか？」

雨崎も頭を左右に振った。地元の新聞・放送も、そんなニュースは報じていない。

「私も、さっき国連ＰＫＦ情報部から聞いたばかりでね。今朝、村に戻った村人が、現地の国連軍部隊に通報してきた。北朝鮮軍や社会安全部に通報しても、何もしてくれないというので、わざわざ国連PKF部隊に駆け込んだらしい。集落の住民二十七人がナイフで喉を切られたり、殴り殺された。女たちの何人かは強姦《ごうかん》されて殺された。幼い子供や赤ん坊まで殺されていたそうだ。酷《むご》い事件だ」

「どうしてパルチザンの仕業だと？」

「その村はパルチザンに非協力的だったらしい。発見者の村人の証言では、数日前からパルチザンに協力しないと酷《ひど》い目に遭うぞと脅迫されていた。それで村人たちは、北朝鮮の警察に保護を求めていた。だが、警察は敗戦で混乱していて動けなかった。それをいいことにパルチザンは村を襲い見せしめにしたというのだ。周辺の村に、協力しないと、こうなるぞ、と」

「その村は調査するのですか？」

「もちろんだ。これは典型的な戦争犯罪だからね。UNTAKは虐殺事件を絶対に許さない。すぐにも調査する予定だ。ともかく白山周辺地域は第一級の危険区域だ。もはや北朝鮮軍はあてにならないので、国連PKF司令部は現地に部隊を緊急派遣して、停戦違反を繰り返すパルチザンの掃討作戦を行うことを決定した。北朝鮮軍司令部も渋々とだが了解済みだ」

「どうして北朝鮮軍は、動かないのかな。自分たちの軍隊なのに」

雨崎は率直に疑問を呈した。坂東が答えた。

「北朝鮮はもう軍を動かして戦う力がないといっていい。燃料も弾薬も食糧も足りない状態だ。それにかつての味方と戦うのは同士討ちしているようなもので士気も上がらない。キム・ジョンウンの影に怯《おび》えている点もある。どうです、ジョンの考えは?」

「そんなところでしょうね」

雨崎は口を挟んだ。

「ところで、さっきの話ですが、第15管理所に重大な関心を抱いているそうでしたね。調査に乗り込むのですか?」

「もちろん」

「いつです?」

「できる限り早く。ヘリで駆け付ける手配をしているところだ。中国軍やロシア軍が進駐した地域では、管理所に乗り込んで政治犯を解放しているからいいが、北朝鮮軍の支配地区では、まだ未解放の管理所が数か所ある。これは由々しい人権問題だ。第15管理所は、その一つだ。UNTAK本部が設置される前にも、我々が至急にそうした未解放の管理所を回って囚人を解放し、誰が責任者かを調査しなければならないでしょう」

雨崎は単刀直入にいった。

「第15管理所を調査する際に、ぼくも同行させて貰えませんか？」

「むつかしいですね。危険ですよ」

「じっとしていられないのです」

「ジョン、なんとか、こいつの頼みをお願いできないか？」

杉浦が口添えした。ジョンは大きなため息をついた。

「ヒロシ、あんたには、これまでいろいろ借りがあるからな。努力してみよう。いまはこれしか答えられない」

「有難う、ジョン」

杉浦はジョンの肩を叩いた。雨崎は杉浦に耳打ちした。

「いったい何の貸しがあるんだ？」

「日本でな、あさみの友達を紹介したんだ。いま、ジョンはその子と結婚の約束をしている。俺が結びの神ってわけだ」

杉浦はにやっと笑い、ジョンにウインクした。ジョンは思い出したようにいった。

「そうか。あんたがあさみさんの恋人のヒデユキか。彼女から、あんたの噂をよく聞いた。ちっとも手紙を寄越さないって嘆いていたぞ。悪い男だ」

「そうそう。あさみがよろしくっていってた。電話もくれないって文句をいっていた。俺は、あいつはそういういい加減な奴だって弁護しておいた」

「それじゃ弁護にならないだろうが。分かった。すぐにでも電話を入れるよ」

「そうしてくれ。あいつ、ああみえても、結構、寂しがりやだ。電話一本で幸せになれる女なんだ。頼むぞ、妹のこと」

杉浦は涼しい目で雨崎の肩を叩いた。雨崎はうなずいた。

それが杉浦との最後の会話になるとは、雨崎は夢にも思わなかった。

9

ピョンヤン　7月29日　午後2時

国連停戦監視団を乗せた二機の大型ヘリコプター・チヌークは、砂塵を巻き上げながら、ピョンヤン主席宮前の広場に着陸した。

護衛の攻撃ヘリ・アパッチ四機は、しばらく上空に留まっていたが、やがて西の方角に飛び去った。

杉原萠は、国連停戦監視団の団員たちが広場に降りた後、国連広報官の後ろについて地上に降り立った。

広場の周辺のビルは、ほとんどが瓦礫の山となっていた。米韓軍の空爆や巡航ミサイルによって破壊された跡だ。しかし、主席宮の建物だけは、奇跡的にほとんど破壊されずに残っていた。米韓軍があえて主席宮だけは狙いを外し、攻撃しなかったらしい。

かつて太平洋戦争時にも、米軍はわざと国会議事堂を爆撃対象からはずしたことがあった。日本政府や国会議員が敗戦の協議をするように、だったと聞いている。

国連停戦監視団は、ニコラス・アキン高等弁務官を団長にした国連事務局スタッフたちと、ＰＫＯ参加国の軍将校たちから編成されていた。業務は、文字通り停戦監視が主任務で、これからはじまる復興のための戦災被害実情調査も行なうことになっていた。

ピョンヤンに降り立った国連停戦監視団は、総勢三十人。あくまで第一陣で、三十人で監視業務をこなせるわけはない。ピョンヤンに前線本部を設置し、北朝鮮軍を掌握している革命委員会の臨時政府と協同して、停戦を実施しようというのだ。

国連事務局スタッフの近藤調査官が、笑いながらいった。

「杉原さん、一応、双方停戦合意しているが、いつまた火が点くか分からない。万が一、危険な事態になったら、すぐにここに戻ってほしい。そうなったら、我々はあなたの救出救援に行く余力はないので、そのつもりでいてほしい」

「了解了解。無理を承知で監視団に同行させて貰ったので、そのくらいの危険は覚悟はしています」

萠は防弾ベストを着込み、チャックを締めながらうなずいた。貸与されたブルー・ヘルメットを頭に被った。これで一人前の国連PKO職員だ。

防弾ベストの前と背には、大きな白い文字でPRESSと記してある。暑いので、ベストの下は、白のTシャツ一枚だけだった。それでも、チヌークから降り立った途端、直射日光を浴びると、体中から汗が吹き出した。

萠は、辺りを見回し、しめしめと思った。

各社とも、ソウルのUNTAK本部の取材で手いっぱいで、ピョンヤンには乗り込んでいない。

日本人記者として、いや世界のメディアの記者の誰よりも早く、ピョンヤンに一番乗りすることになる。

「ともかく、あまり我々から離れないこと。いいね」

「了解です」

萠は、そう答えたが、近藤調査官の指示に従うつもりはなかった。せっかくのピョンヤン一番乗りである。東京本社の太田デスクからも、いろいろ取材の指示を受けている。

広場の南と西と北三方の道路には、国連ＰＫＦ派遣の陸自部隊や米韓連合軍の部隊が集結していた。一方、東側の道路には、北朝鮮軍部隊の戦車が陣取っている。

国連停戦監視団の将校たちは、さっそく、北朝鮮軍、米韓連合軍、国連ＰＫＦ部隊の指揮官たちを集め、地図を拡げて話し合いをはじめていた。

停戦合意に基づき、双方が兵力を引き下げ、緩衝地帯グリーンゾーンを作る。それから、そのグリーンゾーンを各戦線に広めていくという、気が遠くなりそうな作業だ。

萠は、スカイプを使っての太田デスクとの会話を思い出した。

『ピョンヤンに入ったら、キム・ピョンイルに会え』

「キム・ピョンイルって、何者です？」

『分からん。それを調べるのも、おまえの仕事だ』

「分からない？」萠はむっとした。

『ある筋の話では、キム・ピョンイルは金一族の古老で、ジョンウンの後ろ盾だった男だそうだ。表には決して出ないなぞの人物だ』

「どこへ行けば、会えるのです？」

『三号庁舎だ。そこの三十九号室を訪ねろ』

「聞いたことがある部所ですね。もしかして、キム・ジョンウン委員長の金庫番とか」

『キム・ジョンウン委員長だけでなく、祖父の金日成主席や父の金正日総書記の外貨獲得を主任務としていた秘密機関だ』

「そこへ行けば、キム・ピョンイルに会えるのですね」

『いや、そこにいる白世峰を訪ねろ』

「白世峰ですね。何者なのです？」

『金正日総書記とキム・ジョンウン委員長の特別補佐官だった人物だ。別名として、李哲、あるいは李徹を名乗っている場合もある。日本や中国、ロシアにも太いパイプを持っているフィクサーだ』

「その白世峰に会えば、キム・ピョンイルにも会えるということですか？」

『まだ会えない。白世峰は、いま国外に出ている』

「じゃあ、白世峰を訪ねても意味ないじゃないですか」

『白世峰の名を出すだけで、相手が三十九号室の要員であれば反応する。白世峰は秘匿名で、要員しか知らない。そうしたら、おまえはヤマトの香西衛の使いだと名乗れ。そうすれば、相手はきっとキム・ピョンイルと連絡を取り、おまえに何らかの返答がある』

「ヤマトって、日本の秘密諜報機関ではないですか。香西衛って、もしかして…」

『ヤマトの司令だ。それ以上、俺に訊くな』

「でも、私、そんなヤマトの香西司令の使いじゃないですよ」

『分かっている。キム・ピョンイルに会うための方便だ。気にするな』

「気にしますよ。それで、キム・ピョンイルに会って、何を聴けというんですか?」

『キム・ジョンウンの消息だ。どこに監禁されているのか? あるいは、どこかに匿われているのか?』

「キム・ピョンイルなら、知っているというのですね」

『うむ。うちに入っている情報では、白世峰と日本人要員によって、秘密の停戦工作が行なわれていたらしいのだ』

「え? 日本人も絡んでいるのですか?」

『そうらしい。まだ確認は取れないが、拉致被害者救出作戦を行なった要員たちが、その後も残って工作をしているというのだ』

萠は胸が高鳴った。

「その日本人要員というのは、誰なのです?」

『名前が必要か?』

「お願い。教えて」

『しょうがないなあ。いま分かっているのは、牧原、秋山…』

「待って。秋山って、自衛隊の秋山晃和3佐のことですか?」

『なんだ、おまえ、知っているのか?』

「はい。秋山さんが」

萠は急に秋山の安否が心配になった。

「それで、秋山さんは無事なのでしょうね」

『分からん。戦死の通報は入っていないから、無事なんだろうよ』

萠はほっと安堵した。

「で、いま、どこに？」

『だから、いったろう？　白世峰と一緒に行動している。何をしているのか、それをキム・ピョンイルは知っているはずだ。それを聞き出すのが、おまえの仕事だ』

「は、はい」

『それから、なんとか、革命委員会の梁東吉副参謀長に会ってインタビューを取れ。分かったか？』

「了解です」

萠は心ここにあらずの思いで太田デスクの指示を聞いていた。

「萠さん、大丈夫かい？　何か心配事でもあるのかい？」

アントニオ中佐の陽気な声に、萠は我に返った。

アントニオ中佐は国連停戦監視団のイタリア軍将校だ。日本語も堪能で、ソウルの国連停戦監視団本部で会った時以来、何かにつけ、萠に声をかける。

「一緒に行くのだろう?」

国連停戦監視団のメンバーが、北朝鮮軍が用意したバスに乗り込もうとしていた。

「どこへ行くのです?」

「市内観光らしい。北の連中、停戦はしたが、まだ負けていないと、市内の無事だった官庁を案内するつもりらしい」

「行く。私もぜひ」

萠はアントニオ中佐を急かすようにして、バスに乗り込んだ。バスには、北朝鮮軍の美形な女性将校が案内役として乗っていた。

バスは、どこで調達したのか、ベンツのマイクロバスだった。車体は汚れていたが、十分に使用可能だった。

アントニオ中佐は、いち早く美人の女性将校に朝鮮語で話し掛けていた。

バスは走り出した。市内の通りの各所に、まだ無傷の北朝鮮軍の戦車や装甲車両が待機していた。

爆撃を受けずに残っているビルもいくつか見えた。案内していた女性将校がにこやかに笑いながらいった。

「何か質問は?」

萠は手を上げた。近付いて来た女性将校に萠は、三号庁舎の場所を尋ねた。

三号庁舎ビルは主席宮の建物に隣接した四階建てのビルだった。そのため、ほとんど空爆も受けずに無傷で建っていた。

萠は三号庁舎の玄関の石段を上がった。

玄関には番兵が立っていたが、萠が国連ＰＫＯの要員の格好をしていたので、無言で通した。

玄関ロビーには、受付の机があり、痩せた初老の男が座っていた。萠は日本人記者であることを告げた。

「なにか、ご用ですか？」

初老の男は流暢な日本語で話した。

「三十九号室をお訪ねしたいのですが」

初老の男はじろりと萠を見ながら、机の上の電話機を手に取った。

萠はバッグからスマホを取出し、会話の翻訳機能のアプリを押した。朝鮮語から日本語に瞬時に訳してくれる。

「…見知らぬ日本人女の記者が、そちらを訪ねて来ています。どうしますか？」

受話器を耳にあてたまま、初老の男は萠を見ていた。

どうやら、相手は追い払えといっている様子だった。萠は続けていった。

「白世峰さんにお会いしたい」

初老の男はぴくりと眉を上げた。受話器に白世峰の名を告げた。電話の相手から何かいわれた様子だった。

「白世峰は、いま不在とのことです」

「では、キム・ピョンイルさんにお目にかかりたいといってください」

初老の男の顔色がさっと変わった。受話器に口早に何事かをいった。

萠はスマホのモニターの表れた翻訳を読んだ。

『この記者、畏れ多くもホランイ様にお会いしたいといっていますが、どうしましょう？』

ホランイ様？

どういうことか、と萠は思った。

聞き違いか？　キム・ピョンイルに会いたいと申し込んだのに。

「あなたは、どういう関係の方ですか？」

初老の男は丁寧な口調で訊いた。

萠はわざとあたりを窺うようにし、小声でいった。

「ヤマトの香西衛の使いで来ました」

初老の男は受話器の口を手で覆い、相手に告げた。すると、相手が何事かいったらしく、初老の男は起立し、受話器をフックに戻した。

「室長がお会いするそうです。ご案内します。どうぞ」

初老の男は、受付を離れ、萠を階段に案内した。萠は機転を利かせて尋ねた。

「ホランイ様は、いらっしゃるのですか？」

「こちらにはいらっしゃいませんが、市内のどこかにはおられると思います」

やはり、ホランイ様とはキム・ピョンイルのことなのだ、と萠は確信した。

三階のドアの前で、初老の男はドアノブを引いて開けた。

事務机がいくつも並び、デスクトップのパソコンが見えた。男性職員がパソコンに張り付き、操作していた。画面には、金融市場を示すグラフや数値が映し出されていた。

奥のドアが開き、恰幅のいい背広姿の男が、にこやかな笑みを浮かべていた。

「さあさ、こちらへ」

「では、失礼しました」

初老の男は、その場で萠にお辞儀をして、部屋を出て行った。

萠は背広姿の男に迎え入れられ、奥の部屋に入った。部屋は皮製の豪華な応接セットが設えてあった。部屋の奥に黒檀の大机があり、壁に白頭山を刺繍した大きな絵がかかっていた。

「ここは安全です。ヘルやベストを脱いで、くつろいでください」

気付けば、室内にはエアコンの空気が流れていた。

萠はヘルメットを脱ぎ、防弾ベストも脱いだ。

萠は男に促され、ソファに座った。男は流暢な日本語で訊いた。

「香西さんはお元気ですか？」

「はい」萠は浮かぬ顔でうなずいた。

「香西さんには、いろいろお世話になりましてね。日本にいる時、官憲に捕まりそうになったところを助けて貰ったこともあります」

官憲？　古い言葉を使う人だ、と萠は嗤った。

女性職員がお茶を運んできた。

男は名刺を取出し、萠に渡した。

ホン・キョンキ中将。

対外情報部東南アジア局長補佐。

萠も名刺を出した。

「ほう。あなたもヤマトの工作員ということですかな」

「いいえ。私はヤマトに関係ありません。ただの新聞記者です」

ホン・キョンキはにやりと嗤った。

「まあ、そういうことにしておきましょう。ところで、ホランイ様ですが、ちょうどよかった。あなたは運がいい。連絡を取ったら、ピョンヤンに御出でになられており、こちらにすぐ現われるそうです」

「そうですか。それはありがたいことです」

萠は心の中でやったと叫んでいた。こんなに物事がうまく進むとは、滅多にない。

「私、実は何も聞かされていないのです。ホランイ様のことも、秘密裏に行なわれていた和平工作も、何も知らないのです」

「ははは。それも、そういうことにしておきましょう」

ホン・キョンキは萠の話を本当の話だと、頭から信じていなかった。萠をすっかりヤマトの機関員だと信じて疑わない様子だった。

「革命委員会の許代表やヤン副参謀長にインタビューしたいのですが、どうしたら、いいですかね」

「ううむ。彼らは私たち愛国将校団と対立する革命青年将校団ですからねえ。でも、ホランイ様にお願いすれば、彼らもあなたに会うことでしょう。ホランイ様は、革命青年将校団にも絶大なる信頼がありますからな」

女性職員がドアを開けた。

「キム・ピョンイル様が御出でになられました」

「ああ、ご到着になられたか」

ホン・キョンキは立ち上がった。萠も一緒に立った。

小柄な体付きの老人が護衛とともに部屋に入ってきた。萠は反射的にカメラに手を伸ばした。

護衛がさっと手を伸ばし、萠からカメラを取り上げた。

「お嬢さん、カメラはだめです」

老人はなめらかな日本語でいった。

萠はまじまじと白髪の老人の顔を見つめた。どこか、亡くなった金正日総書記の面影によく似ている。

「ははは。まあ、お嬢さん、お座りください」

そういいながら、キム・ピョンイルはホン・キョンキの隣のソファにどっかりと腰を落ち着けた。

「私の顔を見て驚いておられるが、何か書いてありますかな？」

「亡くなられた金正日総書記によく似ておられる、と思いまして」

「ははは。みんなから、よくそういわれます。私は、ジョンイルの異母弟ですから、当たり前でしょう」

ホン・キョンキは萠の名刺を渡し、キム・ピョンイルに何事かを囁いた。キム・ピヨンイルは名刺を見ながら鷹揚にうなずいた。

「それで、私にインタビューしたいというのですな」

「はい。お願いできますか？」

「お断わりします」

キム・ピョンイルはぴしりといった。

萠は、断られるのは、はじめから覚悟していた。だが、これで引き下っては記者として恥だ。

「では、匿名で結構です。オフレコでいいので、停戦の背後で何があったのか、お話願えませんか？」

「なぜ、あなたに話さねばなりませんか？」

「記事にして真実の歴史を後世に伝えるためです」

「ふうむ。真実の歴史ねえ」

キム・ピョンイルは笑みを浮かべながら、まじまじと萠を見つめた。優しい目だった。

「香西衛も、ホランイ様によろしくと申しておりました」

萠は嘘をついた。香西とは会ったこともないが、これも方便だ。後で香西に会った時に詫びておこう。

「そうですか。では、お話しましょう。なんでも訊いてください」

「ようやく停戦になりました。ホランイ様にとって、停戦は本意の通りですか？」

　萠はスマホを取出し、メモのアプリを押した。

「停戦は願った通りのことです。これ以上、北朝鮮も南朝鮮も戦災戦乱で苦しむ必要はありません」

「南北武力統一は失敗だったとお認めになる？」

「失敗でした。無理をして統一しても、北にとっても南にとっても、決していいことにはならなかったでしょう。今回の停戦はよかったと思います」

「どういう点でいいと？」

「金体制の存続させることでは、停戦はよかったと思います」

「まだ金体制は存続するのですか？　革命委員会が成立して、キム・ジョンウンを権力の座から引き摺り下ろしたのでは？」

「ははは。引き摺り下ろすとは、きつい言い方ですな」

「御免なさい。退陣させたといい直します」

「結構です。どういっても、共和国は戦争に負けたのですから。しかし、革命委員会による革命はなったと見られていますが、あれは妥協の産物です」

「どういうことですか？」

「革命青年将校団と交渉したのです。革命を起こしても、キム・ジョンウン委員長の命は奪わないようにしてほしい。その代わり、私たちがキム・ジョンウンを抑え、ピョンヤンで核を爆発させるような真似はさせない、と。私はキム・ジョンウンを委員長の座から下ろし、兄のキム・ジョンチョルと交替させて、日本や米韓、国連との和平交渉をさせようとした。ところが革命青年将校団は、私の提案を拒否した。革命青年将校団は自分たちが臨時政府を樹立して、停戦に持ち込むといい出した」

「なるほど。それで」

「愛国将校団の部隊を動かし、革命青年将校団の革命を阻止することも出来たのですが、彼らがキム・ジョンウンや金一族に戦争責任を取らせないという約束をしたので、私は妥協したのです。それで、中国との交渉に切り替え、キム・ジョンウンと、その家族、一族を亡命させることに成功したのです」

「核はどうなったのでしょう?」

「解体されました。爆発しません」

萠はほっと安堵した。

「キム・ジョンウン委員長は、いま、中国にいるのですか?」

「そう。それを日本は陰で工作してくれたのです。大勢の拉致被害者たちを無事日本に帰すことを前提にして」

萠は思わぬ話に驚いた。

「もしや、その工作に、秋山3佐や牧原さんたちがかかわっていた?」

「そうです。秋山晃和3佐は、あなたの恋人ですよね」

萠はどきりとした。なぜ、そんなことをホランイは知っているのか?

「秋山さんは…」

「ご無事です。まもなく、中国から引き上げ、日本にお帰りになることでしょう」

キム・ピョンイルは、表情を変えずにいった。

10

白山山麓《ペクサンさんろく》　7月30日　午前4時30分

東の空が明るくなり始めていた。

鮮于は薄暗がりの木立の中を窺いながら、短剣についた血を草の葉で拭った。足元には、パルチザンの兵士が喉を掻き切られて倒れていた。

すでにパルチザンは、半数の七人まで減っていた。鮮于は夜陰に紛れ、一人ずつ殺していった。これまでに、最初の見張りの男を含めて七人を殺した。

連中は何が起こっているのか分からないうちに次々と仲間が減っていくので、完全に恐慌を来していた。最初のうちは仲間の中に裏切り者がいると勘違いして、一人を拷問の上に殺しているから、結局、八人を葬り去ったことになる。

鮮于はここで最後の決着をつけるつもりだった。残りの七人全員を殺す。もし、射ち洩らして、逃げ延びることができたやつは追わないことに決めた。仲間がいなくなれば、戦意を喪失する。そんな男を殺すのは、無意味なことだ。

鮮于は犠牲者を引き摺り、わざと跡を残しながら、小さな浅い谷間に死体を転がり落とした。それから谷底に降り、死体を川辺の岩に寄り掛からせ、死体の背中と岩の間に安全ピンを抜いた手榴弾をセットした。死体をいじれば手榴弾は爆発する。遠目から見れば、岩陰で休んでいる格好に見える。

また谷の斜面を攀《よ》じ登り、死体を引き摺った跡を跨《また》いで、釣り糸を灌木《かんぼく》と岩の間に何本も張り巡らした。その内の最初の一本に手榴弾の安全ピンを結わえつけた。糸に足が引っ掛かればピンが抜けて、手榴弾が爆発する。他の糸はダミーだ。

さらに、立ち木と立ち木の間に釣り糸を張り、腰の高さに結んだ。一方の糸の端を立ち木に紐《ひも》で括り付けた五八式突撃銃の引き金に結びつける。銃のスライドを引き、弾丸を装塡した。糸にかかれば、引き金が引かれ、一連射が敵に浴びせ掛けられる。銃を葉の茂った小枝で隠した。ダミーの糸も近くの樹間に張り巡らした。

鳥のさえずりが止まった。鮮于は急いで谷間の斜面に戻って谷底に降りた。木立の方角から人の気配がした。忍び足で、進んでくる。連中も度重なる密かな攻撃に最初は戸惑いながらも、やっと敵が身近にいるのに気が付いたのだ。

鮮于は谷間を渡り、対岸の斜面に移った。死体の引き摺った跡が見下ろせる位置に座り込んで、草叢に身を隠した。ＡＫ74の銃口を向かいの斜面に向けた。安全装置を外し、スライドを引いた。正面は草木で偽装しているので、まだ薄暮のように薄暗い朝の内なら、まず見つかる恐れはない。

待った。目を閉じて、辺りの気配を全身で感じ取ろうと努めた。

やがて、前方の木立に草や葉で偽装したパルチザンたちが現れた。彼らも恐怖から、本来の兵士の感覚を取り戻した様子だった。草叢や木立の陰を伝いながら前進してくる。先頭の男が手信号で、止まれと合図した。だいぶ本格的な軍隊のやり方に戻っている。

死体を引き摺った跡を見付けたのだ。誰も一言も発しない。やがて、決心した様子で、また前進が開始される。

動く草叢を数えた。五つしかない。五人？　他の二人はどうしたのか？

鮮于は警戒心を強めた。二人は本隊とは別行動をとっている。正面を迂回して、左手の山の斜面を登って来るのか？　それとも谷川の下流を渡って、こちらの斜面に来るのか？　拳銃を抜いた。自分ならどうするか？　上から来ると考えた。拳銃の銃口を左手の山の斜面に向けて地面に置いた。銃把さえ握れば、そのまま銃口を振り向けなくても、いつでも射てる。早く見付けた方が勝ちだ。

　本隊の五人がまた止まった。谷底の仲間の姿に気が付いたはずだ。鮮于はじっと葉陰から敵の動きを注視していた。距離80メートル。一連射で薙《な》ぎ倒すには遠すぎる。相手は一固まりになっていない。散開した敵を一撃で倒すのはむつかしい。

　先頭の男がトラップの糸にかかった。瞬間、引っ張られた糸は引き金を引いた。カラシニコフ独特の乾いた発射音が吐き出された。木陰から五八式自動小銃の一連射が先頭の男を襲った。男は吹き飛んで転がった。弾倉の弾を射ち尽くして銃声は止んだ。残りの四人が五八式が発射された木陰に銃弾を浴びせた。

「射ち方止め！　偽装工作だ」

　鋭い声が響いた。隊の指導者は、二番目の草を身に付けた男だと分かった。男は死体を引き摺った跡をたどりながら進む。

「伏せろ！」

　誰かが手榴弾の糸を引っかけた。四つの草を付けた人影が地面に伏せた。ややあってどんと白煙が上がった。土砂や小石が四方に吹き飛んだ。至近距離にいた人影が負傷して転がった。

「ここにもある！」恐怖に怯えた声。

残り三人の影が止まった。鮮于はＡＫ74を構え、モードを単発にした。照準に敵の影を捉える。引き金を引いた。鋭い発射音が迸り出た。敵影がもんどり打って転がる。次の標的に引き金を引く。また銃声が轟き、その人影も転がった。三人目は逃れようと斜面を下に転がった。もう一発。鋭い銃声が辺りの空気を震わせた。三人目も転がったまま動かなくなった。射撃モードをフルオートに戻す。

残るは二人。どこにいる？

鮮于は拳銃を拾い、さらに斜面の上に移動した。同じ箇所にいるのは危険だった。

突然、谷底で手榴弾が爆発した。人間の肉塊が吹き飛んだ。悲鳴が上がった。

敵は右手の下流から来たのか？　鮮于は銃を構え、谷底を覗き込んだ。岩陰になって悲鳴をあげている男は見えない。

悲鳴が続いている。断末魔の悲鳴だった。鮮于は立ち上がった。

瞬間、しまったと鮮于は思った。斜面の後ろに人の気配を感じた。振り返りざまにＡＫ74の一連射を浴びせた。同時に銃声が起こり、右脚の太股《ふともも》に電撃のような痛打を受けた。鮮于はもんどりうって谷底に転がり落ちた。一緒に敵の影も転がり落ちて来るのが見えた。

鮮于は背中の短剣を引き抜き、相手に飛び掛かった。敵も倒れながら銃剣を付けた五八式自動小銃を鮮于に向けた。鮮于は銃身を左足で蹴って払いのけ、敵に飛び掛かった。

馬乗りになり、短剣を両手に持って相手の左胸に振り下ろした。短剣は相手の胸郭と肋骨《ろっこつ》を切り裂いて心臓に突きささった。相手は鮮于をまじまじと見上げた。

「な、なぜ……？」

相手は呟いた。鮮于は黙って男を見下ろした。どこかで見たことのある若者だった。

だが、思い出せなかった。誰であれ、どうでもよかった。

男は大きく息をつこうとしたが、力尽きて絶命した。

鮮于は短剣を引き抜いた。血潮が胸の傷から噴水のように吹き上げ、鮮于の顔に降り掛かった。鮮于は血を拭おうともせずに男の体から降りた。

激痛が右脚を襲った。太股に弾痕が二つ三つ開いていた。鮮于はシャツの裾《すそ》を出し、短剣で切れ目を入れて布を引き千切った。その布を傷口にあてて、きつく縛った。

岩陰からうめき声が聞こえた。鮮于は近くの木立に這い寄り、短剣を振るって、手ごろな木を切り倒した。杖を作った。

どうしても第15管理所に行かなければならない。

「殺してくれ」

岩陰の方から声が聞こえた。鮮于は転がった男を覗き見た。転がった男は両腕を付け根から吹き飛ばされていた。胸の肺臓が露出し、泡立った血を吹き出していた。鮮于は若い男の持っていた五八式自動小銃を持ち上げた。

苦しんでいる男の顔に向けた。引き金を引いた。男の顔面が吹き飛んだ。

鮮于は銃を投げ捨て、杖を突きながら、斜面を登りだした。

11

白山《ペクサン》山麓《さんろく》・三つ又沢　7月30日　1500時

上空には支援の捜索ヘリコプターが飛び回っていた。

尹喜植《ユンヒシク》は銃を構え、油断なく周囲の地形に目をやった。どこにパルチザンの連中が潜んでいるか分からない。後方のごつごつとした岩が露出した荒地や灌木の林には、第101師団第3大隊隊員たちが、横一列に散開しながら前進してくる姿が見える。

尹たち第3中隊第2小隊は前方警戒小隊として、本隊の前に出て進んでいた。

沢には甘ったるい死臭が漂っていた。谷に降りる斜面に、草や木の枝で偽装した五人の死体が転がっていた。いずれも殺されてから半日も経っていない真新しい死体だった。暑い陽射しを浴びたために、すでに腐敗が始まっていた。干涸《ひから》びた血糊《ちのり》や死体の傷痕《きずあと》に蝿がうるさく纏わりついていた。

「ブービー・トラップだ！　注意しろ」

崔《チェ》小隊長が叫んで、部下たちに尹の近くから離れるように手で制した。

尹は屈みこみ、足元に張り巡らしてある釣り糸を丹念にたぐり、トリック爆弾を探した。

「隊長、こっちにもある」

黄《ファン》一兵は木に仕掛けられた敵のＡＫ47突撃銃を発見し、腰の高さに張り巡らしてある釣り糸を調べていた。

「用心しろ！　へたに糸を踏んだり、引っ掛けると、こいつらの二の舞になるぞ」

崔曹長はがなった。尹は慎重に糸の結んである木の根や枝を調べ、何も仕掛けてないことを確かめると、ナイフで糸を切った。

「大丈夫。これらはダミーだ」

尹は汗を拭った。敵は心理戦に長《た》けた奴だ。一本でも本物の地雷や手榴弾が仕掛けてあれば、この草地に踏み込んだ兵士は身動きできなくなる。敵が立ちすくんだところを、一人ずつ狙撃すれば、確実に倒せる。逃げようとして本物のブービー・トラップの糸を引っ掛ければ、ドカンとあの世行きになってしまう。

尹は糸の張り巡らしてある地帯に転がった死体に目をやった。

一体は手榴弾の破片で腹をえぐられており、腸《はらわた》が飛び出ていた。もう一体は、樹木の幹に括りつけられたＡＫ47の射線上にいたため、銃弾を浴び、蜂の巣になっていた。残る三体は、全員一発で仕留められている。凄腕《すごうで》の相手だ。

「こっちにも三体あるぞ！」

浅い谷底に降りた車《チャ》一兵が、大声を上げた。肉塊をついばんでいた数羽のカラスがばたばたと急いで飛び上がった。カラスたちは枝に止まり、車一兵を恨めしげに眺め下ろしていた。

「ひどい殺され方だ！　ばらばらになっているぜ」

陳一兵が顔をしかめ、バンダナで鼻と口を押さえた。

「いま行く」

尹は崔小隊長と一緒に谷の斜面を駆け下りていった。

谷底の死体は、いずれもひどい傷み方だった。一体は下半身だけが岩陰に転がっていた。四方に頭部や手や腕が散乱している。臓物の肉塊や胸の肋骨が涸沢に転がっている。

もう一体は両腕を吹き飛ばされ、胸部をえぐられた上に、顔面から入った高速徹甲弾が後頭部を粉砕して抜けている。残る一体は腰に銃弾を浴び、胸部にさらに銃剣をいずれの死体も肉食の小動物やカラスに食い荒らされた痕跡があった。

「ひでえ殺し方だぜ」「まるで面白がって、一人ずつ殺しているようだな」「一思いに殺せばいいのに、なぜこんな殺し方をするんだろう？」「復讐をしているみたいだ」

谷底に降りてきた小隊員たちは口々にささやいた。

崔曹長は、後から降りてきた金《キム》軍曹と一緒に丹念に死体の周辺を調べていた。

「どうなっているんだ？」

バンダナで覆面した陳一兵が尹にきいた。車一兵がバンダナで口を押さえた。

「昨日の夕方から、ずっと惨《むご》い死体のオンパレードだぜ。おれ、また戻しそうだ」

「まったくだ」

尹もうなずいた。

尹たち韓国第101師団第3大隊は停戦協定調印の知らせを受けるとすぐに、前線からの撤退を開始した。そこへ国連PKF総司令部から、緊急に残敵掃討の要請があったのだ。ちょうど大型輸送ヘリコプター・チヌークに乗り込んでいた尹たち大隊は、そのまま白山山麓に送りこまれることになった。

チヌーク・ヘリコプターで、急遽降り立った寒村は、たった五、六軒の小さな村だったが、一歩足を踏み入れて、あまりの凄惨《せいさん》な現場の状態に誰も足がすくんだ。パルチザンがその村を襲い、二十七人の村人を皆殺しにしていた。それも女は強姦し、子供も赤ん坊も容赦なく殺していた。

　襲ったパルチザンの一隊は、現場の足跡から十数人の規模と分かった。敵は村の乏しい食糧を根こそぎ掠奪し、村人たちが大事にしていただろう山羊を殺して持ち去った。

　家の中にあった死体の首には、「反革命裏切り分子につき、処刑する」という血文字で書かれた札が下げてあった。土壁には「白山遊撃隊」という血文字の殴り書きもしてあった。

　尹たち先遣捜索中隊は、本隊の大隊主力に先立ち、直ちにパルチザンの足跡を辿って、夜を徹して追撃を開始した。しかし、追撃を開始してから、奇妙なことが判明した。パルチザンたちが通過した経路に、次々とパルチザンの隊員が殺され、その死体が残されていたのだ。ここへ来るまでに八体。そのうち、一体だけは、仲間たちから査問を受け、拷問された上で首を締められた死体だったが、残りは首を切られたり、ブービー・トラップにかかって木の枝にぶら下がっていたり、落とし穴の中で竹槍に串刺《くし》しになっているような死体だった。

　我々だけでなく、もう一つ別の追撃隊が、パルチザンたちを追っている、そんなことを思わせた。

そして、ここ三つ又沢で発見されたパルチザンの死体は七体もあった。これまでの死体と合わせて、十五体。明らかに誰かがパルチザン部隊を待ち伏せ攻撃して、全滅させた様子を窺わせる死体の状態だった。

「仲間割れを起こして、殺し合ったのかな？」

黄一兵が首を傾げた。尹はヘルメットの縁を指で押し上げた。

「この殺し方はレインジャーとか、特殊部隊の使う手だ。きっとパルチザンを全滅させたのは、敵の特殊軍団の残党部隊だ。違いますか？　曹長」

「手口は確かに特殊部隊のやり方だ」

崔小隊長はうなずいた。

「曹長、これを」

金軍曹が対岸の斜面に何かを見付けていった。軍曹は空薬莢《からやっきょう》を摘《つま》み上げた。

「何だ？」

「こいつは五・四五ミリ高速弾の薬莢だ。ＡＫ74は、ここには残っていない」

「特殊軍団だな。特殊軍団特殊部隊の制式銃は、ＡＫ74のはずだ。パルチザンたちが持っているＡＫ47ではない」

崔曹長は周囲の山を見回し、舌なめずりをした。

「それに、この足跡からすると、パルチザンを全滅させたのは、たった一人ですよ」

「一人だって？」

「しかも、脚を負傷している。杖を作って、逃げている」

金軍曹は斜面を指差した。そこには足を引き摺って、斜面を登っている跡があった。踏み潰された草地に点々と乾いた血糊がこびりついていた。

尹はじっくりと逃れた敵の足跡を調べた。たしかに一人の靴跡しかない。

「一人で、パルチザン十五人を全滅させたというのか？　信じられないな」

車一兵が驚嘆した。尹はなるほどと納得した。

「そういえば、これまでの殺し方は、敵が一人だと考えると辻褄《つじつま》が合うぜ。人数が多勢であれば、一人ずつ殺してパルチザンの数を減らしていくなんて手間を考えずに、一挙に相手を襲うだろう。一人だから、十五人の敵を一度に相手にできなくて、半数の七人まで減らす必要があったと考えられる。ここでも、待ち伏せするにしても、銃をわざわざ樹木に括り付けて、トラップを仕掛けるなんて面倒なことをしないで、四方から包囲して、一斉射撃で襲えば七人を全員殺せるはずだ。そうできなかったということは、足跡からも判るように敵は一人だという証拠だ」

崔曹長ががなった。

「敵は手強《てごわ》いぞ。いいか、相手は一人だからって油断するな。一人だから、かえって捕まえ難い。こいつの仲間のパルチザン部隊が、どこかにいる可能性がある。こいつの後を追うんだ！」

「小隊前進！　行くぞ」

金軍曹が尹に命じた。崔曹長は鋭い声で命じた。

「尹兵長、ポイントマンをやれ！」

尹は望むところだった。ポイントマンは、三角隊形で進む際に、その三角形の頂点の位置を進む最も危険な役目だった。遭遇戦になったら、真っ先に敵の銃弾が飛んでくる。だから、敵を発見するのが巧《うま》い、勇猛なベテラン兵士が担うポジションだ。尹は危険な敵の足跡がついた斜面を駆け登った。

この敵は俺が仕留める。尹は獲物を追う猟犬のように、辺りに気を配りながら前進を開始した。

12

白山山麓《ペクサンさんろく》・寧遠《ヨンウォン》地区　7月31日　午前十一時半

ヒューイ（UH—1H）ヘリコプターの二機編隊は高度2000メートルで、寧遠を目指して飛行していた。ＵＮＴＡＫ派遣のヘリコプターであることを示すために、迷彩をかけた機体の胴体と底部に白ペンキで大きくＵＮの文字を書き記してあった。塗られたばかりの、まだ真新しいＵＮの文字が陽光を浴びて反射していた。

雨崎は舷窓から移り変わる地上の地形を眺めていた。太陽の光が目に眩《まばゆ》い。雨崎はサングラスを取り出してかけた。

いずれのヒューイも、停戦直前まで、韓国陸軍が使用していた汎用武装ヘリコプターだったが、それらを急遽ＵＮＴＡＫが調査のために徴発したものだ。そのため、ピョンヤン郊外の温泉《オンチョン》航空基地で、機内に搭載していた機関銃が台座ごと取り外されて座席が入れられるとともに、急いで地上整備員が手書きで描いたため、ＵとＮの大きさのバランスが崩れていた。それでも、地上から見ればはっきりと国連のヘリコプターだと判るから、安心だといわれたが、こんな高度を飛んでいては地上から判別することは難しいのではないか、と思った。それに国連機だと判別できれば、国連に反感を持つ連中からすれば、かえっていい目標になる。

もし、白山周辺のパルチザンに下から対空ミサイルで撃墜されても、何の保証もありませんよ、とさんざ脅された上でヘリコプターに乗り込んだが、その時はその時だと雨崎は腹を括《くく》った。

機内には乗員二人のほか、ジョン・フォスター首席調査官をはじめとする国連犯罪調査委員会のスタッフ五人と、さらに奥地に赴任する国連停戦監視団員のブルー・ベレー帽を被った将校たち四人が同乗していた。同行するもう一機の方の乗客も、全員が咸鏡南道《ハムギョンナムド》各地に派遣される国連停戦監視団員たちだった。彼らがこれから果たさなければならない任務の危険さを考えれば、ただ危険地帯上空を飛行することくらいは、まだまだ危険の内に入らないだろう。

上空から見える戦場の地形は、さながら月面のクレーターを思わせた。いたるところに擱座した装甲車輛や戦車の残骸が点在している。そうした光景がうんざりするほど続き、やがて青々とした水を湛《たた》えた湖の上空に差し掛かった。機長がヘッドホーンを通して、金城湖だと告げた。寧遠の町は金城湖に注ぐ川の河畔に位置している。

ヘリコプターはいったん寧遠の町に降り、そこへ停戦監視団員を下ろしてから、さらに奥地にある第15管理所へ飛ぶことになっていた。国連停戦監視団員たちは、まず寧遠の町に監視ポストを設営することになっているようだった。

ジョンが爆音に負けないような大声でいった。

「管理所のある渓谷の近くで、昨日もパルチザン同士の戦闘があったと報告があった」

「パルチザン同士の戦闘?」

「虐殺事件を起こしたパルチザン部隊を、別のパルチザンが襲撃して、全滅させたというのだ。いま、その別の新たなパルチザンを韓国軍PKF部隊が追撃している。現地に着けばもっと詳しい情報が入るはずだ」

ジョンはうなずいた。機長の声がヘッドホーンに響いた。

『寧遠に入った。着陸地点を確認。まもなく着陸する。用意はいいか？』

「着陸してくれ」

ジョンは送話マイクに答えた。

ヘリは機体をバンクさせ、高度を落としていった。眼下になだらかな丘陵地帯が拡がっていた。家々の屋根が点在している。

やがて、ヘリは黄色の煙が焚かれた荒地に機体を下げていった。荒地にはブルーの国連旗がポールに翻っていた。装甲兵員輸送車ＡＰＣも数台並んでいる。軍用の幕舎が五棟ほど並んでいた。草色の幕舎には、やはり白いペンキでＵＮという文字が描かれていた。その幕舎の前に大勢の人だかりがあった。野戦迷彩服の兵士たちが群衆を囲んで警護していた。

ヘリはローターで激しく土煙を巻き上げながら静かに着陸した。

ブルー・ベレー帽の国連停戦監視団の将校たちがヘリに駆け寄ってくる。ヘリの扉を開いた。停戦監視団の将校たちはヘリを降り、出迎えの将校たちとにこやかに握手を交わした。

雨崎はＵＮＴＡＫのスタッフたちと一緒にヘリから降りた。ブルー・ベレーたちは、犯罪調査委員会のスタッフたちを出迎えると直ぐにいった。

「首席調査官、報告します。早速ですが、幕舎においで下さい。山から大勢の難民が下りてきて、我々に保護を求めてきている。彼らの話を聞いてやってくれませんか?」

「どこから下りてきたというのか?」

ジョンが訊いた。ブルー・ベレーの少佐がいった。

「彼らは白山の第15管理所から逃げてきたといっています」

「第15管理所?」

ジョンは驚いて、幕舎の前に座り込んだ群衆に目をやった。五百人はいる。誰も痩せ細った顔をしている。着ているものは、みなぼろぼろのツギがあたった野良着だった。ろくに靴やサンダルも履いておらず、裸足の子供たちの姿もあった。みんなは放心した様子だ。

「今朝になって、急に管理所の監視兵たちが全員、囚人たちを放置して逃亡してしまったらしいのです。どうやら、UNTAK調査官が国連PKFを引きつれて乗り込むらしいという情報が管理所内で流れたそうです。国連は管理所の所長をはじめ所員たち全員を捕虜にして、軍事法廷にかけるという噂も流れた。それで所長たちは慌てて逃げ出した」

ヘリのローター音が喧《やかま》しかった。

金炳旭助手がいるかもしれない。そう思うと雨崎は逃げてきた囚人たちに駆け寄った。大声で金炳旭の名前を呼んだ。五百人ほどの群衆は、雨崎に目を向けた。突然、座り込んだ群衆の中からひとりの男が立ち上がった。

「おう！　私だ」

やつれてはいたが金炳旭だった。雨崎は思わず、群衆の人垣をかきわけ、金炳旭に駆け寄った。雨崎は金炳旭に飛び付き、痩せ細った体を抱き締めた。

「無事だったかい？　よかったあ。心配していた。生きているのか死んでいるのか知れないので、坂東支局長も心配していた」

「なんとか、生き延びましたよ。これで獄中記もばっちり書けます」

金炳旭は涙を目に一杯溜めながらも、胸のポケットから、ぼろぼろになったメモ帳を取り出して、ぽんぽんと叩いた。

「キム、早速だが囚人に日本人の拉致家族はいないか？」

「いません、ひとりも残っていません」

「どうしたんだ？」

「日本の特殊部隊がやって来て、全員助け出したそうなのです」

「まさか」

「証人がいますよ」

「会わせてくれ」

「あちらに」

七、八人の男女がひと固りになって座りこんでいた。雨崎は金と一緒にその人たちの所に駆け寄った。

13

太陽がじりじりと大地に照りつけていた。風はそよとも動かない。

鮮于は必死に杖をついて山の径《みち》を登った。敵がすぐ背後に迫っているのを感じていた。パルチザンとは違う新たな敵だ。昨日、あの村の方角に何機もの敵の大型輸送ヘリコプターが飛来していた。ヘリボーンで降りた敵の部隊が、パルチザンの後を追ってきたのに違いない。恐らく、昨日のうちに、殺したパルチザンの死体を見付けたのだろう。そして、彼らを殺したパルチザンがまだいると思って、今度は自分を追い掛けてきているのだ。

昨夜は眠らずに歩いた。だが、負傷した右脚のため、思うように進めず、敵を振り切ることはできなかった。背後に迫る気配や風に乗って聞こえる言葉から、新たな敵は大隊規模の韓国軍部隊だと判断した。それも熟練した正規軍兵士だ。

ようやくだんだら坂の径を登り切った。峠《とうげ》に出た。径は今度は緩い九十九折《つづらおり》の下り坂になって、杉の木立の中に消えている。鮮于は大きく深呼吸した。峠にさしかかってやっと風がそよぎだした。右脚は昨夜よりも痛みが激しくなっていた。傷口にたかった蠅を払った。どうやら傷が膿《う》んだようだ。

杉の梢の間にバラック建ての建物の屋根が整然と並んでいるのが見えた。櫓《やぐら》のような監視塔もあった。目指す管理所だった。

背後の山の斜面に人の動く気配を感じた。敵が迫っている。鮮于は径を辿るのを止め、斜面を転がるようにして降りていった。ようやく杉の木立に走りこんだ。

鮮于はそこで一息つく間もなく杖を必死に動かして、木立の中を急いだ。

14

尹喜植は息急《いきせ》き切って、峠に駆け登った。急いで地べたに伏せて、銃を構え、敵の銃撃に備えた。敵は一人とはいえ、侮れない。それに、どこかに仲間の特殊部隊が潜んでいるかもしれない。

ようやく後からついてきた陳一兵や車一兵たちも荒い息を弾ませながら、駆け登ってきて、尹喜植の左右に散開した。

尹は登ってくる時に、峠にちらりと人影が動くのを見逃さなかった。敵の間近にまで追い付いた。心の中でそう確信した。

「向かいの谷間に建物や監視塔が見える」

車がいった。尹もすでに建物の屋根には気が付いていた。

「政治犯の収容所だぜ、きっと」

建物の群の前には、岩や石だらけの荒野が拡がっていた。建物群の向こう側の山肌に、トウモロコシの段々畑があった。トウモロコシは枯れて、倒れていた。

「こんなところに収容所が造られていたとはな」

尹は収容所送りになった安基柱《アンキジュ》のことを思い出した。胃がきりきりと痛んだ。

後方から崔曹長に率いられた小隊が駆け登ってきた。金軍曹の叱咤する声も聞こえる。崔曹長は尹の隣に駆け込んだ。

「どうだ？」

「北韓《プッカン》の収容所らしい建物が見える」

「敵はあの収容所に向かっているのか？　それとも、あの木立に潜んで、俺たちを待ち伏せているか？　どちらかだな」

崔曹長は双眼鏡で建物の様子をじっと窺った。ついで下り坂の先にある杉の疎林に目をやった。

「敵の姿は見たか？」

「この付近で動く人影があった」

尹は地面を差した。地面には血の跡が点々と続いていた。血の跡は真っすぐに下りの斜面に向かっていた。

「前方警戒しろ！　前進！」

崔曹長は命じた。尹は小隊の先頭に出て、M16自動小銃を構えながら斜面をゆっくりと下りはじめた。

15

岩や石だらけの荒野の中に、粗末なバラック建物の棟が整然と五列に並んでいた。ひっそりと静まり返っている。風が土埃を巻き上げて、建物の棟の間を走り抜ける。

周囲には、丈の高い鉄条網が張り巡らしてあった。監視塔の櫓が建物群を囲んで見下ろしていた。だが、監視の警備兵の姿はもちろん、バラックの建物にも人気はなかった。

鮮于は杖をつきながら、門の前に立った。門は開け放たれたままになっていた。門には「第15管理所」という看板がかかっていた。看板には銃弾が撃ち込まれ、弾痕があいている。

鮮于はよろめきながら杖をついて、管理所の敷地に入って行った。

「オモニ！」

「淳《スン》！」「珠《チュ》！　どこにいる！」

「オモニ！　迎えにきたぞ！　出てきてくれ」

大声で何度も呼んだ。どの建物もしんと静まり、返事はなかった。

鮮于は急いでバラック建ての建物を一軒一軒まわって、戸口や窓から内部を覗き込んだ。建物の内部にはゴミが散乱しているだけで、人の姿はなかった。

全部の建物を見て回り、鮮于は管理所の管理棟だったと思われる建物に入った。そこにも人の姿はまったくなく、書類やがらくたが足の踏み場もなく散らかっている。

鮮于はがっくりと、床に座り込んだ。体が熱を帯びてだるかった。右脚の患部は紫色に腫《は》れ上がり、倍の太さになっていた。喉が渇いてならなかった。

もうこれ以上は動けない。ここまで気力を振り絞ってやってきたのは、母《オモニ》さんや弟、妹に会いたい一心だった。鮮于は、その気力も使い果たしてしまった。

鮮于は肩からＡＫ74を下ろした。銃の弾倉を外した。弾倉には弾丸が二発残っていた。自動拳銃はすでに落としてしまっていた。

外に大勢の敵の気配を感じた。伸び上がって窓から外を覗いた。鮮于が抜けてきた杉の木立に韓国兵の姿が見え隠れしていた。先頭の兵士が油断なく銃を構えて、木立から姿を現した。こちらにゆっくりと近付いてくる。

鮮于は死を覚悟した。生きるには、あまりに沢山の人たちを殺してしまった。最後の二発の弾丸を弾倉に詰め直し、ＡＫ74の銃把に叩きこんだ。

胸のポケットから、セピア色になった家族の写真を取り出した。そこには、父親、母親、祖母、そして、新兵の自分と幼い淳と珠の笑顔があった。軍隊に入った時に、撮った唯一の家族全員の記念写真だった。写真をまた胸のポケットに仕舞った。

首から下げた金の十字架を手に取り、そっと唇にあてた。さよなら、善愛《ソネ》。十字架を元の胸に戻した。

野戦迷彩服の居住まいを正した。中尉の襟章《えりしょう》を指でこすり、汚れを落とした。胸の特殊軍団の鷲《わし》の徽章《きしょう》をシャツの袖《そで》で研《みが》いた。

鮮于は杖を頼りに、最後の力を振り絞って立ち上がった。シャツの前のボタンを全部かけた。袖を伸ばし、ボタンをかける。半長靴の紐をしっかりと縛り直した。戦闘帽の庇《ひさし》を取って真っ直ぐになるように被り直した。

銃のスライドを引いて、弾丸を装塡させた。それから、銃を左手に持ち、右手で杖をつきながら、胸を張り、建物の外へ歩みだした。

上空に爆音が聞こえた。鮮于はちらりと上空に目をやった。敵の軍用ヘリが飛んでくる。木立から現れた韓国兵たちに目をやった。いつの間にか、何十人にも増えていた。

鮮于は杖をつきながら、左手に持ったＡＫ74の銃口を上げた。門をくぐろうとしている一番先頭の敵兵に向けた。相手が何事かを怒鳴る声が聞こえた。構わず、敵に銃の引き金を引いた。二発の銃声が迸った。瞬間、敵の銃の一連射が鮮于を薙ぎ払った。鮮于は腹や胸に電撃のようなショックを受けて、後ろに吹き飛ばされた。

鮮于は、仰向けに倒れた。青い空が拡っていた。白馬に跨がり、大平原を疾駆する自分自身が見える。何百何千本もの赤い幟《のぼり》がなびいている。仲間たちが馬に乗って、鮮于を待ち受けていた。長老の顔がほころんだ。女真族の大集団は、鮮于を迎え入れると、太陽の光を浴びて金色に輝く大平原を地平線に向かって走りだした。

16

尹喜植は門をくぐった。管理所の正面の建物から、杖をつきながら出てくる黒い迷彩服の男に気が付いた。右脚を負傷している。中尉の襟章が陽光を浴びて光った。胸に特殊軍団を示す鷲の徽章も見えた。追い掛けている敵だと分かった。

「止まれ！　降伏しろ」

尹喜植は怒鳴った。

相手は構わず銃を尹喜植に向けた。敵の手元の銃が火を吹いた。銃弾が尹喜植の頬を掠《かす》めて飛んだ。尹喜植は斜め前に身を投げ出しながら、M16の引き金を引いた。一連射が敵を吹き飛ばした。同時に周囲から敵に銃弾が浴びせられた。

敵の体が銃弾を浴びる度に跳ね上がった。

「射つのを止めろ！」

金軍曹のがなる声が響いた。尹喜植は伏せたまま、敵の動きを見つめた。敵は動かなかった。

尹は起き上がり、恐る恐る敵に近付いていった。敵の体には無数の弾痕が開いていた。中尉は安らかな顔で絶命していた。

どうして、こいつはこんなに穏やかな顔をしているんだ？

尹は不思議に敵への憎しみが消えていた。

上空からヘリが、管理所の空き地に舞い降りた。UNの白い文字が機体の胴体に鮮やかに描かれている。何人かの人影がヘリから降りてくるのが見えた。

尹は敵の死体に屈みこんだ。胸のポケットから、何かがはみ出していた。金色の十字架と写真。尹はそれらを摘み上げた。なぜ共産軍の兵士が十字架を持っているのだ？

もう一つはセピア色に変色した男の家族の写真だった。

悪戯《いたずら》っぽそうな目の男の子と幼い女の子が、真新しい軍服を着た男と手をつないで笑っている。心からうれしくて笑っている顔だ。多分はじめての記念写真に緊張したのだろう、硬直した顔の両親たちと祖母。

「こいつ、はじめから死ぬつもりだったな」

金軍曹は男の銃を拾い上げていった。尹は軍曹に顔を向けた。

軍曹は銃から弾倉を抜いて、尹に放った。受け取った弾倉は空だった。

尹は敵の中尉が哀れになった。

いきなり、近くでカメラのシャッターを切る音が響いた。

尹は振り向いた。日本人記者が少尉の死体にカメラを向けていた。

「撮るな！　ウェノムの馬鹿野郎！」

尹は銃を日本人記者に向けた。

17

雨崎は、その兵士の剣幕にたじろいだ。兵士は「ウェノムは、あっちへ行け！」と怒鳴り、銃を向けた。その兵士の目は潤んでいた。

雨崎はシャッターを押すのをやめた。

脇から金炳旭助手が雨崎の腕をぐいっと引いた。

「雨崎さん、やめた方がいい。彼は本気で怒っている」

雨崎はいわれなくてもカメラを下ろしていた。兵士はまだ怒鳴っていた。それを他の兵士たちが宥《なだ》めている。

「いったい何を怒っているんだ？　あの兵士は」

金炳旭はぐいぐいと雨崎の腕を引いて、管理所の建物の方に連れていった。

「多分、……」

金炳旭は口をつぐんだ。

雨崎は振り返って、先刻の兵士を盗み見た。兵士は殺した敵に跪き、胸のポケットに十字架と写真を戻していた。

「多分、何だというんだい？」

金炳旭は雨崎の方を見ようともせず、怒ったような口振りでいった。

「同じ民族同士で殺し合わねばならない韓民族の哀しみが、おまえら他民族の日本人に判るかって」

雨崎は黙った。金炳旭の目にも涙が溢れていた。

無神経なことをした。済まないと、雨崎は心の中で思った。

上空をヘリコプターが爆音をあげて、飛び去った。風が土埃を舞い上げ、雨崎たちの体に吹き付けた。

金炳旭の案内で、国連犯罪調査委員会のスタッフたちの調査が始まった。雨崎は彼らの後について、管理所の敷地の中を歩いて見て回った。

表の庭を見ると、先刻の兵士たちが黙々とシャベルで、殺した相手の墓を掘っていた。

18

ソウル・UNTAK本部　8月25日　午後2時14分

管理部の部屋には、大勢の要員が盛んに出入りしていた。電話のベルが鳴り響き、スタッフが各部局やPKO司令部と連絡を取っている。

文基は、パソコンのキイを打つ手を休めて、テレビの映像に目をやった。

戦火を逃れて日本や中国、アジア諸国などの海外に難民となって流れていた人々が、フェリーや客船で、続々と釜山や木浦《モクポ》などの港に還って来る光景が報じられていた。

難民の数は、三百万人以上だった。北朝鮮地域から中国への難民約百万人も含めれば、さらにその数は多くなるに違いない。

今回の戦争は、本当に韓民族にとっても世界にとっても未曾有の出来事だった。こうした戦争は、二度と繰り返してはならない。そのためには、どんなことがあっても、UNTAKの主導で、統一民主選挙を行い、南北朝鮮を統一した民主政府を作る必要があった。それなくして、朝鮮半島の真の平和と未来はない。しかし、……。

文基は溜め息をついた。

だが、世の中には、いくら話しても分かってくれない人たちがいる。朝鮮統一は韓民族の手で行うべきで、他国の指導や援助など必要ないという頑迷な民族主義の持ち主たちだった。彼らは国連の援助を拒み、UNTAKへ露骨な反感すら抱いている。その誇り高い民族意識は貴重ではあるが、自らの民族のことしか考えない狭量な見方には賛成できなかった。なぜ、もっと韓民族は素直に他国の善意ある援助を受け入れ、この国の再建に全力を上げないのか？　なぜ、民主国家建設を最優先で考えずに、自分のドグマや利害ばかりを主張して、足を引っ張るようなことを平気でできるのか？

なぜ、小異を捨てて、大同につくことをしないのか？

なぜ、そうも細かな小異にばかりこだわるのか？

議論のための議論、反対のための反対。どうして、そうした手前勝手なものいいや、自分のことしか考えない主張をするのか？

文基は、ＵＮＴＡＫへの有象無象の反対や批判の声を聞くたびに、口惜《くや》しい思いがしてならなかった。本当にこの人たちは、真剣に韓半島のことを憂い、韓民族の行く末について責任を持って考えているのか？　はなはだ疑問が多かった。

杉浦弘が部屋に入ってくるのが見えた。文基は、物思いを止めて、パソコンのディスプレイに向き直った。

「ムンギ君、どうだね、調子は？」

「最悪ですね。各派各勢力の意見を聴いていたら、いつまでたっても選挙なんかできない。なかには選挙そのものに反対している勢力もいますからね」

杉浦は笑った。

文基は、杉浦と一緒に、近い将来、統一民主選挙を行うにあたって、各派各勢力を呼んで、いまのうちから政党結成を促しておくように説得していた。だが、韓国の各政党や北韓の労働党はともかく、地方の一部地域しか支配していない勢力や新興党派は、全国統一選挙になると自分たちが少数派になることが見えているので、極力選挙はしないで、話し合いで代表を国会に出す方式などを主張した。あるいは自派の支配地域に、選挙を口実に他派の勢力や党派が入ってきて、自派の支配を脅かすことを危惧する向きもある。韓国や北韓の大政党にしても、南は南、北は北で選挙をして、同数の議員を出してから憲法制定会議を創《つく》ろうなどと主張する。互いに有利な地域だけで選挙をしたいという思惑があるためだ。

「焦らない、焦らない。はじめから完璧《かんぺき》にやろうとしてはいかんよ。ある程度、いい加減にやらなければ」

「いい加減にですか？」

「そう。いい塩梅加減にだ。手を抜けという意味ではない。三〇パーセントでも選挙に参加してくれれば文句なし。そう考えておけば気が楽になる」

「三〇もできないかもしれない」

「重症の弱気だな。このところ息抜きをしていないからだよ、悲観的になるのは」

テレビの画面はついで、ピョンヤンから国連PKF日本部隊や韓米連合軍が撤退し、国連PKO部隊が進駐を開始しているというニュースを映していた。

『ただいま、ソウル市内を韓国軍が堂々と行進しています。ソウル市民は熱狂して部隊を歓迎しています。……ソウルから実況でお知らせします！』

アナウンサーが興奮した口調で話す。

杉浦はテレビにちらりと目をやり、また金文基を見た。

「ともかくも、UNTAKが発足しても、全国にPKF部隊や韓米連合軍に代わって新たなPKO部隊が進駐し終わるまで、まだ動きが取れない。それまでは、のんびりやることだ」

杉浦にいわれてみれば、その通りだった。まだまだ難民の帰国が続いている段階では、選挙人登録も進むはずがない。まして選挙人名簿の作成などできやしない。一応、選挙は秋までということにはなっているが、各派各勢力の武装解除も終わっていることが前提だ。小競り合いや武力対立が起これば、選挙どころではなくなる。先は長いと思わねばならないことは確かだった。

窓外から勇壮な吹奏楽団のマーチが聞こえた。窓辺にスタッフたちも駆け寄って、眼下の通りを見ていた。向かいのビルの窓が開かれ、紙吹雪がばらまかれた。

「来ましたね」

文基も窓に寄って南大門《ナムデームン》の広場に目をやった。紙吹雪が風に乗って舞い落ちていた。南大門の前を韓国軍部隊の凱旋行進が入ってきた。沿道を埋めた大観衆が拍手で、韓国軍部隊の隊列を迎えていた。今日までに北韓軍は韓国から完全撤退し、代わって韓国軍が戻ってきたのだ。

杉浦も窓辺に寄って外を見下ろした。

電話機が鳴り響いた。文基は机に戻り、受話器を取り上げた。韓《ハン》貞姫《ジョンヒ》の声が聞こえた。今夜、逢う約束だった。

「ああ、ジョンヒ。いまどこにいる?」

『近くに来ているのよ。この騒ぎでは仕事にならないんじゃなくて?』

「まあな。お腹の具合は？」

『大丈夫』

「大事にしてくれよ。おらたちの子なんだから。女の子だったらいいな、ジョンヒのような」

『あなたのような男の子がいいな』

「これから下へ降りる。お茶でも飲もう」

文基は話しながら、ふと部屋の出入口に銃を持った人影が入ってくるのを見た。男は野戦迷彩服を着込み、顔を覆面で隠していた。警備の兵士ではない。文基は男と目が合った。目は殺気をはらんでいた。

「杉浦さん！　危ない！」

文基は叫んだ。杉浦が振り返った。覆面をした兵士は、M16の銃口を向けた。

19

「ムンギ！　どうしたの？」

韓貞姫は雑踏の中でケータイに叫んだ。受話器の中に銃声が弾《はじ》けた。

「ムンギ！　何、いまの銃声は？」

貞姫は大声でいった。何が起こったというのか？　返事はない。

ＵＮＴＡＫ本部が入ったビルを見上げた。上空から無数の紙吹雪が舞い落ちてくる。文基のいるオフィスの窓ガラスが弾けて割れるのが見えた。割れたガラスの破片は、陽光にきらきらときらめきながら、落下してくる。吹奏楽隊の勇壮なマーチの音や観衆の大声でガラスの割れる音や銃声が聞こえなかった。

貞姫は自分の体に無数の痛みが走るのを感じた。

文基が射たれた！　殺される！

ＵＮＴＡＫ本部ビルに向かって人を掻き分けながら、走りだした。

「ムンギ！　死んでは嫌！　私を一人にしないで」

ケータイに絶叫した。その絶叫も大観衆の歓声に吹き消された。

貞姫は文基の意識が遠退《とおの》いていくのを感じた。貞姫は沿道の人垣を掻き分けて、通りに飛び出した。警官が貞姫を押さえようとしたが、その手を振り切って走った。

整列しながら行進してきた隊列の前を、駆け抜けた。向かいの群衆の中に飛び込んだ。

その時、貞姫は体の一部が冷たくなるのを覚えた。文基が死んだのを感じた。

「ムンギ！　どうして？」

貞姫は群衆の中を抜け、よろよろと歩道によろけて蹲《うずくま》った。

近くにいた女性が貞姫の異状に気が付いて、屈みこんだ。

「どうしました？」

女性は貞姫の体を支えた。顔面蒼白になった貞姫のスカートから、太股を伝わって、鮮血が流れ出ていた。女性は大声で周りの人に呼び掛けた。

「たいへん、誰か救急車を呼んで！」

貞姫は下腹部を押さえた。

死なないで！　私と文基の愛を死なせないで。

貞姫は薄れゆく意識の中で叫んでいた。

20

『……昨日午後、UNTAK本部に男が乱入、銃を乱射し、本部日本人スタッフ杉浦弘さん、韓国人スタッフ朴文基さん……ら四人が即死、十三人が重軽傷を負った事件で、ソウル警察本部は、犯人グループの一人と見られる男を射殺、共犯と見られる男女数人を拘束しました。……』

テレビの放送が流れていた。

UNTAK本部の要員が周囲に詰め掛けていた。テレビのカメラが部屋の中を舐《な》めるように撮った。ライトが部屋を明るく浮かび上がらせた。

尹喜植は、倒れそうになる貞姫の肩を抱いた。貞姫は胸に抱えていた菊の花束を、朴文基の座っていた机の上に置いた。まだ床や壁には殺された朴文基や杉浦弘の血糊がこびりついていた。

『……UNTAKに反対する民族主義過激派グループの仕業と見られます。これまでもUNTAK本部には、統一民主選挙に反対する勢力が脅迫電話をかけたり、嫌がらせの……』

あさみは杉浦弘の机に歩み寄った。兄の好きだった真紅の薔薇《ばら》の花束を写真の前に置いた。後ろから雨崎はあさみを見守った。

「兄も、本望だったでしょう。たとえ、仕事半ばで倒れても、誰かが必ず後を継いでくれるというのが口癖でしたから。だから、兄は……」

あさみは、そこで言葉が詰まり、ハンカチで口を押さえた。雨崎があさみの肩を抱き寄せた。あさみは雨崎の胸に顔を伏せ嗚咽《おえつ》を洩らした。

『……クリスチャンソンUNTAK特別代表は、今回の事件を起こした犯罪者たちを、激しく非難しました。代表は今回のような不幸な事件があっても、決してUNTAKの活動を止めることはできない、と断言しました。……』

韓貞姫と尹喜植が、あさみと雨崎に歩み寄った。貞姫はあさみの背中を撫でた。あさみは振り向き、貞姫の手を握り返した。二人はうなずき合った。

尹喜植は雨崎の前に進み出て、ぐいっと睨んだ。目が潤んでいた。

尹は直立不動の姿勢を取り、雨崎に挙手の敬礼をした。雨崎は頭を下げた。

敬礼を終えると、尹は貞姫を支えながら、部屋を出ていった。二人とも二度と振り返らなかった。

21

東京晴海埠頭　8月28日　午後一時

杉原萠は、報道腕章を左腕に巻き、社旗を立てた乗用車から降りた。

晴海埠頭の広場には、黄色と黒色のテープの規制線が張られ、警官たちが出迎えの群衆を整理していた。

今日は、韓国から国連ＰＫＦ派遣部隊の第一陣が帰国する。晴海埠頭に海上自衛隊の輸送艦「おおすみ」「しもきた」「くにさき」の三隻が着岸しようとしていた。白い制服姿の海自隊員たちが埠頭で忙しく立ち働いている。

広場には陸自、海自の音楽隊が楽器を抱え、いまや遅しと演奏の用意を整えていた。記者席が観客席の傍らに設けられ、そこにテレビ放送のカメラの放列が並んでいた。その脇のスペースに新聞各社のカメラマンや記者たちが集まっている。

「おおい、杉原、ここだここだ」

先に来ていた太田デスクが蒴に手を上げた。

「あれ、デスクが本社のデスクを離れてもいいんですか？」

「こんな歴史に残る催しを見ない手はない。それにサブの山岸が俺の代わりにデスクを務めている」

輸送艦が着岸し、タラップがかけられた。輸送艦の右舷前部のランプドアが開き、昇降ランプから装甲装輪車の車体が現われた。

「蒴、よくやった。どこよりも早くピョンヤンに乗り込んだだけでなく、停戦に至った北朝鮮内部の暗闘を、よくぞスッパ抜いた。大スクープだったぞ」

他社の記者たちが、太田の大声に苦笑いしていた。

「まあまあ」

蒴は照れながら、太田デスクの脇に立った。

太田デスクは大声でなおも蒴を誉めた。

「いや、それにだ、最初に臨時革命政府の許代表やヤン副参謀長の独占会見ものにした。アメリカのニューヨークタイムズやワシントンポストも、おまえの記事を転載したんだ。こんな快挙はない。ＮＨＫをはじめ、ＢＢＣやＣＮＮ、ＮＢＣなんぞもこぞって、おまえに取材に来たじゃないか。おまえに抜かれた他社は、みんな青くなった」

萠は太田デスクを手で止めた。

「デスク、もう止めてください。たまたま運がよかっただけですから」

「ははは。分かった分かった。俺は嬉しい。おまえの上司として、こんな誇らしいことはない」

太田は小声で萠にいった。

「おそらく、おまえと俺は、今年度の新聞協会賞だ。ありがとうよ」

「デスク、そろそろ上陸ですよ」

萠は太田の注意を輸送艦「おおすみ」に逸らした。

観客席からどっと歓声が上がった。

「おかえりなさい！」「お帰り！　パパ」

子どもの声が歓声に混じっている。

タラップから、迷彩服姿の陸自隊員たちが手を振りながら降りはじめた。いずれも、ブルーベレーを被り、首に赤いスカーフを巻いている。中央即応連隊の隊員たちだ。

音楽隊が勇壮な英雄行進曲を演奏しはじめた。

開いたランプドアから、装甲装輪車や輸送防護車が一両ずつ降り始めた。いずれも、白い塗装が剝がれ、戦塵で汚れている。

タラップの下に、日章旗と国連旗、旭日旗、中央即応連隊旗を掲げた隊員が居並び、降りてくる隊員たちを出迎えていた。

音楽隊が演奏を続けている。

タラップを降りて来た隊員たちは、出迎えの陸上総隊の幹部たちに挙手の敬礼をし、すぐに並んで隊列を作り始めた。

萠は、タラップを降りてくる隊員たちに、じっと目を凝らした。

中央即応連隊には、秋山3佐がいる。秋山3佐も、任務を終えて、きっと戻って来る。

防衛省広報に問い合せたが、引き揚げ業務が混乱していて、第一陣の中央即応連隊に秋山3佐が混じっているかどうかは、はっきりしなかった。

秋山3佐はきっと無事帰って来る。

萠は、心の中で密かに祈っていた。

秋山3佐は、部隊を率いる隊長をしていたから、隊の先頭か、前の方にいるはずだ。

隊員たち三百人ほどの隊員が降りてきたが、その中に秋山3佐の姿はなかった。

ほかの輸送艦から降りて来るのかも知れない。

萠は隣の「しもきた」「くにさき」に目を向けた。「しもきた」「くにさき」から降りた隊員たちは隊列を組み、隊旗を掲げて、メイン会場の「おおすみ」の前に入ってくる。

同じブルーベレーに赤いスカーフをなびかせた迷彩服の隊員たちは、一目では区別がつきにくい。

萠は必死に祈りながら、居並んだ隊員たちの中に秋山3佐を探した。

隊員たちの横に、昇降ランプから陸揚げされた装輪装甲車や輸送防護車、１６式機動戦闘車が整然と並んで行く。

中央即応連隊の隊員たちが、三つの梯団を作って整列した。

突然、音楽隊の楽曲が変わり、静かな葬送行進曲が流れはじめた。

「おおすみ」のタラップから、白い布で包まれた箱を抱えた隊員たちが一人ずつ一歩一歩降りて来る。

観客たちの歓声が収まり、代わって悲鳴のような悲痛な声が上がった。戦死者たちの帰還だった。

白い箱は戦友たちに抱えられ、何十人も降りてくる。

「海行かば」が静かに奏でられた。

海ゆかば水漬く屍、山ゆかば草生す屍……

萠は戦場で見た大勢の死者たちの姿を思い出した。

死者は戦闘員たちだけでなく、民間の普通の男や女もいた。幼気な男の子や女の子、若者たち、老人たちの遺体もあった。

みんな、戦争さえなければ、幸せな家族として生活をしていた夫婦や子ども、祖父母だった人たちだった。愛し合う恋人だった人たちだ。

なんてことを人間はするのだろうか？

萠は涙が込み上げて来た。

「おい、杉原、どうした？　なぜ、泣く」

「泣いてなんか、いません。悲しくなっただけです」

萠は手で目を拭った。

ふと不安が頭を過った。

秋山3佐は中国に渡った後、消息を断っている。もしかして、秋山3佐は戦死したのではないのか？

そうでなかったら中央即応連隊の一員として、帰るはずではなかったのか？

胸騒ぎがし、萠は落ち着かなかった。

その時、艦上に現われた野戦服の一隊が目に飛び込んできた。赤いベレー帽に国連

ＰＫＦのブルーのスカーフを巻いた野戦服の男たち。

「あれは拉致被害者たちを救出した中央即応連隊特戦隊だ」

太田デスクが誇らしげにいった。

萠は赤いベレー帽を被った先頭の男に目が吸い寄せられた。

秋山３佐だ！　間違いない。

秋山は艦上に居並んだ海自将校たちに挙手の敬礼をし、タラップを降り始めた。

萠は、いきなり、記者席の階段を駆け降りた。

「杉原、どこへ行く」

萠は規制線のテープを押し上げて潜り抜け、タラップに向かって駆け始めた。

整理にあたっていた隊員が止めようとしたが、萠は腕を潜り抜け、タラップに突進した。

「秋山さーん」

タラップを降り立った秋山は、その声に驚いて萠を見た。

萠は夢中で秋山の胸に飛び込んで行った。

「お帰りなさい」

「萠さん」

秋山は萠を胸で抱きとめてた。

萠は秋山の汗臭い匂いを胸いっぱいに吸い込んだ。

エピローグ

ピョンヤン郊外　９月１日　午後６時

白い塗料を塗った車体に、黒々とUNという文字を描いた装甲車輛の隊列が続いていた。雨崎は国道の沿道に立って、各国から派遣されてきたPKO部隊の行進を眺めながら、いろいろな感慨に浸《ひた》っていた。

いったい、この未曾有の日本朝鮮戦争は、日本人にとって、そして北朝鮮や韓国の人たちにとって、何だったのであろうか？

平和のための戦争？　解放のための戦争？　隷属からの脱出のための戦争？　民族統一のための戦争？　自由のための戦争？　正義のための戦争？

いずれも正しく、そして間違っている。なぜなら、たとえ、いかなる美名を戦争に付けても、人間の殺し合いという戦争の本質には変わりがないからだ。

だからといって、戦いの全てを否定するつもりはない。人間には、どうしても戦わなければならない時がある。やむにやまれず戦わなければならない時がある。人間の尊厳と自由を守るための戦いが、生存をかけた戦いがある。

自国が他国に攻められた時、いくら戦争が嫌であっても、自らを守り、愛する人たちを守るために戦うのは、当たり前のことだ。

たとえ他国の人々であっても、誰かに攻められて、人間の尊厳や生存の権利までもが侵されていたら、それを黙って見逃せず、自らの痛みとして受けとめて、その国や人々を助けるために戦いに乗り出すこともある。それが国連ＰＫＦであり、ＰＫＯだろう。

戦争は間違っている。戦争は無益なものだ！　戦争は罪悪だ！

そう百万遍繰り返し非難しても、戦争は決してなくなりはしない。

戦争は理不尽なものであり、理性で戦争は起こさないからだ。いくら戦争の悲惨や辛酸をいやというほど味わっても、人間は少し時間が経つと痛みや辛さを忘れてしまう。そして、理性では抑えられない欲望や情動に駆られて、また戦いに走りだす。歴史はそうやって繰り返される愚かな人間の戦いをいつも見てきたのだ。人間の愚かさ、愚昧《ぐまい》の発露。それが戦争なのだ。だが、その人間の愚かさや愚昧が、また人間らしいところでもある。だから、悪いことと分かっているのに、いつの時代も戦争は起こり、そして、また懲りもせずに繰り返される。戦争とは、そういうものなのだ。

しかし、このことだけは、はっきりいえる。戦争で、いつも傷つくのは、望んでもいないのに、その時代に生きてしまった若者たちである。若者たちは否《いや》が応でも戦いに駆り出され、そして、その多くが犠牲になったり、身も心も深く傷ついてしまう。

この戦争でも、多くの若者たちが未来も見ることなしに、何のために生まれてきたのかも判らないうちに死んだ。生き残った彼らも、愛する人や友、肉親家族を失い、自らも傷ついた。数多くの不幸を作り出し、数多くのささやかな幸せを奪った。

そうした多くの犠牲を払っても、この戦争はやるべきだったのか？　防ぐ方法はなかったのか？　その疑問は後世の歴史家が答えてくれるに違いない。

わずかだが、一筋の光明もある。

南北朝鮮の統一の可能性が見えてきたことだ。しかし、それもUNTAKを中心に、その努力がはじまったばかりで、まだ明るい将来が完全に保証されたわけではない。希望の火がいつ吹き消されるか分からない状態にある。

そして、たとえ統一がなされても、人々が平和で幸せになれるかどうか、本当のところは分からない。未来永劫《えいごう》にわたる忍耐強い努力なしには、平和や幸せというものは摑み得ないものだろうからだ。

すべてが終わった。そして、新しい何かがはじまった。その新しい時代の足音だけは確実に聞こえる。その足音が、また新たな戦争の忍びよる音ではなく、幸せと希望の足音であることを願うのみだ。

沿道には、大勢の人々が集まり、歓声をあげて、ＰＫＯ部隊の進駐を歓迎していた。

これら国連ＰＫＯ部隊は、今日をもって完全に撤退した中国軍ＰＫＦ部隊や朝鮮人民解放軍、ロシア軍ＰＫＦ部隊、国連ＰＫＦ部隊、米韓連合軍、人民軍、南朝鮮解放軍などの各支配地域に、彼らと交替して入って行く平和維持軍ＰＫＯ部隊であった。

彼らＰＫＯ部隊が各地に展開すれば、本格的なＵＮＴＡＫ活動は開始されることになる。

ソウルに置かれたＵＮＴＡＫ本部は、いま次の段階である統一民主選挙の準備に全力を上げている。必ずや杉浦弘や朴文基たちの痛ましい犠牲を乗り越えて、選挙は行われるに違いない。そうでなければ、彼らの死は犬死にになってしまう。それだけは、絶対にさせたくない。

「行きましょう、雨崎さん」

金炳旭助手がジープの運転席からいった。エンジンを始動させた。

ふと雨崎は沿道に立つ二人の子供と一人の娘に気が付いた。

「ちょっと待ってくれ」

雨崎はキヤノンを子供たちに向けた。

幼い女の子は手をつないだ若い娘を見上げていった。

「明子《ミョンジャ》オンニ、この白い車の列は戦争に行くの？」

「珠《チュ》、違うわい。仁《イン》お兄ちゃんを迎えに行くんだい」

男の子が妹にいった。妹は目を丸くしてきいた。

「ほんとに、お兄ちゃんを迎えに行くの？」

「そうさ。帰りには、お兄ちゃんがあれに乗ってくるんだ。ねえ、明子《ミョンジャ》ヌーナ」

男の子は明子と呼んだ娘を見上げて言い張った。

「きっと戻ってくるんだよね」

「そうね、淳《スン》のいう通りかもしれない」

明子と呼ばれた娘はかすかに微笑《ほほえ》んだ。

男の子は、通り過ぎるＵＮの車輛に挙手の敬礼をした。

乗員の一人が、男の子に笑いながら答礼した。

妹は明子と一緒に手を振った。道端に咲いたムクゲの花が風に揺れた。

最後の白い車輛は土埃を巻き上げながら、走り去っていった。

ＵＮのマークがだんだん小さくなり、やがて土煙の中に消えていった。

雨崎はファインダーを覗き、何度もシャッターを切った。

『ぼくはいつも見ているしかなかった』

キャパの言葉を、雨崎は噛みしめていた。


（『炎熱の世紀』完）

本書は、徳間書店から刊行された『日本朝鮮戦争』と『新・日本朝鮮戦争』をもとに大幅に加筆改編し、新編としてつくりなおしました。

本作品はフィクションであり、実在の個人・団体などとは一切関係がありません。

文芸社文庫

新編 日本朝鮮戦争
炎熱の世紀 第十一部 朝鮮で一番長い日

二〇二〇年二月十五日 初版第一刷発行

著 者 森 詠
発行者 瓜谷綱延
発行所 株式会社 文芸社
〒一六〇－〇〇二二
東京都新宿区新宿一－一〇－一
電話 〇三－五三六九－三〇六〇（代表）
〇三－五三六九－二二九九（販売）

印刷所 株式会社暁印刷

装幀者 三村淳

ISBN978-4-286-20986-9